吉炳轩 著

清心集

中华书局

图书在版编目(CIP)数据

清心集／吉炳轩著. —北京：中华书局，2011.3
（2012.2 重印）
ISBN 978 – 7 – 101– 07816 – 9

Ⅰ.清⋯ Ⅱ.吉⋯ Ⅲ.随笔 – 作品集 – 中国 –
当代 Ⅳ.I267.1

中国版本图书馆 CIP数据核字（2011）第 007946 号

书　　名　清心集
著　　者　吉炳轩
责任编辑　李世文　刘树林
出版发行　中华书局
　　　　　（北京市丰台区太平桥西里 38 号　100073）
　　　　　http://www.zhbc.com.cn
　　　　　E-mail:zhbc@zhbc.com.cn
印　　刷　北京天来印务有限公司
版　　次　2011 年 3 月北京第 1 版
　　　　　2012 年 2 月北京第 2 次印刷
规　　格　开本 /640×960 毫米　1/16
　　　　　印张 21¼　插页 8　字数 250 千字
印　　数　10001–14000 册
国际书号　ISBN 978 – 7 – 101– 07816 – 9
定　　价　35.00 元

目　录

为政以善，善于施政

　　说到为政，我们常讲的是要勤政廉政。我曾写过一篇小文，在谈勤政廉政的同时，又专门谈了慎政，就是谨慎为政。勤政、廉政、慎政，还感到意犹未尽，为政者还要做到善政。善政，顾名思义，就是善于施政和施以善政。这可以从两个方面来说。

　　一是善于施政，就是以科学的方法执政。执政者的职责我们可以列出许多，可谓责任无限大，无所不包。你所负责的一个地方和单位，不管出了什么事情，你都有责任，推是推不掉的。这是广义责任，不论是上级领导还是人民群众都是这样认为的，谁让你是当官的，当官就得负责，这没有什么可说的。就具体责任来说，吃喝拉撒、生产生活，也是无所不包，说多具体就有多具体，想不具体都不行。但不管具体责任还是广义责任，集中到一点，就是善于处理矛盾，能够协调好各方面的利益关系。

　　社会是矛盾的，管理社会说白了就是处理矛盾。领导能力，这能力那能力，最根本的是处理好各种各样矛盾的能力。一个地方、一个单位，无论大小，矛盾无所不在，没有这矛盾，就有那矛盾，领导者一上班碰到的都是矛盾。所以当领导的，第一个要解决好的问题就是不要害怕矛盾，敢于触及矛盾，不能绕着矛盾走。换句话说，就是不能怕事，更不能怕做难事，怕做冒风险的事，怕担责任，怕丢官，一定要有不怕事、不怕难的气概。为官者怕这怕那，遇事多虑，肯定施不好政。但仅仅不怕矛盾是不够的，还要有能力解决好各类纷繁复杂的矛盾，这是领导者和非领导者、主要领导者和非主要领导者的区别。善于解决矛盾，就必须置身矛盾之中，深入研究，细心体察，弄清楚各类矛盾的来龙去脉、发展变化，同时又要超然矛盾之外，站在大局、组织、群众利益的高度来驾驭和处理这些矛盾。不论你采取什么办法，只要能把矛盾解决，使你所负责的地方，经济发展了，社会安定了，人民幸福了，这就是本事，就是处理矛盾的高手，就是做到了善于施政。这个道理非常简单，因为要真正做到经济发展、社会安定、生活改善，不是一件容易的事，需要化解大量的难题，不会解决发展中的矛盾，不费相当大的力气是做不到这些的。

二是施以善政，就是要有善心，为民谋利。河南豫剧团曾演过一个戏叫《七品芝麻官》，写的是明代时期权臣严嵩的妹妹在地方上横行霸道，纵子行凶，强抢民女，致人死命，各级官员畏惧权势，上下推诿，谁都不敢办理，最后推到一个七品小官县令唐成头上。严嵩的妹妹是皇上封的一品诰命夫人，七品官审一品诰命，可见难度之大。矛盾由此展开，戏剧性也由此而来。诰命严氏说唐成是芝麻大的官、露水大的前程，而唐成不畏权势，说小麻雀也要斗斗恶老雕，毫不客气地把诰命夫人绳之以法。这个戏的另一个剧名叫《审诰命》，西安电影制片厂搬上银幕时改名为《七品芝麻官》。唐成在剧中说了一句名言，"当官不为民做主，不如回家卖红薯"，曾传遍大江南北，成为广大人民衡量当官者好坏的口头禅，也是一个主要标尺。这个标尺就是看你是否为民做主，是否为民办事，是否为民谋利。为民做主，就是能为民伸冤，主持公道，伸张正义。

为民办事，就是办老百姓想办、但自身又无法办成的生产生活中的事，诸如修路架桥、办医建校、治河修渠、架电通邮等等，这都是需要政府利用行政力量和社会资源来干的事。为民谋利，就是在决策时，时时想到处于最底层的老百姓，而不是高层某个阶层、某些团体、某些部门的利益。用现在最流行的话说，就是多办些得人心、稳人心、暖人心的好事、实事。

善于施政，一个"善"字，就是要施善政，而不是施暴政。历史上，把谋求清明稳定称为仁政，有作为的政治家称为仁君、正人君子；把昏暗腐败、害民扰民、搞得民不聊生称为暴政，当政者称为暴君。施政以善、施政以仁、施政以德，是人民的愿望；国泰民安、海晏河清，历来都是政治家的追求和责任。我们党的宗旨是为人民服务，这个宗旨里面就体现了执政为民的善政理念。全心全意为人民谋利益，指的就是为占人类绝大多数的劳动人民谋利益，这是共产党人全部追求的高度概括。"为官一任，造福一方"，多为人民办点实事、好事，让人民的日子过得好一点，这是我们应该做到的。这里需要强调的是办实事，不要办虚事，不要搞面子工程、政绩工程、贴金工程，不要做给上边看。办好事，不要办坏事，不要借办事徇私敛钱、贪污腐败。办事不能扰民、不能折腾人，要爱惜民财民力，让人民安居乐业、休养生息。

选拔领导干部重在看实绩

在选拔使用领导干部上，我们有许多提法，也定过许多标准，采取过许多方法，并有许多规定性的程序，其核心就是一条，把人选好用好，特别是把各级主要领导干部选好。选拔干部要讲民主、讲程序，这都属于方法问题，目的还是保证把人选准。方法是很重要的一个方面，有了好的方法就能起到事半功倍的效果。但方法仅是一个方面，是一种保证措施和手段，最根本的问题还是用什么样的人，就是用什么样的标准来选拔人的问题。

从理论上讲，用人的标准很明确，简单说，就是四个字："德才兼备"。这话已讲了几千年，是古今中外、历朝历代都遵循的原则，放之四海而皆准的真理。任何人都知道德才的重要性，有德无才，是好人，但当不了好官；有才无德，是能人，但不能让其做官；缺德少才，是赖人，当了官肯定净干坏事。这都是十分简单的道理，可以说是妇孺皆知。所以，在用人问题上，我们反复强调"德才兼备，以德为先"，道理就在这里。问题在于，"德才兼备，以德为先"，道理都懂，但在如何认识一个人的德才上却十分困难。许多考核考察的办法都是为了解决这个问题而设计的，如大范围民主推荐，大范围谈话听取意见，甚至明察暗访等等，各种招数想了不少，但仍不免有看走眼的时候，选瞎的人还是不少。这些年在查处的腐败案件中落马的中高级干部，有相当一部分是在选拔使用中看走了眼。如果把当时任用他们的考核报告拿出来看看，每个人的评语肯定都是德才俱佳。当然，人是会变的，也许他们当时确实很优秀，走上新的领导岗位后才起了变化，这种现象也是不少的，但也不能以此来自慰，来为我们看人不准而开脱。怎样才能选好人、用好人，怎样才能做到不看走眼或少走眼，这需要在实践中进一步探索，谁也不敢夸下海口，拿出妙计良方。方法肯定是有的，实践中的好方法也不少，都可以总结推广。但不管用什么方法，方法毕竟是方法，不是根本，根本的问题是要解决好为什么用人和怎样用人这两个最关键的问题。

为什么用人和怎样用人，这两个问题看起来很简单，好像都已经认识得很清楚、解决得很好了。如果细细想去，对照着一些人和事去分析，就可以看出，不仅没有认识清、解决好，而且问题还不少。诸如，照顾自己的亲属朋友，用和自己关系好、信得过的人，用上边打招呼、照顾各种关系的人，用各个山头派系、平衡各种政治力量的人，用行贿送礼、会争会跑会闹会要的人，等等，这些都是明摆着的问题。还有为化解矛盾、息事宁人、论资排辈，出于无奈而只能这样用或那样用的问题等，也都是为什么用人的问题没有真正解决好的表现。在怎样用人上，现在也有不少招数，各种办法也想了不少，有的还以法规的形式规范了下来，各级都在不断努力来解决这个问题，应该说效果还是有的。但由于为什么用人这个问题是选好人、用好人的前提，如果在这个问题上走偏了道，怎样用人就会成了不正道用人的护身符、保护伞，就会错上加错、"助纣为虐"，办法越多，"猫腻"就会越多。根歪了，身子肯定是斜的，影子就不可能正得了。即使根正基牢，为什么用人的问题解决了，而在怎样用人上也有许多问题还没有解决好，诸如，唯学历论、唯年龄论、唯资历论、唯专业论，以及机械地理解执行任用干部的标准，包括唯推荐票论等等，都是怎样用人没解决好的具体表现。高学历不等于高能力，有资历不等于有本事，年纪轻也不等于有活力，票数高也不能直接同民意画等号，这里有个推荐人对被推荐人的熟知了解程度的问题，在什么范围进行推荐的问题。不论什么事情，绝对了、机械了，教条地去执行，就肯定会出问题，良好的愿望会出现适得其反的效果。人类社会发展的实践证明，为什么用人和怎样用人是个十分复杂的问题，真正把人选好用好，也是一个很难的问题。好与不好的标准也是很难界定的，不能以个别权威人士、利益集团或政治圈子是否高兴满意来判定，而是要看你用的人是否有利于这个地方和单位的经济发展、事业进步、社会安宁、人民幸福，最终要靠实践说话、老百姓说话。这个权力属于历史和人民。

以上说了一大堆很抽象的、讲道理的话，核心是要说明一个问题，就是用人要抓根本、抓实质，把为什么用人和怎样用人这两个问题解决好。围绕这两个问题来确定选人用人的方式方法，包括标准的制定、程序的设置等，这也叫正本清源、培根固本。

我们党的宗旨是为人民服务，就是为人民谋利益，说得通俗一点，就是能使人民安居乐业，日子越过越好。从奋斗目标来看，我们的最高理想是实现共产主义，现实追求就是建设社会主义，阶段性的任务是全面建设小康社会。这些理想、追求、任务，其目的都是能使人民过上越来越好的日子，能够幸福安康。共产党执政，选拔领导干部，就是要领导人民为达到这些目标去奋斗，这既是领导者的责任，也是选拔领导干部的基本标准。没有这样的理想追求就不是真正的共产党人，就没有资格担任领导干部。这是从根本上来说，是选拔领导干部最起码的要求。具体到不同的领导岗位，还有不同的能力要求，东西南北中、工农商学兵，不同的地区、不同的行业、不同的工作，对领导者的要求也是不同的，都还要有具体的标准。但不管有多少标准，集中到一点上，就是要有本事把这个地区、这个单位管理好，并使其发展好。一个管理的责任，一个发展的责任。衡量一个领导者是否够格、胜任，就是要看其对所负责的地区、部门能否管得住、建得好，标准就是在你的任期内，这个地区的经济是否发展，政治是否清明，社会是否安定，人民是否幸福，面貌是否改变。这是选拔领导干部必须要首先解决好的最根本的问题。不把这个标准认准、搞清，牢固地树立起来，其他不论搞出多少名堂，讲出多少道道，整出多少花样，附加多少条件，那都是表而不是本，都是末而不是根。对于这个标准的认识，人民说得更干脆，就是"为官一任，造福一方"，没有这个本事，就别当官。"为官一任，造福一方"，这是我们在选拔干部中应坚持的基本原则，也是看待一个干部的根本标准。这品德、那品德，这才干、那才干，体现到领导者身上，最大的德和最大的才，就是看你能不能造福于人民。"为官一任，造福一方"，十分明确地提出了选拔使用领导干部的标准和方法，就是要看实绩来用干部。

一个干部的德行如何，可以在实绩中反映出来。我们说，社会有公德，职业有道德，家庭有美德，个人有品德，这些道德是要求每个公民都应该做到的，作为领导干部是更应该做到的，如果不能做到这些，不要说不是一个好官，连个好民都不是。除了这些基本的道德要求外，对做官的来说，还必须要有官德。官德可以讲出很多，如，勤于政事、秉公办事、清正廉洁、求真务实、谦虚谨慎、礼贤下士等，但简单点说就是干净干事。干净，就是清廉公正，使人民能信得过，敢依靠；干事，就是要勤于政事，能带领人民去克服困难搞建设，人民在你的组织领导下，生产有发展，环境有改善，生活有提高，日子能越过越好。当官的，都应该具备这个官德。我们说允许在改革探索中失误，鼓励创新，宽容失败，就是支持干净干事，不以小过掩大德。如果不干事、不会干事，只会搞关系，做太平官，就不是有德的官，就不能说是德好。不干事、不会干事、干不成事，对于一个领导者来说，不能说德好。衡量一个领导者的才也是如此。一个人的能力如何、才干如何，也是要通过实绩来反映的。"是骡子是马，拉出来遛遛"，这是老百姓讲的话，就是有没有真本事，搭上套看看。大小一个单位，任何一个地区，条件好、基础好，坐享其成是有的，但长久不了。任何事业都是干出来的，不干不可能事业发展、面貌改变。有些地方、有些单位基础较好，各方面工作都上了路，人民群众有高涨的积极性和创业发展的热情，可能再发展不需要像困难地区那样费太大的劲，但保护好、发展好这样的局面，能做到"无为而治"也是本事。推动发展是本事，保护发展也是本事。会解决问题是本事，能让不出问题或少出问题也是本事。做领导的，能使一个地方繁荣发展、人民安居乐业，就是本事，就是才干。看干部要看实绩，关键是要看他在任上的实绩。环境不同、基础不同、条件不同，我们不能用一个标准来衡量所有的干部。条件好的和条件差的，付出的辛苦是不一样的，所干出的绩效差距也是很大的。由于条件不同，投入和产出的比例也是不一样的。所以，看实绩，一定要看一个领导干部在任职内所处的环境和条件，是在什么样的基础上干起来的。看实绩，既要看明显的业绩，经济发展的速度，面貌改变的程度，生活提高的指数，更要看为今后发展打下多少基础，干出了多少现在、甚至短期内看不到成绩，却为以后的发展创造了条件这样潜在的

〔明〕丁云鹏 · 桃源图

业绩，而且这个业绩是更为重要的。看业绩，要注意那些"现任的政绩，后人的包袱"，注意这类急功近利的做法。现在轰轰烈烈、热热闹闹，过不了几年就出问题，留下一堆"垃圾"，让后任清都清不完，后任还得为前任"擦屁股"，这样的"政绩"干了还不如不干，干得越多，危害越大。

为之于未有，理之于未乱

"夫圣贤之谋事也，为之于未有，理之于未乱，道不著而平，德不显而成。其次则能转祸为福，因败为功，值困必济，遇否能通。"

这段话是公元299年，西晋惠帝元康九年，朝廷一个官员太子洗马陈留人江统写的《徙戎论》中的几句。《徙戎论》是写给皇帝告诫朝廷的。当时西部氏族部落叛乱，关中地区民众流离失所，江统针对这一问题发了一通议论，核心观点是把居住在内地的少数民族仍迁回他们的故地，认为这样才能减少祸乱。文中列举了一系列历史事件来说明他的观点。江统认为，夷、蛮、戎、狄，都居住在要服、荒服的边境地带，这是夏禹平定九州后定下来的，西戎也是服从的。夏代对全国的土地有很严格的划分，据《尚书·禹贡》记载，在夏代，王城以外五百里属于甸服，也称畿服；甸服以外五百里称为侯服；侯服以外五百里为绥服；绥服以外五百里称要服；要服以外五百里为荒服。江统认为，从周朝开始，因为失去了可以号令全国的控制力量，各个诸侯国相互擅自征伐，边境的防守松弛，戎狄就趁着你自己窝里斗的机会，得以进入中原。有的诸侯国不但不抗拒，还加以引诱安抚，作为自己攻打其他诸侯国的辅助力量。也就是从这个时候起，四方夷人交相入侵，和中原民众杂居在一起。等到秦始皇兼并天下，军队的声威达到四面八方，驱逐胡人，赶走越人，中原境内不再有四方夷人了。到了东汉建武年间，马援兼任陇西太守，讨伐反叛的羌人，把残余的羌人迁徙到关中，安置在冯翊、河东区。数年之后，这些夷人繁衍生育，人口增多，自恃兵强马壮，相继发生叛乱。三国时期，边境内的戎人，有时候倾向魏，有时候倾向蜀。到了晋武帝的时候，武帝把武郡的氐人迁徙到了秦川，想以此来增强国力，抵御蜀寇，这只是暂时适宜的计策，不是万代的利益。现在氐族叛乱，就是它造成的弊端。江统在这里批评了历代的民族政策，不赞同边境少数民族内迁和汉民族杂居。现在来看，江统的观点是站不住脚的，不符合中华各民族团结融合的发展愿望和发展趋势。这里简单点评他的《徙戎论》的一些观点，主要是了解一点晋以前中原王朝的少数民族政策，知道我们的民族大家庭是怎样形成的。

江统在论述他的观点的时候，讲了这篇文章开头所引的那段话。这段话无疑是江统《徙戎论》中的一个重要论点，是为整篇《徙戎论》服务的。我们不赞成江统的《徙戎论》，但仅就这一段话所论述的道理来说，对我们决策办事、处理重大问题是有帮助的。江统认为，圣人贤士，也就是高明的政治家或社会管理者，他们在事情没有发生的时候，就能预先有所准备，在混乱还没有出现的时候，就把问题解决了，虽然没有显露出什么本事，但能使天下太平；没有看出有多少手段，却成就了事业。这段话讲得很深刻，未雨绸缪，治于未乱，不动声色便使天下太平，事业有成，这的确是十分高超的执政方略，没有过人的能力是办不到的。江统认为次一等的人，就是出现了祸乱能够及时处置，使坏事变为好事；借助衰败转危为安，成就新的功业，能够克服困难，战胜险阻。这个论说也是很精辟的，就是在艰难困苦中，能够克服困难，解决问题，化凶为吉，转危为安，这也是有真本事。

江统这段话，给我们的启示就是，任何事情都要深入研究，精心谋划，做到成竹在胸，稳操主动，不要让危急出现、困苦发生，要把各类矛盾都及时解决在萌芽状态，在无为中达到有为。即使出了事情，有了困难，也不要害怕，不要退缩，要迎着矛盾上，化干戈为玉帛，把问题及时处理好，在逆境中开拓前进。

心中无私方能治国

公元711年，唐睿宗景云二年，睿宗把天台山的道士司马承祯召到宫中来，向其询问关于阴阳数术方面的学问。

多数道士对阴阳数术是有研究的，道学从某种意义上讲，也是关于阴阳数术的学问。唐睿宗向司马承祯询问这方面的学问，应该说也是问对了人，司马承祯在当时声望是很高的。但司马承祯没有为唐睿宗讲解阴阳数术方面的东西，而是回答说："所谓'道'，就是不断地减损下去，以至于达到无为的境界，我怎么会甘心情愿耗费心力去研习什么阴阳数术呢！"司马承祯对"道"作了另一番解释，同时对"无为"又作了进一步阐发，并以此来说明他这个道士是从不研究阴阳数术这类学说的。今天猜想（只是猜想，没有事实依据），这可能是司马承祯劝谏唐睿宗的一种方法，就是你不要研究这些阴阳数术方面的东西，这是旁门左道，对治国无益，同时也表明自己的心迹，就是什么学问也不做，什么事情也不干，不会出山为你服务。

唐睿宗在阴阳数术方面没有问到什么，就又问司马承祯："对于修身养性来说，无为是最高的境界，那么治理国家的最高境界又是什么呢？"司马承祯这次回答了睿宗的问题，告诉睿宗说："一个国家如同一个人的身体一样，只要能够做到顺应天地万物发展的自然之理，而内心之中没有任何私心杂念，天下就可以得到治理了。"唐睿宗听了以后，感慨地说："你说得太好了，连仙人广成子都不会比你高明。"睿宗想把司马承祯留下来，司马承祯坚决不干，又返回了天台山。

史书中记载这件小事，没有多少吸引人的故事，但我对司马承祯所说的"国犹身也……与物自然而无私焉，而天下治"这句话深感兴趣。这句话讲得很深刻，充满哲理，对为政者是有教育意义的。司马承祯把道家学问的真谛归为一点，就是修身养性，无知无为，一切顺其自然，抛掉荣辱得失。但从对话中来看，司马承祯并没有完全超然世外，而是把修身养性同治国理政联系在一起，以修身养性来阐发治国理政的学说。他把一个国家看作一个人的身体，提出两点治国理念：第一点是要顺应自然之理；第二点是要没有私心杂念。治理国家要做到顺应天地万物发展的自然之理，简单说，就是要尊重自然运动规律、社会发展规律，而不能凭主观想象、感情意愿办事，这在今天来说，也是必须要做到的。内心中不能有任何私心杂念，这是对统治者来说的，治国理政的人必须出以公心，要做到公道、公正，维护公理和公义，无私有公了，天下才能够治理。

无私无欲身体好，无私无欲国家好。"与物自然而无私"，我们应该认真地去体味它。

为官不能求利

《资治通鉴》记载，公元687年，唐则天皇后垂拱三年，裴匪躬，负责管理皇家苑林的一个官员，在西京长安的苑囿中检查工作，看到这里种了许多蔬菜水果，就提出把这些蔬菜水果拿到市场上去卖，以增加一些皇家苑林的收入。这个想法是很不错的，利用苑林搞点经营，是有经济头脑的表现，应当给予表扬。但西京的留守，也就是西京长安的市长不这么看，不但不同意，而且还提出了批评。西京留守苏良嗣批评裴匪躬说，你这个想法是十分错误的。以前战国时候一个叫公仪休的人，曾任鲁国博士，担任过鲁穆公的相国，为人正直清廉。他回到家里看到自己的老婆在织帛，靠自己的劳动赚点小钱补贴家用，家里还种了些蔬菜自用，以减少些开支。公仪休赶走妻子，烧掉织机，拔掉自家园中的蔬菜，非常气愤地说，我拿着国家的俸禄，不能让家里再去同老百姓在市场上争利。古人尚且能做到不与民争利，而你要拿皇家苑囿来同老百姓争利，我还从没听说过大国之君出来卖蔬菜水果的。

官不能与民争利，这句话说得是很深刻的。当官的拿着国家的俸禄，职责就是为民谋利，而不是与民争利。官家卖点蔬菜水果，增加点收入，也不是什么大事，但这涉及为政理念和为政风气问题，从执政的角度来考虑，这就是很大的事了。鲁国公仪休休妻、毁机、拔园的做法有点过头，但作为为政之德，对后人当是有警示作用的。

官不与民争利，在唐代还有一例，也值得提出来。公元681年，唐高宗开耀元年，少府监裴匪舒（不知同裴匪躬是什么关系，未作考证），很善于营求财利，曾专门向唐高宗上了一个奏章，请皇帝批准把宫苑中的马粪卖掉，并算了一笔账，说卖宫中马粪每年可收得二十万缗钱，这笔收入也是很可观的。皇上拿不定主意，就去征求大臣刘仁轨的意见。刘仁轨没有直接说不好，很婉转地说，利是很优厚的，但恐怕后代人会说唐家是卖马粪的，名声可是不好听。唐高宗是个明白人，于是没有同意卖宫中马粪。从史书记载来看，裴匪舒在上奏的同时，可能就开始出售马粪了，高宗听了刘仁轨的建议后"乃止"。

这件事也可以看出，为官不能求利，不求利才能有公心，才能真心实意地做到为民谋利。如果为官者有了赢利之心，为单位、部门、家庭、同事、朋友谋利，制定政策，办事情就很难做到公正清廉。

吏治好坏要在得人

　　事在人为，任何事情都要靠人来干。法律是人制定的，也是由人来执行的；礼仪是人规范的，也是由人来实施的；这规定、那制度，都是人来安排的，执行不执行，怎样执行，都是由人来掌握的。人是天地的主宰，人类社会是由人来管理的，不论是法治、礼治还是靠制度来管人管事，其实质都是人在起作用。我们强调法治，反对人治，就是要建立一个依法治国的政治制度，反对封建式的专制制度。法治并不是有了法律条文就解决问题了，良好的社会局面就能形成了。立法、司法都还要靠人，制定出好的法律，要做到公正司法，还得靠执法的人来认真执行。所以，不论这制度那制度，最根本的是要解决好人的问题。

　　史书记载了一件事情，可以给我们一些启发。东晋时期，晋安帝元兴二年（公元403年）十一月，晋安帝在桓玄的威逼下，将皇位禅让给桓玄，桓玄于十二月初一登上了皇帝位。次年，刘裕等人起兵讨伐桓玄，很快就攻克都城建康，桓玄逃走。刘裕到建康后，把各项重大事情都交给一个叫刘穆之的官员去处理。刘穆之根据战时需要和当时混乱的政治局面，当机立断，果敢决策，对各项事情都迅速进行处理，从不纠来缠去，你商我议，优柔寡断，办事效率很高，上上下下都十分满意。当时，晋国的政令十分松弛，什么法律、制度都无法建立，豪门大族放纵骄横，下层民众穷困危迫，朝廷中的政令也是互相矛盾，各个衙门争权夺利，基层官吏无所适从。桓玄篡位后也想改革调整，但由于各类条文繁琐细密，就像狗咬刺猬，无处下口。刘穆之根据当时的实际情况，删繁就简，抓住主要矛盾，进行更改纠正，严格对军队、豪强和社会进行管理，刘裕带头以身作则，内外文武官员都恭谨地履行职责，仅仅十来天时间，就大见成效。史书上说是"不盈旬日，风俗顿改"。

刘裕用对了一个刘穆之，吏治、风气都很快好转。

前边提到桓玄篡位后也想改革，看他是怎么改的。据史书记载，桓玄禀性苛刻琐碎，喜好自我炫耀。主管官员上奏政事，有的一个字上下偏旁不合规范，有的个别文辞不妥当，他必定要纠正、挑剔，来显示自己的聪明。尚书回答诏书，把"春蒐"误写成"春菟"，自左丞王纳之以下官吏，凡是经手过这件事的，都被降职。桓玄大事不关注，小事很精细，经常亲自安排入宫值勤的官员，亲自署用令史等低层的官吏。他的诏令十分杂乱，想一出，是一出，连主管的官员都反应不过来，回答问题都来不及。朝廷中的纲纪树立不起来，上奏的文书积压成堆，许多大事无人处理，而他均不关心过问。朝廷上下人心惶惶，想要作乱的人很多。桓玄在没有篡位前，因手中掌握着兵权，雄据一方，胁迫朝廷，被封为楚王，那时候就爱弄虚作假，搞阴谋诡计。被封为楚王后，上奏章请求回到封国，然后暗中让皇帝亲手写诏书来挽留他。又叫人谎报说钱塘临平湖忽然开通，江州降下了甘美的雨露，动员文武官员聚集庆贺，作为自己接受天命的祥瑞。他认为前代都有隐士，自己这个时代没有隐士是一种羞愧，就四处查访，访到了西晋时的隐士安定人皇甫谧的六世孙皇甫希之，专门供给他物资费用，让他到山林去隐居，又假意征召他为著作郎，让他坚决推辞不就任，然后再下诏进行表彰，礼敬为"高士"。桓玄还想废去钱币，以谷粟、布帛来作为货物流通的工具，并要恢复肉刑。制度纷乱，没有准则，来回不停地折腾，结果政令都无法施行，这样的政权肯定是短命的。元兴三年（公元404年）五月二十六日，桓玄被益州督护冯迁杀死，篡位不到半年即灭亡。

用人要有"瘦己肥民"的胸怀

　　公元733年，唐玄宗开元二十一年，唐玄宗任命韩休为黄门侍郎、同平章事，也就是宰相。这个韩休是另一个宰相萧嵩推荐的。萧嵩推荐韩休做宰相，是认为他性格恬淡平和，自己可以控制得住。殊不知韩休是个严峻正直、不图名利，而又不讲情面、敢作敢为的人。萧嵩看到韩休刚正不阿，不徇私情，便后悔不该推荐他。但朝廷重用韩休，树立正气，很得人望，就连资深元老宰相宋璟都叹息说："没想到韩休当了宰相却还能持守正直的节操。"这既是对韩休的赞赏，也是对权到极位执公守正极其不易的感叹。

　　韩休刚正不阿、秉公守正，具体事例史书记载不是很详细，《资治通鉴》中有这样的记载："上或宫中宴乐及后苑游猎，小有过差，辄谓左右曰：'韩休知否？'言终，谏疏已至。上尝临镜默然不乐，左右曰：'韩休为相，陛下殊瘦于旧，何不逐之！'上叹曰：'吾貌虽瘦，天下必肥。萧嵩奏事常顺指，既退，吾寝不安。韩休常力争，既退，吾寝乃安。吾用韩休，为社稷耳，非为身也。'"

　　这段话主要讲了唐玄宗用韩休为相的感受。唐玄宗作为一国之君，在日理万机之余，有时会在宫中摆个宴会，观赏个歌舞，到皇家苑林打个猎、遛个马，稍稍放松一下，偶尔有点小小的过失，心里就害怕，担心韩休知道了这些事情，就赶快问身边的工作人员，这些事情韩休知不知道。往往话音刚落，韩休劝谏皇帝不要纵情玩乐的奏章就到了。唐玄宗为此也常常不愉快，心里肯定不是好滋味。左右的侍从看到皇帝不高兴，而且肯定不是一次两次，对韩休的严厉监督也看不惯，就劝唐玄宗罢免韩休，说自从韩休担任宰相之后，皇帝比以前瘦了许多。皇帝瘦不瘦，今人无法知道，但以此可知韩休敢于监督皇帝，使皇帝有时心中不快当是肯定的。如果韩休单是去监督皇帝的私生活，再圣明的皇帝也肯定不干，问题在于唐玄宗后边的话，说自己虽然消瘦了，但天下人一定会富足。并说萧嵩来汇报工作经常是看脸色行事，一切拣好的说，净是恭维顺从的话，当时听着心里很舒服，可等到退朝以后，心里不踏实，晚上连觉都睡不安宁。韩休不看脸色行事，而是就事说事，经常同自己争论，甚至搞得人很难堪，有时面子都下不来，但退朝以后，心里却很踏实，晚上睡觉也很安稳。唐玄宗告诉这些侍从们，用韩休不是为了自己，而是为了国家。

"吾貌虽瘦，天下必肥"，"吾用韩休，为社稷耳，非为身也"，这些话今天读起来也是很感人的。唐玄宗为国选人、用人，"瘦己肥民"的观念是值得称道的，尽管他未能做到一以贯之地坚持，但作为一个乾纲独断、一言九鼎的封建帝王，能说出这样的话，有这样的胸怀，也是不易的。管人用人者都应有这样的境界和胸怀。

切莫再搞品状相妨

　　这里先说一下"品状相妨"这个名词。魏晋时期，选拔官吏用的是一种叫九品中正制的办法。吏部选用官吏，负责推荐的官员，又名中正，必须向吏部提供被选用者的三项资料：一是家世，当时叫簿世或簿阀，类似现在的家庭情况、社会关系，但实质不同。当时是看出身来选官，出身高贵官位就高，这同现在了解家庭情况和社会关系的性质是不一样的。二是评语，又叫状，就是对被选用者的德才评价，类似现在的考核评价材料。三是等级，又叫品，就是根据家世和德才评价给被选用者所定的等级。一个家世，一个评语，一个品级，在这三个材料中，家世标准是固定的，就是什么等级的家族可以做什么样的官。评语和品级同家世是不能画等号的，而且往往是不一致的。你干得再好，才能再高，评语写得再好，但如果出身低微，来自寒门，你的品级就定不高，品级不高，就做不了大官，做不了超过你的品级的官。这种情况，就叫"品状相妨"。

　　九品中正制是三国时期开始实施的。曹丕称帝前，因为吏部不能审查考核天下所有的士人，就让陈群制定了九品官人法，也就是九品中正制。各州郡各自设置中正官，州一级设置大中正，由本地在朝廷任职、有德行有才能的人担任，让他们按九个等级评定人才的高下，言论美善实效显著的就升级，道义方面有欠缺的就降级，吏部则依据这些资料来补充百官的缺额。这一综合出身与才德定官位的制度，对此前完全以门第取士授官的制度来说，是一个历史进步。它在一定程度上限制了那些出身高贵，但不学无术，什么事也做不来的官宦子弟生下来就可以当官的情况，还是为干事的人开出了一条入仕门路。

任何事物都是两面的，有利就有弊。九品中正制度实行得久了，有些担任中正的不是合适的人选，营私舞弊的情况便出现了。到了西晋时期，晋武帝太康五年（公元284年），朝中有个叫刘毅的官员认真分析了这一制度，指出了八个方面的弊端。刘毅在奏疏中说："现在设置中正，评定九个等级，高低全由个人心意，别人的荣辱都在他们手中，掌握了天子的威势，剥夺了皇朝的权力。在公家一方不以评定失实为过错，在私人一方不以攻讦他人阴私为顾忌，用尽心机，多方营求，谦让的风气消失，争斗的习俗形成，臣下私自为圣朝感到羞耻！中正的设置，对于政治的损害大致上有八种：等级高下，依据权势强弱，判断是非，按照官场沉浮。对于同一个人，十天里就有不同的评语，上品中没有寒微之家的人士，下品中没有权势贵族子弟。这是第一种。设置州郡大中正，本来应该选取为乡里舆论所推崇、众心归附的人来担任，用他们来协调不同的见解，统一言论。现在崇重他们的职权而轻忽他们的人选，使杂乱、邪恶的言论充斥于乡里，大臣之间结下猜疑交恶的祸根。这是第二种。推究确立评定标准的本意，采用九个等级，是以为才能德行有优劣之分，同辈同类之人有高下之别。现在竟然使优劣颠倒，高下交错。这是第三种。陛下奖赏善良、惩罚罪恶，无不依法度裁断，偏偏设置中正，将一个地方的选拔重任委托给他们，竟然没有奖赏和惩罚的法令，又禁令他人不能上告到官府，使得他们恣肆横行，没有任何顾忌。所有受到冤枉的人，心怀怨恨，不能让朝廷得知。这是第四种。一个州或郡的士人，多者数以千计，有的流离转徙到外地，有的从其他地方谋取衣食，当面连人都不认识，更何况他们全部的才识！可是中正不管知道与否，都要定出等级、写出评语，便从官府收集这些人的善事，从传说中了解这些人的过失。过分相信自己，会有不了解人的弊端，听取别人意见，又有众口不一的偏差。这是第五种。大凡求取人才，是要用他们来治理民众，现在担任官职成效显著的，有的却列在低下的等级中；在官位上没有政绩的，反而获得很高的等级。这种做法就是贬低实际的业绩而崇尚虚名，助长浮夸不实之风，从而废除对官吏成绩的考核。这是第六种。大凡官府中政事各不相同，人的才能也各不对等，现在不考虑人的才能所最适合的工作，只是排列出九个等级，以等级录用人才，有的所从事的工作不是他的才能所擅长的；以评语录用人才，又为本身的等级所限制，只是写下些空言，以致等级与评语互相妨碍。这是第七种。没列入九个等级中的，不宣扬他们的罪过；列入的，不标举他们的善事，各人随自己的爱憎选拔人才，以培植私党，天下的士人怎能不放松自己的德行修养而专心一意地讲求人际交往呢？这是第八种。从这些表现来加以评论，职官名为'中正'，实际是诈伪的渊薮；职事名为'九品'，却有八种损害，古今政治的过失，没有比这更大的了！愚臣以为应该罢去中正，废除九个等级，抛弃魏朝的陈旧法规，重新建立一种完善的制度。"

刘毅在奏疏中首先指出了等级评定的弊端，即对一个官吏的评判全掌握在这些有考评权的"中正"手里，这个官吏的是优是劣、是好是坏，都由他们来定。名为公正居中、不偏不倚，实际是借国家权威明争暗斗，营私舞弊，助长了投机钻营、争权夺利的风气。对这种官场弊端，刘毅逐条剖析揭露：依仗权势强弱来判定是非，上品中没有寒微之家的人士，下品中没有权势贵族子弟；每考评一次官吏，都搞得纷纷扬扬，鸡犬不宁，各种说法都有，相互攻击，相互猜忌；看一个人，缺乏长期根本的了解，甚至连面都没有见过，仅凭只言片语，就下结论，定出等级；注重虚名，崇尚浮夸，败坏了吏治风气；用评语来看待人才、录用人才，而这些评语都是空话、套话、不着边际的话，干的什么好事坏事都没写进去。这种考评任用官吏的做法是选不出真人才的，反而为结党营私、投机钻营大开了方便之门。刘毅提出要废除这种做法，重新建立一套选拔制度。皇帝也认为他说的是对的，但一种制度一旦形成，改也难，在西晋一朝，始终未能改变。

中国封建社会的官吏考评选拔，历朝历代有所不同，但都有利有弊。以后通过考试来选取官吏的科举取士制度，就是在总结前代选用官吏利弊的基础上提出来的。这一制度时间较长，但最后也走进了死胡同。究竟什么样的制度是好的，不能简单地下结论。优劣好坏要看是否有利于政治清明、经济繁荣、社会安宁，各类人才能否充分发挥作用。这是很难的事，需要不停地探索实践下去。多了解点历史上选用官吏的情况，知道一下各种办法的利弊，对我们如何选好人用好人是有帮助的。

忧不在寡，而在不安

　　在中国的传统文化中，不患寡而患不均是一种较为普遍的社会心态。大家捆在一块受穷，日子反而过得安然，相互还能够体谅，也能帮助，感到都不容易，争争吵吵的事情反而少了。稍微富裕一点了，反而矛盾多了，为仨核桃俩枣而争个不停。弟兄分家在这个问题上最为明显。老伙里没有什么家业，弟兄妯娌之间很好商量，各自垒个灶台能开火吃饭就行，往后的日子小两口自家奔去。如果老伙里多少有点家业，定要均分，就是一口水缸也要砸开了平分缸片。这样的事情屡见不鲜，也都见怪不怪。均权均利思想在中国传统文化中是根深蒂固的，改也难。

　　这是民间普遍心态。

　　作为执政者来说，也有一种自古至今的普遍心态，就是忧不在寡，而在不安。西晋时期陈留人江统做太子洗马时说过一句话："夫为邦者，忧不在寡而在不安。"意思就是，治理社会，忧患不在于贫穷而在于不安定。这句话道出了为政者的普遍心态，就是做官的，不害怕穷，而害怕乱，穷了可以慢慢治，乱了就会失掉政权。这话细细品味，不能说没有道理。一个社会如果盗贼蜂拥，战乱四起，人民日不能作，夜不能寝，那肯定是什么事情都干不成，什么发展、富裕，统统都是白扯。作为执政者，安定一方是首要责任。安居才能乐业，这个次序是不能颠倒的。

但话还要说回来，任何事物都要辩证地看，不能只讲一面理，而要全面剖析。从长久来说，贫穷肯定安定不了，穷折腾、穷折腾，人穷了才会折腾。兄弟分家闹个不停，其根子还是穷，就算多少有点小家底，但大家都穷，都看重这点东西，谁得到的多一点，日子就会好过些，所以才要去争、去夺，甚至去抢。如果真正富裕了，就不会为一点小利而斤斤计较。治理社会也是一样，如果生产不发展，经济不繁荣，物资不丰富，人们整天为衣食住行而发愁，整天在琢磨怎样才能平均分配，甚至能使自己多得一点，心思都用在社会分配方面，这个社会要真正安定下来也很难。计划经济时期的票证供应制度就说明了这个问题。发展经济和社会稳定是一个统一体，是一个事物的两个方面，不能截然分开。为官者既要忧寡，也要忧不安，两者不可偏废。发展是第一要务，稳定是第一责任，从语意上看，好像有点矛盾，究竟以哪个为重？细细琢磨，深入领会，就会看到，实质上是统一的，都是重中之重，都要同时抓好。

"夫圣贤之谋事也，为之于未有，理之于未乱，道不著而平，德不显而成。其次则能转祸为福，因败为功，值困必济，遇否能通。"这也是古人江统说的话，其原意还是强调社会稳定，意思是在事情没有发生之前，乱子没有出现的时候就做好工作，看着没有多大动静，但却能保持社会的繁荣稳定，人民安居乐业。这里重点讲的是未雨绸缪之策，也是真知灼见。"为之于未有，理之于未乱"，就能"道不著而平，德不显而成"；进而达到"转祸为福，因败为功，值困必济，遇否能通"。这是为政者要认真体会、躬行实践的。

今天我们来理解这段话，就是要在聚精会神搞建设，一心一意谋发展的同时，时刻把维护社会稳定放在十分重要的位置，切实做到"理之于未乱",把各类矛盾和问题解决在基层,解决在萌芽状态。这是执政者的责任,也是善为政者的良方。我们说要提高执政能力,这也是一个十分重要的方面。

"浮夸风"溯源

说大话，吹大气，虚功领赏这一恶习兴于何时，无从考证，但作为一种风气，风行全国，则有史可查。

《资治通鉴》记载，王莽篡汉后，喜欢歌功颂德，听人赞颂就高兴，任何劝谏批评的意见都听不得，结果造成了全国上下的弄虚作假，浮夸成风。

公元19年，新王莽天凤六年，益州郡发生少数民族叛乱，王莽派更始将军廉丹前去平叛，不但没有取胜，反而激起更大的民乱。益州的少数民族栋蚕、若豆等部落又起兵造反，并杀死郡太守。越嶲郡少数民族头领大牟也起兵反叛，屠杀官民，并抢占百姓的财产。而这时，全国各地烽烟四起，到处发生民变，北部边境的匈奴也趁火打劫，屡屡侵犯边境，可以说是举国上下危情四伏。王莽一方面更换平叛将领，调兵遣将，四处救火，另一方面大规模征兵，把全国各地的壮丁、死罪囚犯、官吏、平民和奴仆，都组织起来，组成所谓的"猪突"、"豨勇"，即王莽自认为的精锐部队，送到前方去打仗。为解决军需供应，就扩大征收捐税，全国所有官民进行均摊，收取家中财产的三十分之一。又下令公卿以下直到郡县最低级官员，都要负责饲养并保护军马，饲养保护军马的数目，根据各人的俸禄多少来定，而这些官吏就把负担转嫁给老百姓。这样临时凑起来的杂牌军能不能打仗就很难说，又借机增加人民负担，可真是内忧外患一起来。同时，王莽还在全国大搞征求意见活动，以显示广开言路，虚心纳谏。他下诏广泛招集全国自认为可以击败匈奴的奇巧技术人才，允许他们可以通过各种渠道上书陈言，献技献术，并给予越级提拔，鼓励敢想敢创，只要能提出"新思路"、"新办法"就升官。在王莽的倡导和政策激励下，上书陈述方略者数以万计。有的上书说，他可以使渡江过河不用舟船，只要使战马首尾相接，就可以运送百万雄师；有的说，他可以使军队行军打仗不用携带军粮，只要让战士服用一种药物，就不会有饥饿之感；还有的说，他可以飞行，一天飞行一千里路，可以深入到匈奴后方侦察敌情。王莽就当面让他们做试验，说会飞的人，就用大鸟的羽毛做成两个大翅膀，头上和身上全都贴满羽毛，浑身上下用环形纽带缠绕，飞行几百步就掉了下来。这大概是人类最早的飞天试验了，比美国的莱特兄弟要早一千多年。大话吹过了头，王莽也不相信，知道这些所谓的发明创新都不能用，但为给自己博取个鼓励创新、爱惜人才的美名，就把这些说大话、搞浮夸的人都任命为理军，赐给他们车马，等待随军出发。

对这样的浮夸风，一些有识之士都看出了严重危害，但正确的意见根本送不上去。一个叫范升的人，时任大司空议曹，当是丞相府的工作人员，也算是朝廷中人，曾向大司空王邑写了一个报告，指出了朝廷喜欢歌功颂德，全国上下弄虚作假的严重危害，提出四夷不服不是最大的忧虑，国内人民不能心悦诚服才是最大的忧患，指出全国已陷在水深火热之中，希望王邑能够把他引见给皇帝，当面汇报一次。但王邑根本不予理会。正道走不通，真实情况送不上去，一些有见识的官员就只好"投其所好"，正话反说，以图进行讽谏来纠正时弊。一个叫韩博的地方官，时任夙夜郡连率（郡守，王莽改郡守为连率，以示创新，区别于前朝），就向王莽写了一封奏报，说我这里有个奇士，身高一丈，腰粗十围，主动来到郡守衙门，要求报名参军去打匈奴。这个奇士自我介绍叫巨毋霸，生长在蓬莱山东南、五城西北的昭如海边，小车不能载他，三匹马拖不动他。当天，我用四匹马拉的大车，竖立虎旗，载巨毋霸前来京师。巨毋霸躺着就用鼓做枕头，用铁筷子吃饭。看来这是皇天派他来辅助新朝的，希望陛下为他特制大铠甲、高车，以及古代大力士孟贲、夏育穿的衣服，派遣一员大将，勇士百余人，在道路上迎接他。京师门户如果不能容纳，就增高加大，显示给所有蛮族看看，以镇服天下。这个韩博确实胆大，因王莽的字叫巨君，他就敢用巨毋霸来讽刺劝谏。王莽爱听人说好话，但不是傻蛋。他看到这个报告非常恼火，下诏命令巨毋霸停留在半路的新丰县，而把韩博征召进京，关进监狱，以出言不当的罪名斩首示众。

从这个事件可以看出，"浮夸风"由来已久。近两千年过去了，这股邪风仍未绝迹，时不时还冒出来吹一阵子。追根溯源，这种邪恶风气来源于封建愚昧的落后文化，但往根上刨，还是"上有所好，下必甚焉"，贪图虚名，好大喜功，听喜不听忧，才是真正的风源。

奢侈浪费也要治罪

　　唐玄宗李隆基刚登基时还是很有作为的，唐朝廷又出现了新的景象，在众多的拨乱反正措施中，他还狠抓了一下杜绝奢侈浪费问题，历史也为他记下了光彩的一笔。

　　公元714年，唐玄宗开元二年，唐玄宗认为整个社会奢侈浪费风气太盛，为制止这种风气，就于七月初十向全国颁布了诏命："车乘服饰、金银器玩，一概应当让有关府衙负责销毁，以供军事、行政支出的需要；珠宝玉器、锦绣织物，均在殿前烧毁；宫中自后妃以下，一律不许穿着锦绣制成的服饰。"七月十二日，又颁发了敕命："文武百官束官服的带子和饮酒的器具、马嚼子、马镫，三品以上的官员，可以用玉来装饰它们；四品以上的官员，可以用金来装饰它们；五品以上的官员，可以用银来装饰它们；其余的官员一概禁止使用金银珠玉饰物；妇女服装饰物的标准与其丈夫、儿子的品级相应。那些原来制成的锦绣丝织品，可以染成黑色继续使用。从今以后全国各地再不许采集珠宝玉石、纺织锦绣衣物。违反上述禁令的判处杖刑一百，工匠违禁的降一等治罪。"同时，唐玄宗还命令裁撤了设在东西两京的织锦坊。

　　从这些记载中，可以看出唐玄宗整治奢侈浪费之风决心之大、措施之实。在三天时间里，连续发出两道指令，而且从具体事情入手，从源头抓起，从上层抓起，从官员抓起。首先对奢侈之物做出界定，并明令销毁。"乘舆服御、金银器玩，宜令有司销毁，以供军国之用；其珠玉、锦绣，焚于殿前。"不允许乘坐装饰豪华的车辆，不准穿昂贵华丽的衣服，不准用价值贵重的器物，现有的奢侈之物，金银之类的要交当地政府负责销毁，回炉后还可以作为军费和行政开支；那些珠宝、玉器、锦绣织物一律要在殿前烧毁。现在想象，这有点类似今天的打击毒品、打击非法出版物、打击假冒伪劣商品，集中在一个地方公开销毁，以示决心之大，并对犯罪分子进行威慑。其次是对后宫作出规定，从皇帝自家做起，要求宫中自后妃以下任何人都不允许穿着珠玉锦绣制成的服饰，提倡朴素节俭。其三是对朝中官员的服饰、用具、交通工具的规格都做出严格规定，很类似现在的住房、用车等规定，但比现在还要具体，具体到束官服用的带子、饮酒用的酒具、骑马用的驭具，而且不同品级的官员都有具体规定。其四是对官员家属的衣着穿戴和日用饰物也做出限制，不允许有所超过。其五是不允许全国各地再采集制作那些标志奢侈之物的东西。不准用，也不准做，从两头来抓。其六是立法，以法律的手段来整治奢侈浪费。为表示真抓实干，唐玄宗还同时把长安、洛阳两京的织锦工厂裁撤掉，应该说是很彻底的了。

唐玄宗治奢确实是痛下决心的，效果肯定是有的，而且不但自己做到了身体力行，还对发现的问题严厉处罚，毫不手软。公元719年，唐玄宗开元七年，唐玄宗在宫中连接两座楼阁的通道中看到卫士把吃剩的饭菜倒入坑中，十分生气，要把这个倒剩饭剩菜的卫士用刑杖处死，在宁王李宪的劝阻下才饶了这个卫士一命。唐玄宗整治奢侈浪费是值得称赞的，遗憾的是没能坚持下去。唐玄宗晚年朝廷又走上了奢侈腐败的道路，导致了安史之乱，从此唐王朝转盛为衰，开始走下坡路，直至灭亡。

腐败是从奢侈开始的，反腐败要从整治奢侈浪费开始，而且要从具体的人、具体的事抓起，并能形成制度，持之以恒，肯定是有效的。奢侈也是犯罪，也要严加处罚，这是古人留给我们的经验，值得去借鉴思考。

身处脂膏不自润

东汉光武帝建武十二年，也就是公元36年，汉光武帝刘秀下诏通知凉州牧窦融和河西五郡的太守入京朝见。窦融等接到通知后立即启程，所带宾客、随员一大群，浩浩荡荡有一千多辆车，牛羊马匹满山遍野，声势很大。

在这个队伍中，有一个姑臧(今甘肃武威)县令，叫孔奋。姑臧在当时是河西一带最富饶的县。王莽篡汉后，天下混乱；王莽被诛，但有一段时间还是军阀割据，东汉还没有真正统一全国。由于政局不稳，政令不一，吏治也十分松懈，大多数为官的人都不检点，做县令不用几个月，就可积累大量财富。乱世腐败，习成风气。而孔奋这个人，却是出污泥而不染，非常清正廉洁，干了四年县令，没有私家财产，在跟随窦融入京朝见的官员中，他是最寒酸的一个。其他各郡的太守、县令都是一车又一车的装载财物，满布于山川河谷，惟独孔奋一家什么东西都没有，全家人挤在一辆车子上。同路的郡守、县令对孔奋的清正廉洁不但不尊崇，还讥笑他，说他"身处脂膏，不能以自润"。笑话他在最富的县当官，到处都是油脂，而他这个县官身上干巴巴的，连一点油星都沾不到，也太笨蛋了吧。孔奋的行为得到了光武帝刘秀的赞赏，在京接见后，就任命孔奋做了武都郡丞，从县级干部提拔到地级干部，也算是对廉洁干部的肯定和奖赏。

"身处脂膏，不能以自润"，这是同僚们讥笑孔奋的话，今天读来却给我们很多启示。为官清廉是最起码的官德，不清廉是不道德的，更是缺德的，没有资格去做官。不论在富庶地方做官，还是在贫穷地方做官，都应恪守这最基本的职业道德。一些人认为在贫困的地方做官，那里的老百姓都很穷，为官者贪污腐败是没有良心；而在那些富裕的地方，社会风气崇尚奢华，到处灯红酒绿，纸醉金迷，为官者在这样的条件下吃点喝点、要点收点不算什么，甚至认为在富庶繁华地方做官不会吃喝玩乐、你来我往是不识时务，不会做官。这种观念古代有之，现在亦有之。对不同地区的干部有不同的廉政标准，这是绝对错误的。为官者不论在什么地方工作，穷地方也好，富地方也罢，都应该廉洁自律，在廉政上应是一个标尺。"身处贫困不自肥，身处脂膏不自润"，这是都应该做到的。

利是义之和

　　说到义和利，两者是一对矛盾，在一般情况下，大家往往认为重利就要轻义，重义就要抛利，义和利是不能统一的。在现实生活中，义利之间矛盾着的事情也很多。很要好的朋友，合伙做生意，在创业阶段十分艰难，往往能同舟共济，不分彼此，亲如家人，等到生意做大了，有了钱了，却因为利益问题而闹了别扭，甚至对簿公堂，成了冤家对头。同父同母的同胞兄弟姐妹，都是吃一个娘奶长大的，幼小时能互敬互爱，相亲相帮，等到长大成人了，特别是各自成家后，在分家时，为了财产而争得面红耳赤，甚至大打出手，以后行同路人。同在一个单位工作的同事，吃的是同一锅饭，干的是同一件事，平时互相帮助，相互照应，但到了提职分房时，却明争暗斗，甚至告黑状，闹得不亦乐乎。从表面上看，义和利这两个东西，好像是一对天敌，讲义就不能言利，谋利就不能说义，义和利是无法统一的。但从哲学辩证的观点来看，义和利是统一的，是互为作用的，完全可以一致起来。这个道理，古人已经说得很清楚了。

　　公元前320年，也就是周慎靓王元年，邹国人孟子到了魏国来见魏惠王。魏惠王问孟子说，老先生不远千里而来，有什么好办法能给我们国家带来利益呢？开口就言利，而且是国家利益。孟子在当时也是有名气的，他到各国游历，宣传儒家的政治主张。魏惠王开口就问孟子能拿出什么好主张使自己的国家得到好处，孟子回答说，主君您怎么一开口就说利呢？您应该只说义，而不要说利。一个国君，整天说怎样有利于我的国家；一个大夫，整天说怎样有利于自己的家邑；一个平民，整天说怎样有利于我个人，上上下下去互相猎取利益，这样下去，这个国家就危险了。世上没有守仁德的人遗弃他们的尊亲的，没有行仗义的人怠慢他们的君王的。魏惠王认为他讲得很好。从表面上看，孟子是反对讲利的，而只讲仁义，听到谁说利就反感。但实质上，孟子所讲的义和利是统一的，只是对利的理解和获得的方法不同而已。"未有仁而遗其亲者也，未有义而后其君者也"，就说明了这个道理。讲仁义道德的儿孙肯定孝敬老人，重行为规范的人肯定忠于君主，都重仁义了，家庭就能和睦，国家就能安定，这就是最大的利益。

据说孟子是孔子的孙子子思的学生，孟子曾经问过子思，治理民众应该先做哪一件事。子思告诉孟子，应先给民众利益。孟子当时并不是很接受，说君子所以教导民众的，也只讲仁义罢了，何必讲利益。子思就告诉孟子，仁义本来就是用以给民众利益的，属于上位的人如果不施行仁道，不能给人民带来好处，下面的人得不到应该得到的东西，就要用不正当的手段去获取利益，这样带来的不利最大。所以《周易》里边讲，利益是义的和谐协调；利益能够安身，用以崇尚道德。子思的话讲得更通俗、更透彻，把利和义有机统一起来，把利和德有机统一起来。但子思这里讲的利，不是去追求个人的私利，而是治国安邦者、执政的人去为人民谋利益。为人民办实事、办好事，就是最大的仁义，最高的道德。反之，就是不仁义、不道德的。谋公利而不谋私利，为民利而不为己利，这才是真仁义，才能做到义和利的协调，德和利的统一。

多为人民的利益着想，多为人民办些好事，这比说什么都重要。

奢侈之费，甚于天灾

生活奢侈浪费所造成的危害比天灾还要厉害，这句话是魏晋南北朝时期，一个叫傅咸的人说的。

公元282年，也就是晋武帝太康三年，车骑司马傅咸向晋武帝上了一份奏书，书中说："先王之治天下，食肉衣帛，皆有其制，窃谓奢侈之费，甚于天灾。古者人稠地狭，而有储蓄，由于节也。今者土广人稀，而患不足，由于奢也。欲人崇俭，当诘其奢，奢不见诘，转相高尚，无有穷极矣。"话语不多，道理简洁明了，而且也很深刻。很明确地告诉晋武帝，先代圣王治理天下，吃肉食穿丝帛，都是有一定的制度的，就是有定额有规定的，不是每月每天鸡鸭鱼肉无节制地吃，绫罗绸缎随心所欲地穿。生活上的奢侈浪费所造成的危害，比天灾还要大。古时候人户稠密，土地狭小，还有储蓄，这是由于节俭的原因。现在土地广阔，人户稀少，可是却忧虑财物不足，这是因为奢侈的缘故。若要在社会上形成崇尚节俭的风气，就要整治那些奢侈的人。奢侈的人如果不被整治，反而以奢侈争相夸耀，奢侈之风就会愈演愈烈，没有终了的时候。

傅咸提出要整治奢侈之风，整治奢侈之人，是很有针对性的。因当时奢侈之风确实很盛，羊绣、王恺、石崇这些皇亲贵戚、达官贵人争相比阔斗富，而且成为一种时尚，争相仿效。羊绣是景献皇后的堂弟，皇帝的小舅子；王恺官居后将军，是文明皇后的弟弟，也是皇帝的小舅子；石崇官居散骑常侍，是朝中权贵石苞的宝贝儿子。这三个人都很富有，竞相以奢侈浪费来比高低，用现在的话说，就是比富斗阔，你奢侈，我比你更奢侈，看谁家里富有，谁敢可劲花钱造货。王恺别出心裁，不用水来洗锅，而是用米浆；石崇更出新意，做饭不用柴禾，而用蜡烛来代替。王恺不服，就用紫色的丝绵制成四十里的帐幕，把道路围起来，以避尘土；石崇更绝，你做四十里，我做五十里，你用丝绵，我用锦缎，就是要压你一头。石崇用花椒来粉刷房屋，什么技术不得而知，肯定十分昂贵；王恺就用赤石脂来粉刷，要比你用花椒更美、更贵。赤石脂是一种中药，砂石中硅酸类含铁的陶土，粉红色，还有大理石样的花纹。你用花椒，是味佐料；我用赤石脂，还是中药，看谁舍得花钱。这两人斗富比财，皇帝不但不制止、不批评，而且也参与其间，把宫里的东西拿出来帮助王恺去比、去斗。晋武帝赏赐给王恺一棵两尺来长的珊瑚树，王恺拿出来让石崇看，想以此来震住石崇，意思就是这是皇家的东西，你肯定比不过，谁还能比皇帝更富。而石崇根本没看在眼里，连句称赞的话都没有说，就用铁如意把它打碎了。这下王恺发怒了，以为石崇妒忌自己的宝物，你石崇没有，就把它打碎，谁也不能拥有。石崇毫不在乎地说，打碎它不值得什么，我现在就还给你，命令左右仆从取出家中全部的珊瑚树，高三四尺的有六七棵，像王恺那么大的就更多了，任你随便挑去。这下王恺傻眼了，心神不宁，不知所措。这石崇真可称为富可敌国。

傅咸的上书就是因此而发，皇帝不会采纳也是肯定的，都是皇亲国戚、达官贵族，整个朝廷都是如此，你整治谁去？西晋好景不长，亡于"八王之乱"，从奢侈之风就可以看出极其腐败的

〔清〕梅清·沚水纪游图十二开（之一）

政治风气。

　　奢侈之风是个痼疾，几千年来从未根绝，而且还代代相传。在困难时期，都还知道节俭，知道稼穑不易，财货之艰。往往好日子过上几年，社会安定了，经济发展了，吃穿不愁，有俩余钱，就开始发晕，烧起来了。现在虽然没有王恺、石崇那样的比阔方式，但奢侈浪费之风毫不逊色，其水平甚至还要更高。请客吃饭动辄上万，搞个活动几百万、上千万，甚至上亿，这样的事例举不胜举。成由节俭败由奢，"奢侈之费，甚于天灾"，它造成的最大危害将是腐败丛生，政权垮台，整个社会风气被败坏。古训不古，常说说想想有好处。

荐人不当要追责

　　古今中外，历朝历代，对用人问题都是十分重视的，不论是和平年代，还是战争年代，所有的执政者都把选好人、用好人作为最重要的事情。尽管不同的历史时期，不同的统治集团，用人的标准和方法有很大不同，但都注重选人用人，尤其选用对自身统治有利的人才，这一点都是相同的。

　　魏晋南北朝时期，军阀混战，天下纷争，中国大地上出现了多个割据政权。特别是两晋时期，战乱更是频繁，不论是所谓的正统晋王朝，还是地方割据者，其统治地位都不稳固，多数统治者连个固定的窝都没有，而是随着战争的胜负四处漂泊。就是在这样的形势下，也多注重吏治。因为每个统治者都知道，越是在动乱年代，人才越是重要，谁掌握的人才多，谁的胜算就大，统治地位就能巩固。以晋王朝来说，西晋八王之乱后，朝廷一直处于离散战乱状态，天下四分五裂，人才也流散四方，各个政权都在招揽人才。晋朝统治者为安抚和取悦人心，对各州郡的秀才、孝廉，只要能到朝廷来服务的，也就是只要来投靠的，不进行任何考试考核，就可任命为官吏。当然，这个任命也不是像赶鸭子下水那样大拨轰，而是要朝中官吏来推荐，只要有人推荐，就可以任用。这样做的结果是可想而知的。公元318年，晋元帝大兴元年，晋元帝曾下诏让朝廷的所有官员来陈述政事的得失，也就是广泛征求意见。一个叫熊远的御史中丞就上疏指出，现在选拔官吏、任用人才，不考察实际的德行，只在乎空虚的名望；一些善于钻营之人不讲求才能，只在请托上花心思。处于高位的，把尽职办事的人看作平庸，把认真奉行法令的人视为苛细刻薄，把恪守礼仪的人看作阿谀奉承，而把安逸舒缓、高谈阔论、不干正事的人奉为美妙高雅，把恣意放达、任性胡来、傲慢不驯的人赞为坦诚直率、通达名士，结果是，各项政事不能治理，风俗虚伪浅薄。朝廷各部门多是些只为俸禄而做官的人，不但不干事，而且还坏事。若有不同的意见，就遭到排斥贬低。古代选拔官吏，被选者要陈述治国方案，而现在是先给俸禄而不加考试。现在选拔人才不超出世家豪族，施行法律不到权贵要人身上，选用的人才不能胜任自己的职责，投机钻营者得利，奸邪小人得不到惩罚。不改变这种做法，要想平息祸乱、安定社会是十分困难的。

其他一些官吏，也都针对吏治提出了一些类似的意见。晋元帝在这个问题上还算明智，下诏恢复了考试制度，并同时提出，今后推荐选拔官吏，凡是不合乎标准、不称职的，推荐他们的刺史、太守要被免除官职。这一条是很厉害的，直接把板子打到举荐人的身上，荐人者要被追责。这样做的结果是，秀才、孝廉都不敢进京了。即使进京的，也都推说有病，连续三年没有人敢参加考试。由此可以看出，当时举荐官吏之滥，请托风之盛，滥竽充数者之多。这样一来皇帝又着急了，找不到做官的人也不是个事，便想对已经来京的孝廉不加考试就任命官职。尚书孔坦上奏劝阻，说这样会使那些行为谨慎、奉行法令的人失去应该得到的职务，而使那些靠侥幸心理投机取巧的人得到官位，会败坏风俗，损伤教化。不如推迟考试的时限，给这些孝廉以学习的时间，这样制度才公平，法令才有信用。晋元帝采纳了这个意见。

至于以后的晋代用人如何，在这里不去深论，用得不怎么样是肯定的，否则就不会出现长期混乱的局面，直至政权垮台。任何一个制度不论设想得多么美好，设计得多么完善，都会有利有弊，这应当是肯定的。中国封建社会通过科举考试来选拔官吏的科举取士制，发展到以后弊端丛生，走进了死胡同。但就晋代来说，由举荐制而提出考试制，就是一大进步，为隋统一中国后实行科举制探索了路子。特别是在以举荐为主的选官制度下，明确提出，对那些实践证明名实不副、不合乎标准的官吏，推举他们的刺史、太守要免除官职，建立了责任追究制度，荐人者要为被荐者负责，这个制度的提出是很有积极意义的。伯乐相马，人要人荐，这在用人问题上还会继续下去，即使是广泛而普遍的选举制度，也有个候选人的推荐提名问题。如何把好推荐关，这是始终都要解决好的重要问题。推荐人才，荐者有责，这个责不但是有责任荐贤举能，更要负起荐人不贤、举才无能的责任。

尊重人，才能用住人

　　东汉的开国皇帝光武帝刘秀，之所以能在西汉末年的混乱政治局面中脱颖而出、力战群雄，使四分五裂的中华民族归为一统，除了自身的文韬武略外，最重要的一点就是善于用人。

　　东汉有名的戍边大将马援曾对闹独立的隗嚣说到刘秀，劝隗嚣不要闹独立，要归附刘秀，维护刘汉一统。他说刘秀的才智不是一般人所能匹敌的，刘秀心胸开阔，待人诚恳，处事器度恢宏，注重大节，和汉高祖刘邦相同。而且说刘秀博览经书，行为节制，遵循典章制度，前代君王无人能跟他相比。马援说这番话当不是刻意颂扬刘秀，因当时天下并未一统，西部隗嚣拥兵自重，西南公孙述还做着皇帝，还有一些小的割据势力尚未肃清，刘秀在中原地区的政权尚不稳固。也正是在这样的形势下，一些手握军权的人才有了非分之想，认为天下尚不知是谁的天下，许多人也在观望。马援在这个时候，说出这样的话，说明他对刘秀有比较深刻的了解。刘秀在当时，不论在政治上，还是在军事上，都是一个佼佼者，而且人格魅力也是很强的。马援说他心胸开阔，气度恢宏，也是有事实依据的。为使国家统一，社会安定，刘秀对待所有割据者都是采取怀柔和征伐并用的政策，而且重在怀柔。在他所封的侯爵中，除了跟随他南征北战、东征西讨的功臣以外，有相当一部分都是招降纳叛过来的人。包括刘玄、刘盆子、公孙述这些称过皇帝、曾同他分庭抗礼的人，他也尽最大努力去争取，不到万不得已，尽量不用武力征伐。这些，史书中都有记载，不在这里赘述。这里只略谈一下他用人的胸怀。

公元29年，汉光武帝建武五年，光武帝刘秀下诏征召处士太原人周党、会稽人严光等来京城洛阳，请他们出来做官，为朝廷办事。周党来觐见皇上，只是伏下身子行了个见面礼，连姓名都不通报，而且提出不做官，表明自己要恪守超然脱俗、不为官宦的志向。说白了，就不愿做你刘秀的官，采取不合作的态度。在当时政治动荡的社会条件下，有许多风流名士在社会上有很高的名望，议论朝政，评判是非，但就是不同统治者合作，以示清高。不像现在，为了当官而挤破脑袋打破头，跑官、要官、争官、抢官、买官、卖官，什么手段都使出来。周党等人也是朝廷多次派人去请，才千呼万唤始出来，勉强进了京城，见了皇上，但就是不答应做你的官，看来名气确实不小，谱也摆得挺大。周党等人的做派，朝中人士都看不惯，一个叫范升的博士上奏说：“太原人周党、乐海人王良、山阳人王成等，承蒙皇上厚恩派使者三次去聘请，才肯上车前来。到了宫廷觐见陛下，周党竟然不顾礼仪，仅伏下身子，而不通报姓名，高傲强悍，应让他们统统离开，不能把这些人给捧坏了。周党这些人文不能阐发经义，武不能为国君去死，只是沽名钓誉，竟然自视清高，期望得到三公的高位。我愿意和他们同坐在云台之下，辩论考证治国的方法，如果我说得不对，愿接受不实的罪名，如果是他们窃取虚名，向上夸耀，以图谋高位，就都应以大不敬的罪名惩处。”

这里先发个小的枝杈。周党等人是刘秀三次派人去聘请的，而且是以皇帝的名义去请，可见刘秀招贤待士心意之诚，对社会名流礼遇之高。以后到了东汉末年，群雄并起，一些英雄人物都去广揽人才，刘备"三顾茅庐"请诸葛亮出山帮助自己，传为千古佳话。从刘秀三请周党来看，刘备的"三顾茅庐"不是他自己创造的，而是他的刘氏祖先光武皇帝已经用过的，他是学习继承来的。所不同的是，刘秀"三请名士"并未为用，刘备"三顾茅庐"真得贤才，成就了三分天下居其一。但刘秀的"三请名士"照样带来了礼贤下士、人才归附的效果。

还回正题。光武帝看了范升的奏疏很重视，不论是朝中人才，还是在野人才，他都十分尊重，就专门下了一道诏书，说："自古以来，明王、圣君，都会遇到不愿屈服的士人，伯夷、叔齐不吃周朝的粮食，太原郡周党不接受我的俸禄，也是人各有志。令赐给周党四十匹布帛，不要再议论这件事情了。"周党等人不给光武帝面子，但光武帝仍给这些人面子，尊重他们的志向，甚至还给以奖赏，确实够宽宏大量的了。

前面提到的会稽人严光，同光武帝是同窗学友，两人幼年曾在一起读书、玩耍，交情是很不错的。光武帝登上帝位后，没有忘掉这位老同学，根据记忆中严光的形貌特征，派人四处寻访，后来在齐国找到了他。也是经过多次聘请，严光才来到洛阳同光武帝见面。光武帝任命他为谏议大夫，而严光不肯接受，也是不做官、不合作。光武帝同样尊重他的志向，放他去富春山耕种垂钓。

这些所谓的名士有多大本事，不得而知。史书记载倒有一例，也可能说明一些问题。东海郡人王良是被博士范升在上疏中提到名字的一个。王良倒是接受了皇帝的聘请，出来做了官，曾任过沛郡太守、大司徒司直，在位时谦恭节俭，用的是布做的被子和瓦质的器具，妻子儿女从不进官府。看来清正廉洁是肯定的。以后因病返回故乡，一年后又征召回洛阳，途经荥阳时，病情加重，不能继续赶路，路过朋友家门，准备拜访，但朋友不肯见他，说他没有忠言奇谋，却靠社会虚名取得了高位，为什么要不怕麻烦地往来奔波不停。这个朋友始终没有让王良进门。王良由此感到惭愧，从此就不再应召，给什么官都不干，最后老死家中。看来名士也难当，评论时势，褒贬人物，说起问题来头头是道，真正干起来可能难乎人望。没有"忠言奇谋"，老百姓也是不买账的，就连朋友也瞧不起。

从这几件事中，可以看出汉光武帝的用人胸怀，想把各色人等都调动起来，为汉家天下服务，合作也好，不合作也好，他都能容忍，目的是想造就一个"周公吐哺，天下归心"的政治局面。单就这一举措来看，好像汉光武帝的用人智慧并不是很特别，但若在当时的历史条件下，以同类人、同类事来对比，就可以看出高低来。

在同一历史时期，居于西南的公孙述在成都称帝，他也去广揽人才，以图巩固公孙政权。他征召广汉李业为博士，李业坚称自己有病，以不能胜任为由，不愿同他合作。公孙述对李业不给面子十分恼火，认为这是一种耻辱，就派大鸿胪尹融拿着诏书去威胁李业，说如果答应出来做官，就授予公侯的高位；如果不答应出来做官，就赐给毒酒喝。尹融去宣读诏书时还认真地做了说服工作，劝李业识点时务，说："当今天下四分五裂，谁也说不清楚什么是正确的，什么是错误的，你何必拿自己的生命去冒险呢？公孙述仰慕你的名声美德，把官位空下来留给你，已经等了你七年，应该说你也算是遇上了知音。出来做官，上你可以报恩于知己，下你可以荫福于子孙，自己还可保全性命和名声，这是多好的事啊。"但李业不为所动，说："君子在危险关头并不爱惜生命，怎么能够拿高官厚禄来引诱呢。"尹融仍不甘心，就说："你别激动，是不是同老婆商量一下再拿主意？"李业回答得很干脆，说："我不愿做官已经很久了，没有什么可同家人商量的。"于是喝下毒酒而死。李业死后，公孙述怕落个杀害贤才的恶名，派遣使节到李业家中去吊祭，并送给李业家属一百匹布帛。李业的儿子也不领情，拒不接受，并且逃走了。公孙述又征聘巴郡人谯玄，谯玄也不应召。公孙述照样派人用毒酒相威胁，巴郡太守还亲自到谯玄家中做工作。谯玄对公孙述的使节和巴郡太守说，坚持志向，保全节操，死而无憾，就接受了毒酒。谯玄的儿子跪下来向太守求情，情愿奉上家产一千万钱，来赎父亲不去当官的罪，才没有被赐死。公孙述又征召蜀郡人王皓、王嘉，唯恐他们不来，就先拘捕了王皓、王嘉的妻子儿女，并派使者对王皓、王嘉说："你们如果来做官了，妻子儿女就可以保全。"王嘉告诉公孙述的使节说："犬马都认得主人，何况是人呢？"意思就是不承认你公孙述这个皇帝。王皓割颈自杀，家人把他的头交给了使节。公孙述十分恼怒，就杀害了王皓的家属。王嘉听说后叹息说："我落后了。"也面对使节自杀。此外，还有犍为郡人费贻，也是不做公孙述的官，用油漆把全身涂成癞疮，装疯卖傻。同郡人任永、冯全都假称自己是青光眼，看不清东西而躲避公孙述的官。

刘秀和公孙述，一个用人真诚大度，一个用人小肚鸡肠。待士以诚，才能得到天下士人之心；尊重人，才能用住人，这是千古不破的真理。但仅对士人以礼，礼贤下士还是不够的，最重要的是要诚对天下人。只要是真心实意为国家富强、为民族安康、为老百姓办事，就是不吐哺，天下士人也会归心。

百姓向朝廷借官的启示

据《资治通鉴》记载，公元32年，汉光武帝建武八年四月，光武帝刘秀亲自率军征伐隗嚣。在进军中，颍川郡出现民变，盗贼蜂起，掠夺侵占所属县城。河东郡的守军也发生叛乱。这些民变、军变都离京城不远，直接影响到京城的安全。八月份，刘秀就急忙返回京城，九月初一回到宫中。刘秀在布置平叛中对执金吾寇恂说："颍川临近京城，应当及时平定，只有您才能胜任这件事情，请您以九卿的身份，率军出征。"刘秀没有直接下命令，而是以商量的口气来说，这也是刘秀的用人风格，尊重人，理解人，推心置腹地同臣下商量事情。寇恂对颍川的盗贼看得不重，而且对平乱也心中有数，就没有直接接受这个任务，而是对刘秀说："颍川郡之所以盗贼变乱，是因为听说您带兵到陇西、蜀国远征去了。您不在京城，他们才敢胆大妄为，乘机作乱。现在您回来了，只要一出面，这些盗贼就会害怕而归顺，不需要大动干戈。我愿意手执兵器为您做先锋。"刘秀接受了寇恂的意见，亲自率军出征。正如寇恂所判断的那样，颍川的盗贼看到皇帝亲征，也就全部投降了。

公元26年，汉光武帝建武二年，寇恂曾任过颍川太守，而且政绩不错，当地老百姓都很怀念他。史书记载他曾把扰乱地方的军人抓起来斩首示众，明正典刑。由此可见，他执法公正，从不徇情。他还担任过汝南太守，在任上时，盗贼清静，郡中无事，而且还曾兴修乡校，大办教育，很得百姓拥护。刘秀让他到颍川平定盗贼，也是知道他曾在这里做过太守，而且治理有方，熟悉情况，并想让他再到这里任职。现在刘秀亲自出马，盗贼平定了，也就不再提寇恂到颍川任职的事情。但在回军的路上，老百姓挡住了刘秀的车马，请求他把寇恂留下来。《后汉书》的记载是：光武所经之处，百姓纷纷遮道请求，说："愿陛下复借寇君一年。"老百姓向皇帝借官，这在中国历史上是十分罕见的。刘秀答应了百姓的要求，把寇恂留在长社县（今河南长葛），让他安抚当地官民，收容投降的残余盗贼。

寇恂是东汉跟随刘秀创业打江山的著名将领之一，"云台二十八将"榜上有名，是开国的功臣。史书说他"明习经术，德行高尚。一生戎马，奋其智勇。治民有方，威望素著。屈己为国，顾全大局。朝廷倚重，遐迩闻名"。在当时也是被世人称道的。我们今天不去更多地评述寇恂的历史功绩，仅就百姓向朝廷借官这件事来说，就值得深入思考。一个人在地方为官，而且处于乱世，能够做到让老百姓心服口服，并向皇帝当面提出"再借用一年"，的确是很感人的。如果寇恂心中没有百姓，没有为百姓办多少好事，老百姓绝对不会提出这种要求。一些官吏在任时，还可能有不少人说好，恭维之声不绝于耳，一旦离开，人民就开始骂娘。这样的事情不少。所以，看一个官吏，不仅要看他在位时的政绩名声，更要看他离位后的群众评价。如果都能做到像寇恂那样，老百姓主动向朝廷借官，天下肯定大治。当然，现代社会，这种现象不会有，但如果真正让人民去选官，选举自己信任的官，同借官的性质当是一样的。

百姓向朝廷借官，这在中国历史上是件十分特殊的事情，虽然罕见，但寓意深刻。这至少说明了三个问题：一是对能为人民办事、能确保一方平安、能给人民带来幸福的官吏，人民群众是信任、爱戴、拥护，并留恋的；二是提出借官，就说明对现任的官吏是不满的，说明现任官吏不能使人民安居乐业，连社会治安问题都解决不了，在他的管理下，人民没有安全感，既不能安居，也不能乐业；三是对朝廷的用人制度是不赞成的，你的制度选不出好官，老百姓就按照自己的评判标准，向朝廷借官，借来的官比你派来的官好。

这一发生在近两千年前的事情，对今天也有一定的启示作用。至少有三点：一是做领导的，应树立什么样的政绩观，怎样赢得人民的支持，为人民干点什么，能使人民真正富裕安康。人民是最公道的，干得好，干得不好，人民心里都有一杆秤。二是对谁负责的问题，是对上负责，还是对下负责，是做给上边看，还是真正为了人民干。对上负责和对下负责是不一样的，我们常说对上负责和对下负责要一致起来，因为两者是不矛盾的，都有一个共同目标，为人民群众谋福利。这在理论上是说得通的，但在实际工作中往往是要走了样的。对上负责、做给上边看和对下负责、真正为了人民干，由于着眼点不同，结果往往大相径庭。唯上还是唯下，这是个为政观的问题。三是怎样选人用人问题，也是用人观的问题和用什么样的办法选人用人问题。是用亲近的人、自己信得过的人、照顾各种关系的人、会说不会干的人、善于搞各种关系的人，还是用老百姓信得过，能为老百姓办实事、办好事而不唯上、不媚上，不去拉关系、走门子、投其所好的人；是凭实绩用干部，还是凭感情用干部，是让人民群众来定干部，还是由上边少数人来选干部，把选拔干部的权力交给谁，这都是值得我们思考的。

亡国皆由腐败起

　　人们研究历史，多崇尚英雄人物，特别是对那些开国的帝王及功臣，更是赞不绝口。史书中记载的多是他们的丰功伟业，民间代代流传的多是他们传奇的故事，文学作品大多也是描写他们的光辉业绩。人们崇尚英雄，赞美英雄，这是一个民族积极向上、富有活力的表现，是十分可喜的。人类社会需要英雄，英雄来自人民，也需要人民爱戴，这都应该大力提倡。

　　由此引出一个话题，历史是谁创造的？答案是毫无疑问的，也是争论不大的，是人民创造的。人民，只有人民，才是真正的英雄。遗憾的是，人民是英雄，创造了历史，但史书中少有记载，文学作品中也鲜有表现，担当主角的还是那些有名有姓的英雄人物。毛主席的一首词《沁园春·雪》写了秦始皇、汉武帝、唐太宗、宋太祖、成吉思汗五位在中国历史上拓疆安天下的历史人物，既肯定了他们的功绩，也指出了不足，最后以"数风流人物，还看今朝"来定音。这是老人家把风流人物定位在人民，而且是今天的劳动人民的深刻含义。

　　历史是人民创造的，真正的英雄是人民，但伟大的历史人物所起的作用，是不可低估的。任何一个人，不论他多么伟大，都改变不了历史进步的潮流，无法改变社会发展运动的规律，但有时可以影响历史进程的速度或走向，使历史的车轮减点速、转个弯、过个沟、爬个坎，这也是被无数历史事实所证明的。而那些翻转乾坤、改地换天的历史英雄人物，正是在这些历史的转弯、过坎中才成就了事业，成了英雄。我们研究历史，多关注那些叱咤风云、建功立业的人，同时也应该关注那些制造风云、掀起风云的人。

政治安定、社会和谐、事业兴旺、生活幸福，这是人类社会普遍追求的目标，谁不想安居乐业过好日子？如果一个社会能管理得井井有条，使人民各谋其业，各有其生，没有战争和动乱，哪里还会有翻江倒海的开国英雄？所以，也可以说，英雄的出现是由"狗熊"造成的，没有"狗熊"的胡闹，就没有英雄的产生。我们在歌颂、赞美英雄的同时，更要揭露那些不干好事的"狗熊"，只有把"狗熊"的问题解决好了，社会才能真正安定，人民才能真正安康，"人祸"才会越来越少。

一个政权的兴盛和衰亡，原因极其复杂，历朝历代、古今中外各有其特殊性，但也有一个共同点，那就是腐败。腐败是导致新政权代替旧政权的直接原因，也是英雄取代"狗熊"的最直接原因。每一次朝代更迭，有开国帝王，就有败家皇帝。可以说，那些败家皇帝无一不是因腐败堕落而导致江山易主、皇族改姓。这里仅举同一历史时期的两位亡国之君的腐败事迹，来看看他们的德行，就知道英雄是怎样产生的，国是怎样灭亡的。这两个皇帝，一个是南北朝时期陈朝后主陈叔宝，另一个是北周后主宇文赟，这两个人都属于"老子英雄儿笨蛋"的一类。老子苦苦挣扎，在军阀割据中雄据一方，而儿子都"狗熊"掰棒子，把父辈靠血肉打下的江山给扔掉了。

这个陈后主也是在刀光剑影中即位的。公元582年，陈宣帝太建十四年，陈宣帝生病，太子陈叔宝、始兴王陈叔陵、长沙王陈叔坚弟兄三个一起在床前伺候。陈叔陵同陈叔宝是同父异母，心怀不轨，想谋夺皇位。陈宣帝正月初五生病，正月初十就去世了。就在他们父亲的遗体面前，陈叔陵用锉药的刀把太子陈叔宝的脖颈砍伤，并对来救护的皇后也砍了几刀。由于陈叔坚的奋力救护，夺去陈叔陵的锉刀，并用衣袖把他捆在柱子上，陈叔宝才免于一死，得以逃脱。

应该说，陈叔宝的皇位得来是很不容易的。但他毫不珍惜，一上台就忘乎所以，大造亭台楼阁。他在皇宫的光昭殿前修建了临春、结绮、望仙三栋楼阁，各高数十丈，连绵几十间。窗户、壁带、悬楣、栏杆等都用沉香木、檀香木制成，用黄碧玉装饰，并镶嵌珍珠翡翠，门窗悬挂珠帘，室内有宝床、宝帐，一切服饰玩赏之物都瑰奇精美，每当微风吹拂，香气飘送数里。阁下积石为假山，引水为池塘，山旁水边都栽植奇花异草。陈后主自己居住在临春阁，他的妃子们，张贵妃住在结绮阁，龚贵妃、孔贵妃住在望仙阁，阁楼之间建有复道，可相互往来。还有什么王美人、李美人、张淑媛、薛淑媛、袁昭仪、何婕妤、江修容等，都轮番到三座楼上游玩，供陈后主享乐消遣。仅此还嫌不够，陈后主又任命有文采的宫女袁大舍等人为女学士，请宰相江总、都官尚书孔范、散骑常侍王瑳等官吏和文人学士十多人，整天陪伴他在后庭游乐欢宴，世人称这些陪伴他的人为"狎客"。陈后主每次饮酒，都要有一些贵妃、嫔妃、女学士和这些朝中"狎客"文士一起赋诗，互相赠答，然后挑选其中特别艳丽的，谱上新曲，再挑选宫女千余人练习歌唱，并分为若干部，进行编排，依次演唱，成为大型的"艳歌"会。其中有名的乐曲有《临春乐》等，多是赞美诸妃嫔的美丽容貌、多姿多情，男女唱和，绮靡轻薄。君臣们不理国政，通宵达旦地酣饮歌唱。住在结绮楼的张贵妃名叫张丽华，是个军人家的女儿，入宫时是龚贵嫔的侍女，因长得美丽，陈后主一见就喜欢上她了，不但屡屡宠幸，而且还生下一个王子，就是太子陈深。子贵母就更贵。张贵妃长了一头好发，油光发亮，长有七尺，光泽照人。史书说她聪明颖慧，富有神采，举止淑雅，还说她的一双眼睛流转顾盼，光彩四射，映照左右。这个张贵妃很善于揣摩体察陈后主的心意，知道陈后主好色，喜爱美女，就引荐了很多宫女供陈后主享乐。这些后宫的妃嫔宫女都感激她，争相在后主面前说她的好话，她就更得陈后主的宠爱。她还擅长祈祷鬼神的厌魅方术，经常在宫中装神弄鬼，进行各种不合礼制的祭祀，聚集女巫击鼓跳舞。陈后主贪于玩乐，懒于朝政，所有的文件都通过宦官来办理，送到他这里，他就让张贵妃坐在自己的膝盖上，两人半搂半卧，来裁决国家大事。张贵妃经常派人打探宫外的事情，外边有什么动静，大臣们的言行，她都预先知道，然后再告诉陈后主。后宫宦官和近臣内侍里外勾结，援引亲属亲戚，横行不法，卖官鬻爵，公然行贿。官员的升迁赏罚，不是发自中书，而是出于后宫。朝中大臣有不顺从的，就找个理由贬除。对于贵妃们，执政的大臣们都从风而靡，竞相谄谀附从。朝中都官尚书孔范，为巴结孔贵嫔，与之结拜为兄妹。孔范正事不干，极尽阿谀奉承。陈后主喜欢听喜不听忧，听到劝谏批评就烦，而孔范专门文过饰非，大小事情都赞扬后主圣明无比，把这个腐败皇帝吹得晕晕乎乎，因此得到了后主的宠爱信任，后主对孔范是言无不听，计无不从。百官大臣敢有直言进谏者，就乱加罪名，斥逐出朝。小人得势就荐小人，陈后主整日与一群美女和阿谀奉承之徒相伴，吃喝玩乐，大肆挥霍，结果不说皆知，人心离散，国亡政息。

我们再来看看北周的后主宇文赟。宇文赟做太子时，周武帝就看不上眼，知道他不适合做一国之主。但由于二儿子宇文赞也不成器，还不如太子，其他几个儿子年龄又太小，也就无可奈何。周武帝希望他一手栽培的大臣们能教导和扶持好他的这个儿子，并在生前亲自管教，严厉责罚，甚至用棍棒教训，不能说教子不严。公元578年，周武帝病逝，太子宇文赟即位，为宣帝。宇文赟一上台，就奢侈纵欲。他老子的灵柩还未下葬，他不但不守灵、不悲伤，竟到父亲的后宫巡视，看到有姿色的宫女，就强迫她们满足自己的淫欲。他曾抚摸着周武帝责罚他时留下的棒伤，大骂这老家伙"死得太晚了"。宇文赟上台后，先拿自家辈分高、功劳大的父辈、兄弟和朝中有功劳的大臣开刀，以除去有资格说话的人，先后杀了齐炀王宇文宪、上大将军王兴、大将军独孤熊、大将军豆卢绍等人。他对群臣实行特务统治，秘密派人监视群臣的言行，发现有小过，便施以严刑峻法，任意诛杀贬谪。登基刚刚一年，尚在居丧期间，他就恣意于声色歌舞，常常在殿前欣赏鱼龙变化等魔术杂技，日以继夜，通宵达旦。他还选了许多美女充实后宫，增置了许多爵位名号，史书说对这些滥脏事都无法详细记载。他游玩享乐，沉迷酒色，有时一连十日不上朝，群臣奏事，都由太监转奏。当时有个正直敢言的大臣叫乐运，曾经抬棺材到百官议事的朝堂向他上书劝谏，说他独断专行、搜罗美女、不理朝政、严刑峻法、奢侈浪费、耽于玩乐、吹毛求疵、天怒人怨。他想杀掉乐运，又怕落个杀害忠诚诤臣的罪名，才免了乐运一死。但该怎么玩，还怎么玩，说了也没用。公元579年，他心血来潮，不做皇帝了，要做太上皇。二月二十日，他将皇位传给太子宇文阐，自称为天元皇帝，把自己所住的宫殿称为"天台"，在自己的皇冠上前后悬垂二十四条玉珠，坐的车、穿的服饰、出行的仪仗，都要同前代皇帝有所不同，在数量上要增加一倍。皇位虽然让出去了，但权力并未下交，而且骄纵奢侈更加厉害，妄自尊大，无所顾忌，对国家的典章礼仪随意更改。他对臣下说话，自称为天。群臣要到天台来见他，必须先斋食三天，洁身一天。他把自己比作上帝，不允许群臣有同自己相同的东西。他常常穿配有丝带的衣服，皇冠上用金制的蝉作饰物。他只要看到侍臣的帽子上有金蝉，以及王公的衣服上配有丝带，就下令立即去掉。他还不准臣民中有"天"、"高"、"上"、"大"等称呼，官名中或人名中有这些字样的，全都得改掉。他把姓高的改为姓姜，九祖中称高祖的改为"长祖"。他命令全国的车辆都必须用整块圆木做车轮，禁止妇女涂粉画眉。他召集侍臣议论事情，只准谈如何营造宫室和改变车服，从来不许提及政事。他游玩戏乐随意无常，出入行动从无节制，仪仗侍卫、随从官员，都忍受不了劳苦奔波。自公卿以下的官员，常常遭到刑杖毒打，每次打人，都以一百二十下为度，说是"天杖"，以后又增加到二百四十下。宫女、女官照样杖责，甚至连皇后、贵妃、嫔嫱、御女等，也多被杖打脊背。他册封了四位皇后，以后又增加到五位，说妇人取法大地，大地有五类，他的皇后也得是五个。造下五具下帐（即所住的宫室，他称自己住的为上帐，皇后住的为下帐），每个皇后居一帐。他还做了五种车子，每位皇后乘坐一辆，他带着随从跟在后边，在这些车上倒挂活鸡，或者向车上投掷瓦片，看乘车的妇女惊吓喊叫。一次他到洛阳去，亲自驾驭驿马，一天跑三百里路，让四位皇后及文武几百人也都乘马随行，并让四位皇后与他并驾齐驱，如果超前或掉队，就要斥责。人困马乏，跌倒在地的比比皆是。一次去同州，增派候正、前驱、式道候，共为三百六十重，专门为他开路，做先行安排，从皇宫应门一直到长安北面的赤岸泽，数十里间，幡旗相连，鼓乐齐奏。他荒淫无度，不讲人伦，看到自己的侄媳妇长得漂亮，就利用来朝见他的机会，把侄媳妇灌醉强奸，以后又纳入宫中，封为皇后。这样的皇帝，这样的玩法，如不灭亡，天理不容，隋代周也就是很自然的了。公元580年，这个天元皇帝病死了，皇太子即位，杨坚辅政。时间不长，到581年二月，杨坚就取而代之，北周灭亡，隋朝兴起。

亡国皆由腐败起，这样的事例历史上太多，难以尽述，今日读史不能不重视这个问题，治国理政，更不能不重视这个问题。

引导舆论的另一种艺术

《资治通鉴》载，公元714年，也就是唐玄宗开元二年，"民间讹言，上采择女子以充掖庭。上闻之，八月，乙丑，会有司具牛车于崇明门，自选后宫无用者载还其家，敕曰：燕寝之内，尚令罢遣；间阎之间，足可知悉"。

这段话记载了唐玄宗如何处理社会上出现的对他不利的谣言。当时谣传皇帝要选取美女以充实后宫，唐玄宗听到这番舆论后，在八月初十这一天，下令在崇明门门口准备好牛车，然后亲自从宫中选择多余的宫女，载车送她们回家，并且颁布敕命说，我对于后宫之内的宫女，尚且要裁减遣返，怎么还会再去选美呢，这应该是完全可以想得到的。

唐玄宗刚刚登基，很想有一番作为，在各方面都是很注意的。据史书记载，他大胆拨乱反正，纠正冤假错案，任用德才兼备之人，罢黜奸佞贪贿之徒，严管宗室外戚，自身俭朴勤政，而且还能够锐意改革创新，虚心听取各方面的意见，使整个朝廷面貌为之一新，出现了类似唐太宗时"贞观之治"的气象。也正是在他意气风发之时，一片赞歌声中，社会上突然冒出来他要在全国选美，为自己找一大群小老婆的谣言，这种毁誉圣德、污蔑圣名的言论，是明显的破坏捣乱，表示着对新政府的不满，如果认真起来，似乎不论怎么查处都不为过。但当时的唐玄宗十分明智，没有把这件事上纲上线，既不成立专案组，也不让有关部门去查，而是采取了"四两拨千斤"的做法，放出大批宫女出宫嫁人，以正视听。这就告诉世人，宫中的美女都放出去了，哪还会再选美。就这样一个举动，谣言自然消失。没有兴师动众，也不用发告示、打招呼、定口径，让各地、各部门都开会来统一思想认识，就把良好的舆论树起来，把不利的舆论给压下去了。

唐玄宗以实际行动制止谣言的做法，在如何看待舆论和引导舆论的问题上，给我们以有益的启发。

过去没有新闻媒体，信息渠道也不多，而且传播速度很慢。就舆论场来说，主要是两个：一个是官方舆论场，就是圣旨、告示、书函等等，利用文字或口传的形式把政府的声音传播出去，并来主导社会舆论；另一个是群众舆论场，主要是民间信息的传播，相互间口口相传，你告诉我，我告诉他，在相互传诵中形成一种舆论。对群众口口相传的舆论场，历朝历代的统治者都是高度重视的。精明的政治家都知道，防治洪水有堵、导两方，小水可堵、可导，使其顺道归流，最好是顺势而为，不能强拦硬截。如果大水来了，犹如猛兽，是堵不住的，最有效的办法就是疏导，让洪水分流、泄力，在低洼的地方停滞，使其形不成冲击力、破坏力。政治家把治水的办法借用于引导老百姓的舆论场，通过疏理、引导等办法来影响老百姓的舆论，结果都是好的。也有人把群众的口头舆论作为火来对待，认为这把火一旦烧起来，也是很难平息的。"拦水筑坝，不如泄洪分流"、"扬汤止沸，不如釜底抽薪"等，都体现了一些政治家对舆论的重视和舆论引导的方法艺术。

现代社会信息传播的渠道很多，速度也很快，既有平面媒体，也有广播电视；既有互联网，也有手机等各类通讯工具。

可以说，不论发生什么带有新闻价值的事情，都会很快传播开来，是堵不住、压不住的，最好的办法就是因势利导，在引和导上狠下功夫。

匿罪不报也犯法

　　唐代高宗年间，宰相许圉师有个儿子叫许自然，是个负责管理皇帝交通工具的七品官，当时的官名叫尚辇直长，用现在的话说，就是皇家车队的队长。许自然闲着无事，外出游猎，在郊外一些人家的田地里跑马驰骋，侵犯了田家利益，田地的主人很生气，许自然不但不认错，还用响箭射他。这件事情让许圉师知道了，非常生气，就把许自然摁到地上，打了一百棍子。由此可见，许圉师并不放纵这个儿子。

　　但此事并未算了，许圉师虽然打了儿子，却没有把此事向朝廷报告，这就犯了匿罪不报之罪。田主人到司宪官署也就是执法监察机关告状，执掌法令的司宪大夫杨德裔没有及时处理，捂着不办。朝中西台舍人袁公瑜就派人改变姓名，把这件事通过机要渠道，秘密地反映到皇帝那里去了。

　　高宗接到告状信后非常生气，就找来许圉师进行严厉批评，说："你身为宰相管教不好自己的儿子，儿子侵夺欺凌百姓，你却匿罪不向朝廷报告，这不是作威作福吗？"许圉师一方面向皇帝承认错误，同时也觉得心中有气，已经狠揍了儿子一顿，还有人向皇帝打小报告，而且说自己作威作福，也确实难以接受，就不软不硬地辩解了几句。说自己只是中枢大臣之一，以正直之道侍奉陛下，就是勤勤恳恳地办事，堂堂正正地做人，而不能使朝中所有的人都称心遂意，所以就有人借这件事来对我进行攻击。您说我作威作福，我实在接受不了，作威作福的人，是那些手中掌握兵权，或身任重大职位的人，而我只不过是个掌管文职的官吏，专门为您服务，整天谨小慎微，闭门养身，怎敢作威作福。

这一番带刺的软顶，使唐高宗非常生气，他反问许圉师："你的意思是怨恨自己手中没有兵权吗？"看来，皇帝也不讲理，硬给扣了个大帽子。这个帽子一扣，罪过可就大了，宰相许敬宗就出来说话了，说许圉师身为人臣，做出这种事，杀了也抵偿不了罪过，就命令人带许圉师出去依法论办。高宗下诏特赦，许圉师才没有被杀，但宰相还是被免掉了。

这是儿子犯错，责而不报，罪及父亲的一件事。

据史书记载，许圉师与杨德裔结党营私，袁公瑜借机告他，也是借事说事。朝廷以结党营私罪把杨德裔流放到庭州，许圉师被贬到虔州任刺史，他的两个儿子都被免官。

还有一件事情，也是发生在唐高宗时期。

朝中的另一个宰相右相（许圉师曾为左相）李义府，负责管理选人用人的事，是个实权派。李义府在选人用人上不按规矩办，任人唯亲，任人唯钱。他的儿子、女婿也都倚仗他的职权，横行无忌，使得朝野内外怨声载道。

这事传到了高宗的耳朵里，高宗就规劝李义府，说你的儿子和女婿做事很不谨慎，他们干了许多非法的事，反映到我这里，我还为你掩盖，你应该重视这些事情，加强对子女的管教。

这李义府比许圉师还横，是个批评不得的人。皇帝规劝几句，他竟敢同皇帝翻脸，"勃然变色，颈颊俱张，曰：'谁告陛下？'"还质问皇上谁告的状。高宗还算有涵养，对李义府说："只要我说的是对的，何必问这是谁说的呢。"李义府根本没有当回事，照样我行我素，照样放纵子女，任意胡为，结果以受贿罪被查办，免掉官职，流放到巂州。儿子李津被免官，流放到振州，其他儿子和女婿都除掉为官的身份，流放到庭州。

为官者要管好自己，做到清正廉洁，实心干事，这是必须的，但同时也要管好自己的亲属，特别是自己的子女。不能说为官者的子女不能做官，不能做生意赚钱，只要靠的是真本事，走的是正道，人民群众不但不会有意见，而且还会赞誉有加。如果依靠自己手中的权力和关系，为亲友谋利益，甚至违法乱纪，欺压百姓，总有一天会出事的。历史上这样的事很多，现实中这样的事例也不少，为官者都应警惕。

人各有能有不能

公元666年，唐高宗乾封元年，唐高宗从东都洛阳出发，到泰山封禅。

唐高宗君臣十月二十八日从洛阳出发，十一月二十日到达濮阳。在行进的路上，唐高宗问大臣窦德玄，濮阳为什么称为"帝丘"。窦德玄不知道，没敢回答。大臣许敬宗看窦德玄答不上来，就跃马上前对高宗说："以前颛顼帝曾住在这里，所以称为帝丘。"这本来是君臣途中一段很平常的对话，路过一个地方，就地名的来历顺便问一下，有的知道，有的不知道，这都很正常，也不说明什么问题，更不能证明谁的才能强，谁的才能弱。许敬宗答了也就答了，大可不必拿来做什么文章。但这个许敬宗自认为学识渊博，在皇帝面前露了脸，就对跟随的其他大臣说："大臣不能没有学问，我看见德玄回答不出，心里实在感到羞愧。"言下之意很清楚，就是窦德玄没有学问，而自己才有学问。他洋洋自得，神气得很。窦德玄对许敬宗也不客气，回答说："每个人各有他能做和不能做的事，我不勉强回答我所不知道的事，这就是我能做的事。"我不知道，我就不瞎说，这样做就是对的。朝中权威大臣李勣这时也说话了："敬宗的见闻很广，这很好，但德玄的说法也不错。"和了稀泥，两不得罪，又制止了一场可能引发的争论。

史书记载这一段对话很有意思，细细品味，三个人讲的都没有错。许敬宗见多识广，替窦德玄回答了皇帝的问话，认为大臣都应该有点学问，知识面广一点，也是应该的。当然显示自己，贬损他人，肯定在德行上差了点，但话没说错，理是对的，就是方法不当，动机不好。窦德玄不知就是不知，不去不懂装懂、瞎编乱造，或找其他理由来为自己遮丑，认为不知道并不丢人，因为每个人都有所能有所不能，不做不能的事，也算坦坦荡荡，讲出的理也实实在在，就是态度不太好，不知道就该谦虚点，不但不谦虚，还振振有词。李勣不愧老成持重，善于调和矛盾，对两个人都表扬肯定，而且句句在理，让人受用，知识多很好，不知也没有什么，实事求是也很好。

我在这里不是有意弯弯绕，而是借此来说明一个问题，就是在班子里头，如何合作共事。一个班子就如同一盘棋，车马炮，士象卒，各有各的位置，各有各的作用，也各有各的本领，相互协调，团结一致，才能打胜仗。如果车马炮各自夸耀自己的本事，而轻视别人的力量，这盘棋肯定下不好。人都有所能有所不能，各自发挥所能，并去弥补别人所不能，这是美德。我们有些同志，自己不能，还不承认，不愿求教别人，认为自己什么都行，甚至不懂装懂，利用掌握的权力，胡乱发号施令，干了不少自以为是的错事。有的同志自视才高，到处卖弄，看不起这个，瞧不起那个，不论干什么事情，都认为自己是最好的，多少有点成绩，就四处炫耀，唯恐天下人不知，埋没了自己的功劳。这些做法都是不好的。

"大臣不可以无学"，"人各有能有不能，吾不强对以所不知"，都有道理在里边，值得学习。

爱才用才就不能苛责

李靖是唐初有名的将领，为李唐政权的建立和巩固做出了重大贡献，是个战功赫赫的人物。公元630年，他和徐世勣等人率兵灭了突厥，消除了多年的边境祸患。也正是在这次战争中，他的部队掳掠了突厥可汗的一些珍贵之物，可能没有上交。战争结束后，御史大夫萧瑀就上奏弹劾李靖，说他治军不严，攻破突厥颉利可汗的牙帐后，把突厥的珍贵之物掳掠一空，应把李靖交付法律部门追究责任。

御史弹劾，职责所使，不管你名声多高，权力多大，他们都敢参奏你，况且参奏李靖的是朝中名臣御史大夫萧瑀，朝廷就应该依法来办，这也是很简单的道理。但唐太宗没有这样做，而是发了一个特殊的敕令，不允许就此事弹劾李靖。他并没有肯定李靖的做法就是对的，而是在李靖来进见的时候，狠狠地进行批评教育。怎么批评的，在什么场合批评的，史书上没有说，记载的是"上大加责让，靖顿首谢"。看来不但很严厉，而且时间还不短。批评完了，唐太宗对李靖说："隋朝史万岁破达头可汗，有功不赏赐，因罪过招致杀戮。我就不这样，记录下你的功劳，赦免你的罪过。"不但没有处罚李靖，还加封李靖为左光禄大夫，赐绢一千匹，所封食邑加上以前封的达到五百户。过了一段时间，又赏赐给李靖绢帛二千匹。

就这件事的处理，从表面上看，唐太宗好像有点欠妥当。如果萧瑀告的不实，那就要处理萧瑀。如果所说属实，罪不及罚，批评教育也行，但不能再奖励。对犯有错误的人，不但不处罚，还既升官又赏赐，你做皇帝的这样做，让萧瑀这个"监察部长"还怎么干？"录公之功，赦公之罪"，有功了赏，有罪了赦，这是奖惩不明，难以服人。但如果往深里想，从当时唐朝廷的大局出发，基于对干部平时的了解掌握，唐太宗这样做是有道理的，而且是很英明的。一是李靖确实功劳很大，从消灭突厥、除去边患这一点上说，怎么奖励都不过分。李靖的错误是在消灭突厥的战争中，士兵不守军纪造成的，并不是李靖纵兵抢掠。唐太宗是个带兵的人，知道军队的情况，也知道兵怎么带。而萧瑀是个书生，理论同实际脱节，反映的情况是对的，但就是没能分清大小头，不知道孰轻孰重，把功过是非给搞颠倒了。二是唐太宗对李靖为人处世和治军是了解的。李靖在带兵治军上很有一套，是唐代的名将，不是像萧瑀说的那样治军没有法度，不能因为下边兵士有点违纪行为，就给统帅扣上一顶治军无方的帽子。更重要的是，唐太宗对李靖在人品上是很敬重的。在李氏兄弟的夺嫡争斗中，房玄龄、长孙无忌、杜如晦、尉迟敬德、程知节等，不论是文臣还是武将，都劝李世民要先下手，争取主动，除掉太子李建成和弟弟李元吉。尽管李建成、李元吉百般诬陷和暗害李世民，身边人都摩拳擦掌让他反击，但毕竟是自家兄弟，手足相残，李世民还是下不了决心，就向时任灵州大都督的李靖询问，征求他的意见。李靖不但不主动出主意，而且在李世民如此信赖，主动征询他的意见时，也不表态，基本上属于观潮派。李世民没有因此怪罪他，反而更加器重，这在常人是做不到的，你不支持我，我怎会重用你？李世民就是李世民，他从中看到了李靖的为人，就是不见风使舵，不搅进皇家内斗，而是对朝廷保有忠心，并不希望你们兄弟相残。李世民杀兄除弟是出于被逼无奈，是不得已而为之。所以，对这些能臣干将的明智之举他是大加赞赏的，这就是伟人的伟大之处。胸怀宽大，慧眼识珠，能真正地识人、知人、用人。这样的胸怀和眼光，萧瑀是不可能有的。

萧瑀在朝中也算是个重臣，经常与宰相在一起商议朝政，讨论大事。但萧瑀性格刚硬，不仅气盛，而且还很善于辞辩，说起什么都头头是道，连房玄龄都说不过他。但不管他怎么能言善辩，唐太宗基本不采用他的意见。他是御史大夫，主管监察执法，发现问题就上奏弹劾，这既是他的职责，大概也成了职业习惯。在他那里，满眼都是坏人，都是贪官污吏，房玄龄、魏徵、温彦博，这些唐太宗十分器重的大臣，自然也都有这样或那样的过失。萧瑀秉公办事，毫不留情地上奏弹劾，不畏权贵，不分亲疏，也不看你皇帝的脸色行事，其志确实可嘉，对这一点，应给予高度赞赏，现在这样的人是太少了。萧瑀对这几个人的弹劾，唐太宗根本不理不问，从不去下令追查，也不对他们进行批评。这说明，唐太宗对他的大臣是心中有数的，不会以他们的小过就去追究治罪，而掩掉他们的大德。时间长了，萧瑀也觉得无趣，十分不痛快，就辞去御史大夫职务，做太子的师傅去了，不再参与朝政。

从这些事中，可以看出唐太宗爱才用才从不苛责的用人之道和重大德掩小过的容人之量。但这里有个前提，就是对人真正了解，心里有底，才能不被言论所左右。

人无常俗，政有理乱

公元678年，唐高宗仪凤三年，唐高宗召开了个御前会议，讨论吐蕃战事问题。会议上说什么的都有，有的主张和吐蕃和好结亲，有的主张严密防守，有的主张派兵征讨，始终没有一个解决问题的良策，什么决定也拿不出来。唐高宗也是无可奈何，留下这些大臣们吃了顿饭，就让他们各自回去了。大臣们没有拿出好意见，而太学里一个叫魏元忠的学生，却上了一份奏章，借机指出朝廷的弊端，得到了高宗的赞赏。魏元忠在奏章中，提出了"人无常俗，政有理乱"的观点。史书较详细地记载了这件事，对后世当是有些意义的。

魏元忠在这篇密奏中说，治理国家的要务，在于文章和武备。现在谈到文章，都认为文辞华丽重要，而不涉及治国平天下的规划；谈到武备，都以骑马射箭为先务，而不讲求战术战略，这对于治理国家是没有益处的。西晋陆机是三国时东吴名将陆逊的后代，总结吴国灭亡的教训，作了《辨亡论》，理论上讲得头头是道，但也救不了在河桥的失败。春秋时楚国的大夫养由基善于骑射，能百步穿杨，箭穿七层铠甲，也救不了鄢陵之战的失败。这都说明了空讲理论，个人本事再大都无济于事。古语说，人没有不变的风俗，政治却有治乱的不同；军队没有强弱之分，将领却有巧拙之别。选将应该以智慧谋略为本，勇气武力为末。现在朝廷任用的将领，大多是将门的子弟和烈士的后代，这些人都是庸才，怎么能担当统兵大任？汉初的李左车、陈汤，三国时的吕蒙，西晋时的孟观等人，都出身贫贱，但都建立了很大功业，没有听说他们的家庭是世代为将的。魏元忠在这里没有谈如何去解决吐蕃的问题，而是直接对朝廷的用人制度进行了批评。他指出现在的制度有问题，选用文官看的是笔杆子，能说会写就是有本事；选用武官看的是个人武功，能拼会杀就好，而不考虑是否会治国平天下。更有问题的是，凡是功臣的后代，就给以高官，让他们去统兵打仗，这怎么能不坏事呢。

在抨击了用人制度后，魏元忠又把矛头指向了朝廷的管理制度，说奖赏和刑罚是军政最重要的事务，如果有功劳不奖赏，有罪过不诛杀，就是尧、舜这样的圣君也不能达到天下大治。现在大家都说最近的征伐，只有口头奖励而没有实际的东西，这是由于那些只看到一点小利的官员眼光短浅，担心仓库财物变空，而不知道将士在战场上拼杀要牺牲多少。老百姓地位虽然低下，但是欺骗不得的。光讲大道理，不能见实惠，是没有人去疆场效命的。打了胜仗不奖励，吃了败仗不处罚，干好干坏一个样，还有谁真心去干呢。这样下去，平定吐蕃不是那么容易的。除此之外，魏元忠还讲了朝廷一些政策上的失误，建议应该纠正。

魏元忠在这篇奏章中没有提出很具体的、有针对性的应对吐蕃战事的策略，而是指出了用人制度、管理制度和有关政策的不足，有点驴头不对马嘴。唐高宗反而很赞赏，专门召见了他，任命他在中书省值守，并特许他在朝会时可以随百官入见，就是可以参加内阁会议。高宗重视这个建议，说明魏元忠指出了失败的原因，找准了问题的要害。我读这段历史，感兴趣的是，魏元忠作为一个太学生，能关心国家大事，研究国家大事，并能提出

〔清〕华嵒·夏日山居图

自己独到的见解，是很难得的。特别是他指出，人没有不变的风俗，政治却有治乱的不同；军队没有强弱之分，将领却有巧拙之别，这是很深刻的，就是现在看起来，也是很独到的，对我们是有启发的。

魏元忠以后成为朝廷的栋梁之才，特别是在武则天执政时期还是干了不少好事的。到了晚年，他讲话很谨慎了，没有了年轻时的锐气，就是不说话或少说话也难以自保，最终还是被迫害致死，这里不去赘述。

古今日食心意不同

　　2009年7月22日，发生日食天象，我国大部分地区都可观测到，各大媒体如获至宝，像过节一样兴奋，争相报道。天文爱好者更是兴高采烈，各观测点人潮涌动，争睹天象奇观。日食这一天象，在今天不是什么怪事，科学解释已是家喻户晓，但是媒体宣传，说是五百年一遇，这就勾起了民众的好奇心，都以能遇上这一盛事为喜。

　　日食是常见的天文现象，对待这一天文现象，古人和今人的反应截然不同。在我国古代，一旦发生日食，就会人心惶惶，认为是上天对人类的惩罚，灾难就要降临，而且还要借日食来说事，议为政之得失，有的人会因此而获罪，被免官处罚，连皇帝也要受到指责批评。史书中这样的记载很多，仅取一段时间的记载，来看看古人如何看待日食。

　　公元前42年，汉元帝永光二年，三月初一，出现日食。公元前41年，冬，十一月初八，发生地震。公元前40年，夏，六月三十日，发生日食。公元前35年，春，正月二十九日，有陨石坠落在梁国。公元前34年，六月二十九日，发生日食。公元前33年，蓝田发生地震、山崩，阻塞霸水，泾水河岸崩塌，河水被阻塞，使泾水倒流。公元前32年，汉成帝建始元年，八月的某一天早上，一上一下，出现两个月亮在东方。公元前31年，夏天，发生大旱灾。公元前30年，秋天，关内连绵大雨四十余天；十二月初一，日食，当天夜晚，未央宫地震，越巂郡山崩。公元前29年，春，正月二十六日，在亳县落下四颗陨石，在肥累县落下两颗陨石；夏天降雪；秋天桃树李树开花结果，大雨连绵十多天，黄河东郡金堤决口。公元前28年，夏，四月三十日，日食。公元前27年，夏，四月，楚国降下冰雹，大的犹如饭锅。公元前26年，春，正月二十七日，犍为郡地震，高山崩溃，阻塞长江，使洪水逆流；秋，八月二十九日，日食，黄河又在平原郡决口。公元前25年，春，三月初一，日食。公元前24年，春，二月三十日，日食。公元前23年，秋，关东发生大水灾。公元前22年，春，三月，东郡降下八颗陨石。公元前19年，五月初六，杜邮降落三颗陨石。公元前18年，发生大旱灾。公元前16年，九月三十日，日食。公元前15年，二月二十八日夜，流星像雨一般从天上坠落，光彩闪烁；二月三十日，日食。公元前14年，春，正月三十日，日食。公元前13年，夏，发生大旱；秋，七月三十日，日食。公元前12年，春，正月初一，日食；夏，四月初一，空中无云而有雷声，有流星从太阳下向东划去，光耀四空，好像下星雨，从申时到黄昏才停止；秋，七月，乐宿出现彗星。公元前10年，春，正月初十，蜀郡的岷山发生山崩，土石堵塞长江的流水达三天之久，致使下游江水枯竭。

这里摘录了公元前42年到公元前10年，西汉元帝、成帝两个皇帝执政三十余年间发生的奇异天象和一些大的自然灾害。可以看出，日食现象十分常见，自然灾害十分频繁，其他的奇异天象也不少，大的灾害也很多，如空中出现两个月亮，陨石坠落，天降流星雨，冰雹大如饭锅，地震山崩，江水倒流等。这说明，日食是常见的一种天文现象，至于日食的发生是否会同时出现大的天气变化，引发自然灾害，史籍中没有这方面的讨论，只是如实记录了下来。但灾害较多，则是个事实。日食、月食、天气异变，都是自然现象，是自然界的自身运行规律所致，非人力所为，而且人类对这些自然现象的认识至今也还是有限的。但在中国古代，一旦出现天象异常，人们就把它同人事联系起来，说三道四，指东责西，甚至还要有人来做替罪羊，或者拿天象说事，规劝皇帝干点正事、好事，并想借此来清除朝中奸佞。

公元前42年，汉元帝永光二年，三月初一出现了日食。前一年，即公元前43年的夏天，天气突然变冷，太阳发出青色光芒，十分暗淡。再之前的公元前47年二月，陇西发生大地震，毁坏了城墙、房屋，不少百姓被压死。面对天象变化和各种灾害，汉元帝向给事中匡衡询问地震、日食异变情况。匡衡上书说："陛下身体力行，为国家开辟太平盛世的大道，怜悯那些愚昧的误触犯法律的官吏、民众，连年下令赦免，使他们得到改过自新的机会，真是国家之福啊！可是我所看见的是每次大赦之后，为非作歹的人并没有减少，为非作歹的行为也没有停止。今天刚刚释放出狱，明天却又犯法，一个个重新坐牢，这大概是教导不力的原因。现在社会的风气，贪财贪利，轻视道义，喜好音乐女色，崇尚奢侈，亲戚的关系日益淡薄，而婚姻的关系却十分密切，罔顾道义，阿谀迎合，意图获得不当得的利益，不惜以身试法，为利亡身，一点也没有改变那邪恶的本性。虽然每年都在赦免，仍不能避免使用刑罚。所以，我认为改正之道，在于大刀阔斧改变社会风气。朝廷，是国家的根本所在，犹如筑墙时所用的模板。朝廷上的大臣们有不团结的言论，那么下面官吏人民便会有相互争斗的忧患；上面有人专权弄势，下面便会有人兴起抗拒心理；上面有了好胜嗜杀的官僚，下面便会有人兴起杀机；上面有贪图财富的大臣，下面便必然有偷窃抢劫的民众；因为模板是墙的根本。所以治理天下的国君，只要仔细观察当时人民的习尚就可以了。礼教的推行，用不着逐家拜访，也用不着见人就去说，只要使贤能的人在位，有能力有才干的人尽忠职守，朝廷尊重礼仪，文武百官互相尊敬谦让。道德的施行，是要由内而外，从最接近的开始，然后人民才知道用谁作为榜样，努力效法，在不知不觉中，善行就日益增加。《诗经》说：'商王首都的风俗礼仪，是天下人民群众的榜样。'而今的长安，是天子的都城，天子亲自推行圣王的教化，可是，社会风气跟远方并没有差异，从郡、国中来到首都的人，不知道有什么值得学习，最后有的人却学会了奢侈荒淫。可见首都的习尚是一切教化的根源，是培养社会风气的关键，应该先要端正。我曾经听说天人之间，彼此的精气，是会互相激荡的，言行的善恶，也会彼此影响，下面的人事如何，会反映天象的变动，太阴变化，便会发生地震，太阳变化，就会产生日食，而水灾旱灾，接踵而至。陛下敬畏上天的警戒，怜悯天下人民，就应节省庞大开支，戒绝奢侈，详考过去的善良制度，接近忠良，疏远奸佞小人，提倡仁道，矫正败坏的风俗习惯，使高尚的道德能弘扬于京师，美好的声誉传播到国境之外，然后教化可成，礼让可兴。"皇上很欣赏匡衡的建议，升他为光禄大夫。这是把天象同社会风气联系起来，规劝皇帝注重教化，端正政风，以带动社会风气好转。

公元前28年，夏，四月三十日发生日食，汉成帝诏令公卿百官，要他们上书指陈朝廷的过失，不要有任何隐讳。光禄大夫刘向就向皇帝上书，说："以前在孝惠帝七年，五月二十九日，也发生日食，现在又发生日食，是在四月交于五月的时候，因此论月份，同孝惠帝那次一样；论日期，在孝昭帝元年，七月三十日，也有过日食，所以又同孝昭帝那次一样。日食不久，这两位皇帝都很快去世，而且都没有儿子。因此，这次日食，显示对继嗣不利。"当时后宫只许皇后一人受到宠爱，其他嫔妃很少有机会见到皇帝，朝廷内外的人都很忧虑，怕皇上会因此而无继嗣，所以刘向所呈奏的话，特别强调此点。成帝于是紧缩后宫和整个宫廷开支。皇后为此事上书，认为时代不同，制度也不一样，长短都要相互补助，不一定每一个细节都要和从前一样。成帝把刘向奏章上关于灾异都是由于后宫的意思，转告许皇后，并且下诏说，节省钱财，对于皇后而言，正好发扬你的美德，使你得到更大的荣誉。如果错误的根源不铲除，灾变就会相继发生。这是把天象变化的责任指向后宫，以解决宫廷侈糜之风的问题。

公元前12年，春，正月初一发生日食。因不断发生灾害和异常情况，皇帝便广泛征求群臣的意见。北地太守谷永回答说："作为君王，如能亲自实行道德，顺承天地的旨意，那么自然界的五种征候，就会正常运转，百姓就能长寿，吉祥也就同时降临。如果违背正道而胡为，又违背上天的旨意，浪费资源，则五种征候就立即有显著的失常，妖孽同时出现，饥馑跟着降临。如果始终不肯醒悟悔改，罪恶满盈，灾变丛生，上天就不再发出谴责的警告，而会将天下归于另一位有品德的新君王。这是天地间行事的正常道理，它对历代君王都是一视同仁的。加上功德有厚有薄，时间有长有短，天资有高有低，所处时代有中期、晚期，同时天道本身的变化也有盛衰的差异。陛下继承汉王朝八代基业，正是运当阳九的末季，接近二百一十年的劫数……从建始元年以来，二十年间，各种大的灾害和大的天象变异，交错发生，比《春秋》记载的还要多。在朝廷深宫后庭之中，将有骄横内臣和凶悍姬妾，醉酒狂乱，败坏国家。在北宫花园街巷里，侍从之臣跟姬妾家里的幽暗闲静之处，将会有夏徵舒射杀陈灵公、崔杼弑杀齐庄公那样的变乱。在朝廷之外，广大的国土之上，将会发生樊并、苏令、陈胜、项梁之类的奋臂作乱。现在正处在平安和危机的分界线上，是宗庙、社稷能否保存的最让人忧虑的时期。下面有不安的萌芽，然后才有上天灾变的发生，这要慎之又慎！祸患都是从细微逐渐发展而来，奸邪都是因轻视忽略而造成的。请求陛下端正君臣之间的大义，不要再与那群小人在一起狎戏玩弄，喝酒作乐。"

　　这样的事例在史书中很多，借天象说事，是中国古代社会惯用的手法，同天象变化一样，没有什么可奇怪的。天道、人道各有其道，但道与道是有联系的，人道不正不能说就能影响天道，人还没有那么大的神通，但天道完全可以影响人道，人道应该顺应天道，按规律办事，这是毫无疑问的，否则肯定要受到惩罚。封建社会的一些君主，把自己说成天子，是上天的人间代言人，来行天道之事，治理百姓。实际他们也清楚，在天道面前，他们还是人，敢言的官吏并没有把他当天来看待，而是作为人君，照样指出他们违背天道的过失。今天，这个天就是老百姓，违背了老百姓的意愿，必然受到惩罚，这是为官者时刻都要警惕的。

自古败国丧家，未始不由妇人

　　"自古败国丧家，未始不由妇人"，这句话女同志听起来有些刺耳，怎么败国丧家都是因为女人引起的？这话若是男人说出来的，的确带有偏见，是看不起女人、嫁祸女人的表现。但这句话不是男人说的，而是一个女人说的，不但说得有理，而且十分深刻，并救了一家人的性命。

　　公元313年，晋愍帝建兴元年，时为西晋末年，匈奴汉国君主刘聪的张皇后去世了，刘聪就立贵嫔刘娥为皇后。皇后新立，为示宠爱，刘聪决定专为刘皇后建一个宫殿，叫凤仪殿。正准备大兴土木，一个叫陈元达的人，时任朝中廷尉，出来劝阻。他对刘聪说，上天生育民众，为他们树立君主，让他治理天下，不是要用亿万人民的生命来满足一个人的欲望。晋王室丧失了德行，让大汉接受天下，全国民众伸长脖子，盼望卸去负担。所以光文皇帝身上穿着布衣服，床上没有两层被褥，皇后妃子都不穿锦绣丝织的服饰，皇帝车驾的马匹也不吃谷粟，这是爱护人民的缘故。陛下您即位以来，已经建造了四十多处宫殿楼阁，加上战争多次兴起，不间断地运输粮食，出现了饥荒、瘟疫，死亡的人接连不断，却还在变本加厉地考虑大兴土木，这哪里是作为人民的父母应有的思想呢！现在晋国的残余势力，西面占据关中，南面控制长江以南；李雄拥有巴、蜀之地；王浚、刘琨等武装力量也在附近窥视；石勒、曹嶷的进献供应也越来越少。陛下您不思考这些大事，不忧虑这些危急，却要另为皇后兴修宫殿，这哪里是什么最急的事情。从前西汉太宗皇帝处在太平的年代，粮食、布匹储蓄很多，想建造一个露台，召工匠计算，造价需要一百斤黄金，太宗认为这相当于十户中等人家的财产，就不再修建了。而陛下您，现在继承的是饥荒混乱的局面，所拥有的土地，不超过太宗时的两个郡，交战防守的对象也不仅仅是匈奴、南越而已。可是宫室的奢侈却到了这个程度，这是臣下不得不冒死进言的缘故。

刘聪是个很残忍的人，喜欢听奉承的话，不喜欢听批评的话。陈元达这番话不但不中听，简直就是在斥责。刘聪勃然大怒，说我身为天子，兴修一座宫殿，还需要询问你这鼠辈的意见吗？你竟然敢在大殿之上胡言乱语，让众人泄气，不杀掉你这个鼠辈，我的宫殿就建不成。刘聪命令左右侍卫，把陈元达拖出去杀了，连同他的妻子儿女，一起在东市斩首示众，还说让一窝鼠辈葬在同一个洞穴里。

刘皇后得知消息后，暗中下令左右侍卫停止行刑，亲手写奏章向刘聪进言，说现在宫室已经齐备，不需另外营造，四海没有统一，应该爱惜民力。廷尉的话，是国家的吉祥，陛下应该给以晋爵的奖赏，不奖赏反而诛杀，四海之内的人民将怎样议论陛下呢？忠臣进言规劝，原本不顾惜自己的性命；君主拒绝接受规劝，也是不顾惜自己的性命。陛下为我修建宫殿而杀死进谏的臣子，让忠诚善良的人不敢讲话是由于我的缘故，激起远近人民的怨恨愤怒是由于我的缘故，公家私人困穷凋敝是由于我的缘故，国家处于危险境地是由于我的缘故，天下的罪过都集中到我身上，我怎么承当得起？"妾观自古败国丧家，未始不由妇人"，心中时常痛恨，没有想到现在亲身做了出来，使得后代人看待我，如同我看待古人那样。我实在没有脸面再侍奉陛下梳洗，希望赐我在这个殿堂中自尽，来补救陛下的过失。

刘聪看到皇后的奏章，还真听了进去，史书记载"聪览之变色"。加上朝中一些大臣也叩头流泪极力劝谏，刘聪慢慢地说，我近年以来，稍微得了中风的疾病，喜怒超出常理，不能自我克制。陈元达是一个忠臣，我没有体察他，心中很惭愧。刘聪又把陈元达请上殿来，并将皇后的奏章拿给他看，对陈元达和在场的大臣们说，在外面辅佐的像陈元达这样，在宫内辅佐的像皇后这样，我还有什么忧虑呢？还对陈元达说，你应当畏惧我，现在却反而使我畏惧起你来。

刘聪曾在西晋末年的八王之乱中显示身手，是个杀人无数、横行无忌的军阀。听不进不同意见，我行我素，想怎么干就怎么干，对他来说，是再正常不过了。在修建宫殿这件事上，能听从皇后的规劝，的确是很难得的。我们不去过多评价刘聪这个人，这不是三言两语能介绍清楚的。刘聪有多少女人，不好统计，仅就史书记载，公元312年，刘聪把司空王育、尚书令任顗的女儿封为左右昭仪，把中军大将军王彰、中书监范隆、左仆射马景的女儿都封为夫人，把右仆射朱纪的女儿封为贵妃。还把太保刘殷的两个女儿，一个叫刘英，一个叫刘娥，封为左右贵妃，又娶刘殷的四个孙女为夫人，娶舅舅的儿子张寔的两个女儿为贵人。女人之多是可想而知的。这个刘皇后就是刘殷的女儿刘娥。在众多的美女中，能听进皇后的意见，也实在不易。这里一个根本原因，就是刘皇后把自己摆了进去，深明大义，知道大理，认为此事是因为自己建造宫殿而起，看到了这件事的恶果，讲清了给自己和国家带来的种种不利。刘聪因为爱皇后才决定修建专供皇后住的宫殿，而皇后却指出了对自己的种种伤害："陛下为妾营殿而杀谏臣，使忠良结舌者由妾，远近怨怒者由妾，公私困弊者由妾，社稷阽危者由妾，天下之罪皆萃于妾，妾何以当之？"道理讲得很明白，你这不是爱我，而是害我，也害你，更害国。一句"自古败国丧家，未始不由妇人"，说出了问题的要害。国破家亡不是妇人造成的，而是男人为宠幸女人、讨女人欢心而造成的，这既害女人，也害男人，还祸国殃民。

谈这段历史，对后人的启发是应该有的。现在有许多干部，出问题也多是出在女人身上，这是需要注意的。不论是为夫还是为妇，特别是那些爱搞情人的人，都应多想想"自古败国丧家，未始不由妇人"这句话。

这里对陈元达还要再交待几句。公元314年，刘皇后去世。315年，刘聪又娶中护军靳准的两个女儿靳月光、靳月华，立靳月光为上皇后，刘贵妃为左皇后，靳月华为右皇后。陈元达极力劝阻，说同时立三个皇后，不合礼制。刘聪很不高兴，委派陈元达担任左光禄大夫，明的是优待尊崇，实质是剥夺权力。恰巧又碰上靳月光有淫秽行为，陈元达又上奏书揭发，刘聪不得已，废黜靳月光，靳月光自杀，刘聪由此怨恨陈元达。刘聪好色，整日在宫中享乐欢宴，有时三天沉醉不醒，有时一百天不出宫门，政事全部交付一些奸佞小人，而且还听不进忠直良言，并在左右小人的撺掇下，诛杀正直敢言的大臣。陈元达进言无效，于公元316年自杀。

劝谏进言的艺术

西晋末年，地方割据政权汉国，有个宰相名叫刘殷，以高龄善终，这在兵荒马乱的年代里，是很罕见的。汉是西北部地区以匈奴部族为首领，趁西晋王室内耗时建立起来的政权，生杀予夺十分随意，朝堂之上，往往一言不慎，一事不当，惹得当权者不高兴，就会脑袋搬家。

据史书记载，汉国君主刘聪因鱼蟹供应不济，便杀了左都水使者襄陵王刘摅；因温明、徽光两座宫殿没有建成，又杀了将作大臣望都王靳陵。刘聪到汾水边去观看捕鱼，到了傍晚还不回宫。中军大将军王彰就规劝他，说近来观察陛下的所作所为，臣下实在感到痛心。现在民众归附汉国的心意还不牢固，思念晋国的念头还很强烈，刺客到处都有。帝王轻率外出，不过一个人的对手而已。希望陛下改变往日的作为，开创未来的德业，这样就是亿万人民最大的幸运了。这番话完全是为了刘聪的安全和政权的稳固，是很好的话，而且也不难听、刺耳，让人听起来不受用。就是这样，刘聪也听不进去，你敢说君王的不是，这还了得。刘聪十分恼怒，就下令要杀掉王彰。经王夫人苦苦哀求，虽然死罪免了，但还是把王彰囚禁了起来。

太后张氏看到刘聪刑罚残酷，就以绝食来规劝，连续三天不吃不喝。刘聪的皇太弟刘义、单于刘粲也用车载着棺材，以死来规劝。这都是他自家人，用死的办法来劝谏。就这样做，刘聪也仍然听不进去，而且还大发雷霆，说我难道是夏桀、商纣吗？你们这些人却来为活人哭丧。这刘聪太不像话了，事情到了这个份上，怎么收场呢。朝中的大臣，太宰刘延年、太保刘殷等公卿、列侯一百多人，都脱下帽子，流着眼泪说，陛下功绩高、恩德厚，当代没有人可比，从前可称颂的是唐尧、虞舜，当今就是陛下。可是近来因为供给稍微不足，就杀掉王公；正直的言论违背了您的旨意，就把大将囚禁起来，这是我们臣下私下里所不能理解的，所以一起为之忧虑，忘记了吃饭睡觉。先是把高帽子给刘聪戴上，说你是天下最圣明的君主，然后对刘聪的一些做法提出疑问，没有说你做得不对，而是说做臣子的没有理解，还请您圣言明示。这刘聪也不是傻冒，而是绝顶聪明的人，有人搬了梯子，他就可以下楼。就感慨地说，我昨天酒喝多了，做出的事、说出的话都不是我的本意，说的是醉话，办的是糊涂事，你们都别当回事。幸亏你们提醒，要不我还不知道在大醉中办了错事。下令赦免了王彰，并把王彰升为骠骑将军，封为定襄郡公。对刘延年、刘殷等人，每人奖了一百匹绢帛。不论怎么说，这个台阶还算下得不错，结果还是好的。

可以想象，在这样的政治环境中做官谋事，还不是提着脑袋，整天战战兢兢的，连出气都难以匀称。皇上高兴了，给个好果子吃吃，不高兴了，轻则皮肉受苦，重则脑袋搬家，过后一句我喝多了，办了件不是本意的糊涂事，就打发了。这样的官确实难做，日子确实不好过。而刘殷能在这样的情况下权居高位，得以善终，确实不易。据史书记载："殷为相，不犯颜忤旨，然因事进规，补益甚多。汉主聪每与群臣议政事，殷无所是非；群臣出，殷独留，为聪敷畅条理，商榷事宜，聪未尝不从之。殷常戒子孙曰：'事君当务几谏。凡人尚不可面斥其过，况万乘乎？夫几谏之功，无异犯颜，但不彰君之过，所以为优耳。'官至侍中、太保、录尚书，赐剑履上殿、入朝不趋、乘舆入殿。然殷在公卿间，常恂恂有卑让之色，故能处骄暴之国，保其富贵，不失令名，以寿考自终。"意思说得很明白，刘殷处事从不冒犯君主的尊严，不违背圣上的旨意，而是顺着事情的发展进言规劝，补正缺失、进献良策很多。刘聪每次和臣下商议政事，刘殷从不表示赞同或反对。臣子们退下后，刘殷单独留下，替刘聪分析比较，商讨正确的决策，刘聪没有不听从他的。刘殷经常告诫子孙们说，侍奉君主，应该尽力地委婉规劝。一般人尚且不能当面斥责他的过错，何况是天子呢？委婉规劝的效果，同冒犯君主进行规劝没有差别，但不显示出君主的过错，所以要好一些。刘殷官至侍中、太保、录尚书事，特许带着佩剑、穿着鞋子登上殿堂，入朝时不必碎步疾走，可乘坐车辆进入宫殿。但刘殷在公卿大臣中间，总是态度恭顺，带着谦卑退让的神色，所以能在骄横凶暴的国家中立身，保全他的富贵，不失去美好的名声。

刘殷的做法是在特定的历史时期既要做事、又要保全的不得已之法，今日读史，可不必效仿，若那样去做，反而显得虚假，也活得太累。但有两条值得思考：一是劝谏的艺术，不要当面揭短，让人下不来台，而是要尊重人，在这个前提下帮助分析利弊，以求把事情办好。更不能借助征求意见而显示自己，贬损他人。二是不居功自傲，始终谦卑退让，对人和气。这两条不论作为人生修养，还是为政之德，都是值得提倡的。

要防藉小信而成大不信

魏晋南北朝时期，中书侍郎范宁、徐邈两个人受到晋孝武帝的信任。这两个人也不负圣望，多次进献忠言，弥补遗漏，纠正过失，敢于指责朝中一些奸佞之徒。范宁有个外甥，叫王国宝，喜欢投机钻营，阿谀奉承。范宁对这个不争气的外甥毫不客气，劝皇帝罢免他的官职。这王国宝也不是省油的灯，通过拉拉扯扯，同琅邪王司马道子拉上了关系，就和琅邪王串通一气来诋毁范宁，结果把范宁调出京城，到豫章担任太守去了。

范宁并没有因为被挤出朝廷而气馁、消沉，不论在什么地方、什么职位，都忠心耿耿地干活办差。他在豫章任上实心干事，不但自己深入实际，了解社情民意，而且还派遣了十五个郡守的属吏到豫章所辖的海昏、新淦、建成、望蔡、永修、建昌、吴平、豫章、彭泽、艾县、康乐、丰城、新昌、宜丰、钟陵等县，每县设一个议曹，深入到基层、民间，搜集民情，考察政务，了解当地官员的好坏。范宁的用意是很清楚的，就是多派一些人下去了解情况，同时也起到一定的监督作用。这不能说不是一个好办法，也是想把豫章治理得更好。

他的好朋友徐邈对他的这个做法却不赞同，专门给他写了一封信。文字不长，摘录如下：

足下听断明允，庶事无滞，则吏慎其负，而人听不惑矣，岂须邑至里诣，饰其游声哉！非徒不足致益，实乃蚕渔之所资，岂有善人君子而干非其事，多所告白者乎！自古以来，欲为左右耳目者，无非小人，皆先因小忠而成其大不忠，先藉小信而成其大不信，遂使谗谄并进，善恶倒置，可不戒哉！足下慎选纲纪，必得国士以摄诸曹，诸曹皆得良吏以掌文案，又择公方之人以为监司，则清浊能否，与事而明；足下但平心处之，何取于耳目哉！昔明德马后未尝顾左右与言，可谓远识，况大丈夫而不能免此乎！

意思是说，范宁您听讼断狱能做到明确公允，各类事务都处理得很及时，从来没有积压，下级官吏都担心出差错，办事都十分小心谨慎，人们的心中没有什么疑惑不解的了，哪里还需要派人深入到乡邑再去探问情况，去获得一个最深入实际、相信群众的虚名呢？这不但不能获得益处，而且实际上是给侵占剥夺百姓的人提供了机会，世上哪里有正人君子干预不属于自己分内的事情，说长道短的呢？自古以来，想当别人身边耳目的人，没有不是小人的，都是先依靠小的忠诚做出大不忠诚的事来，先凭借小的信义做出大不信义的事来，这样使得恶进谗言和阿谀奉承的人同时并进，是非善恶混淆颠倒，能不引起警惕吗？足下慎重地挑选部属，一定能得到才能超群的人掌管各部门，各部门都能得到优秀的吏员掌管文书，又选择公正无私的人做监察方面的官员，这样属吏们的清白浑浊、才能高低，从他们的办事过程就可看得很清楚。您只要平心静气地加以观察，何必借用耳目呢？从前东汉光武帝明德马皇后，从来不和身边侍卫的人谈论公事，可以说得上有远见卓识，难道您身为一个男子汉还不能避免这种依靠耳目的行为吗？

范宁为了更多更具体地了解基层的情况，派人下去明察暗访不能算错，而且这种办法至今还在沿用，效果还是很好的。徐邈反对派人下去做耳目的论述也是非常深刻的，确实发人深思。"自古以来，欲为左右耳目者，无非小人，皆先因小忠而成其大不忠，先藉小信而成其大不信，遂使谗谄并进，善恶倒置，可不戒哉！"这话讲得可谓入木三分，历史上这样的事例也是数不胜数。徐邈这里讲了一个很重要的观点，就是关键要把人选好用好，使他们能各司其职，各负其责，秉公办事，就不需要用耳目再去盯梢监督。选好人、用好人是最根本的，不要把心事花在耳目访查上。

嗜酒误国又丧命

　　酒不是好东西，但爱喝酒的人不少。友人相聚、客人来访，都要以酒来招待，以显亲密友善。就是一些内事、外事活动，各类庆典纪念、相互经贸往来，洽谈事务、联络感情，最高的礼遇接待规格，无一不是举行酒宴。这样看来，酒又成了世间最美好的东西。三国时期曹操"何以解忧，唯有杜康"的千古名句，使酒的身价倍增。历代文人雅士颂酒、赞酒，以酒消愁抒怀的佳作不可胜数，酒成了中华文化中非常耀眼的一部分。高兴了，以酒祝兴，愤懑了，借酒浇愁，不论好事坏事，都要用酒来伴。关于酒文化，已有许多人去进行研究，而且也颇有见地，这里都不去赘述。我还是开头那句话，酒不是好东西，误事、害人还误国，这样的事例也是多如牛毛，难以尽数。这里仅举一例。

　　晋代自"八王之乱"以后，国家一直处于战乱之中，诸个割据政权你攻过来，我杀过去，老百姓没有一天安生日子，而朝廷却照样歌舞升平，饮酒作乐。到晋孝武帝时期，孝武帝刚刚登基的时候，还知道勤于政事，亲自处理政务，大权自己掌握，有点君主的气度。但好景不长，由于爱上了酒，便日日以酒为伴。这酒和色又是亲密战友，贪酒势必近色，便天天沉湎于酒色之中，没有时间和精力去处理朝政，就把政事委托给琅邪王司马道子去办。这个司马道子也是个酒君子，日夜和皇帝一样以酣饮欢歌为乐事。这孝武帝还崇尚佛教，追求奢华，所亲近的都是些三姑六婆、僧人尼姑。他身边亲信得宠的人，竞相争权夺利，上下相互交结，私事相互请托，公开进行贿赂。他对官吏的赏赐也杂乱无章，刑罚惩处更荒谬错乱。孝武帝把大权交给司马道子，司马道子的权势便倾倒朝廷内外，远近的人都来依附他。司马道子是个骄横放纵之人，陪同孝武帝宴饮时也经常喝得酩酊大醉，有时连对皇帝的礼节和尊敬都不顾。

司马道子不但嗜酒，而且大权独揽后还极其放纵奢侈，任意胡来，他所宠信的人多是奸佞之徒。在他最宠信的人中，有一个叫赵牙的小人，是个歌舞杂技艺人；还有一个叫茹千秋的人，是钱唐县搜捕盗贼的小吏，也是不地道的人。这两个人都是靠谄媚贿赂而得到司马道子的赏识，靠陪酒玩女人爬上了高位。司马道子委派赵牙担任魏郡太守，茹千秋担任骠骑咨议参军。这个赵牙知恩图报，为司马道子建造豪华住宅，在宅院内堆筑假山，开挖游泳池，仅人工费用就达上亿钱。孝武帝曾到司马道子的家中，对司马道子说，你这府第内竟然有山，太好了。言外之意就是你整修装饰得太过分了，顺便给你提个醒。孝武帝离开后，司马道子对赵牙说，皇上如果知道这个山是人工造成的，你就一定会被处死。而赵牙却说，有您老在，我怎么敢死？根本就不在乎，不但不收敛，而且更加扩展宅第的土木工程。茹千秋利用手中的权力拍卖官位，招揽权势，聚敛的财货高达几亿。孝武帝看到司马道子权势日重，而且无所顾忌，就在人事上做了一些安排，以防范司马道子。司马道子也不是傻子，也紧着拉人，抢占位置，培植自己的党羽。朝中的亲亲疏疏、团团伙伙竞相出现，内斗也就开始了。

就是这样一个政治局面，晋孝武帝照样是日日欢宴，夜夜豪饮，整日沉醉在内廷之中，酒醒以后能处理政事的时间很少，大臣们很难见到他，想汇报点事情都难。这时在孝武帝的众多女人中，张贵人最受尊宠，后宫的人都很怕她。公元396年，晋孝武帝太元二十一年，九月二十日，孝武帝和后宫的人一起喝酒，歌女和乐队在一旁侍候。这时张贵人年龄将近三十，孝武帝跟她开玩笑说，你按年龄也应该退休了，我又爱上了一个年轻的。这本来是喝酒时的一句玩笑话，但张贵人却发怒了。到了晚上，趁孝武帝喝醉睡在清暑殿上，张贵人拿酒给宦官喝，把这些宦官全部打发走，然后指使婢女用被子蒙住孝武帝的头，将其杀死，并重重贿赂左右的人，说孝武帝因噩梦惊骇突然崩逝。当时，太子愚昧懦弱，司马道子又昏庸荒淫，也就没有去追究。

这是喝酒惹的祸。但简单地把祸都归咎于酒，这酒也确实有点冤枉。酒不是好东西，喝多了就惹祸，这是肯定的，但根子还在喝酒的人，把握好了量和度，坏东西可能就成了好东西。

圣王用刑，惟诛元恶

　　"圣王用刑，惟诛元恶"，这句话现在看来不难理解，就是处理一些重大事件时要区别对待，对于一些犯罪分子，要首恶必办，胁从不问，对上当受骗者给以教育就行了。这是平息事态，稳定局面，争取绝大多数的一个政策。这个政策用好了，就可以起到震慑犯罪、教育群众、稳定社会的作用。处理任何事情，都要具体问题具体分析，善于抓主要矛盾，这是一个方法论问题。但这样的方法或这样的政策，也是在沉痛的历史教训中得来的。

　　公元320年，晋元帝大兴三年，赵国的将领解虎和长水校尉尹车谋反，并和巴族的酋长句徐、库彭等人相交结。事情败露，解虎、尹车被处死。赵国的国君刘曜把句徐、库彭等五十多人都囚禁起来，准备杀掉他们。这时光禄大夫游子远出来劝阻，说圣明的君主施用刑罚，只是诛杀首恶分子而已，不应该杀得太多。刘曜不听，游子远竭力争辩，而且叩头叩得头部流血。刘曜十分愤怒，认为游子远是在帮助反叛者，就把他囚禁起来，把句徐、库彭等人全部杀死，并把尸体在街市上陈列了十天，然后又投入水中。这样做的结果，激起了巴族民众的全体反叛，他们推举巴族酋长句渠知为君王，自称为大秦，改年号为平赵。四川之中的氐人、羌人、巴人、羯人起来响应的有三十多万人，关中一下子大乱起来，城门在白天都要关上。这就是不区别对待任意株连而惹的祸。

这时游子远又从牢中上疏，再次规劝争辩。刘曜更加愤怒，亲手毁掉奏章，说大荔奴才，不担心自己的性命危在旦夕，还敢这样做，是嫌死得晚了。游子远是大荔部落的人，刘曜就骂他为大荔奴才，喝令左右马上杀掉游子远。这时朝中的大臣刘雅、郭汜、朱纪、呼延晏等都出来规劝，说游子远被囚禁起来，自己是死是活都不知道，但还不忘记尽力规劝，这是忠诚到了极点。陛下您即使不采用，也不能杀了他。您如果早上杀了游子远，臣下等人也要晚上死去，以此来彰明陛下的过失。这样天下人都将抛弃陛下而离开，您还能再和谁生活在一起呢？可以说是连哄带吓，才使刘曜的怒气平息，赦免了游子远。

刘曜下令宫廷内外严密戒备，将要亲自讨伐句渠知。游子远又规劝说："陛下果真能采用臣下的策略，一月之内可以平定，大驾不必亲自征讨。"刘曜说："你说一说看。"游子远说："他们没有远大的志向，不是想谋求非分的地位，只是畏惧陛下严厉的刑罚，想逃避死亡而已。陛下不如宽宏地大加赦免，给他们改过的机会。凡是先前受到解虎、尹车等人事牵连，家中被官府收禁的年老体弱者，都释放回家，使他们招引自己的亲属，准许他们恢复旧业。他们得到了生路后，怎么会不归降呢？如果他们中有人自知罪恶深重，聚集不散，请赐给臣下五千体弱的兵士，一定替陛下斩下他们的首级。不这样的话，现在的反叛者漫山遍野，即使对他们施加天子的威严，也恐怕不是几个月或几年能铲除的。"刘曜这次接受了规劝，当天就颁布大赦令，并委派游子远担任车骑大将军、开府仪同三司、都督雍秦征讨诸军事。游子远屯驻在雍城，归降者有十多万。军队推进到安定，反叛的人都投降了。只有句氏的家族和同乡五千多家，在阴密据守。游子远进军攻打，消灭了他们，又率领军队进入陇西。在这件事以前，氐人、羌人十多万家，曾占据险要地势，不肯归附，他们的酋长虚除权渠自称为秦王。游子远进军，逼近他们的营垒，虚除权渠出兵抵御，五次交战都失败。虚除权渠想投降，他的儿子虚除伊余在众人面前大声宣称："从前刘曜亲自前来，还对我们无可奈何，何况这支小股部队，怎么要投降呢？"率领五万强劲的兵士，在早晨直逼游子远的壁垒门前。各将领想反击，游子远说："虚除伊余英勇强悍，当今没有对手，所率领的军队，又比我们精锐，加上他的父亲刚刚失败，怒气正旺盛，他的锋芒是不可抵挡的，不如等待一些时间，让他的锐气衰竭，然后攻打他们。"于是坚守壁垒，暂不交战。虚除伊余愈加骄傲狂妄。游子远抓住机会，趁他没有防备，在一天夜里部署好了军队。清晨遇上大风，尘土飞扬，天色昏暗，游子远出动所有军队，发动袭击，活捉虚除伊余，俘虏了他所有的部众。虚除权渠大为恐惧，披头散发，割破脸皮，请求投降。游子远上奏刘曜，委派虚除权渠担任征西将军、西戎公，把虚除权渠兄弟和他们部落中二十多万人，分别迁徙到长安。刘曜委派游子远担任大司徒，录尚书事。

这一历史事件非常典型地说明了一个道理，在处理群体性突发事件时，如果一概而论、上挂下连，必定要带来巨大的祸患。历史上这样的事例很多，现实生活中各种各样类似的矛盾也不少，我们学会区别对待的办法，对化解矛盾、调处纠纷是十分有益的。特别是在处理重大涉众性问题的时候，一定要有区别，讲政策，要宽恕绝大多数人，团结争取绝大多数人，重点惩处首恶分子，这是始终都要牢记的。

辩论朝堂，择善而从

公元429年，也就是宋文帝元嘉六年，魏国君主拓跋焘计划袭击北方的敌人柔然部落，在南郊练兵，并祭祀了天神，部署部队整装待发。这时朝廷内外的臣僚都不想出行远征，太后也出来坚决阻止这次军事行动，只有一个朝中大臣叫崔浩的劝拓跋焘出兵。尚书令刘絜等人以群臣的名义共同推举太史令张渊、徐辩，让他们两个以天象来劝说魏主不要出征。他们告诉拓跋焘说，今年是"三阴之岁"，三阴聚集木星遮掩月亮，太白金星出现在西方，出现这种星象就不能用兵，如果强行出兵，北伐肯定失败，即使战胜，也对皇帝不利。朝中多数大臣也都赞同附和这两个人的胡说八道，并说张渊是专门研究星象的，能预知未来，年轻的时候曾经劝阻过秦国君主苻坚南伐晋朝，苻坚不听而失败，他说的事没有不应验的。拓跋焘是在马背上征战出来的人，根本不信这一套。但太后反对，群臣劝阻，而且搞天象的人又搬出星象理论预言出则必败，即使侥幸胜了，也对皇帝不利。未出征就先言败，这些乌鸦嘴是很有市场的，也是扰乱军心的。拓跋焘心里很不痛快，但决心并没有动摇，就把这件大事公开在朝堂之上让群臣辩论，实际上就是让主战派和反战派辩论，拓跋焘亲自主持辩论大会。

主战派崔浩对星象很有研究，也是个经常拿星象说事的人。既然张渊、徐辩以星象变化来反对出征，崔浩就找出星象变化有利出征的根据。崔浩质问张渊、徐辩说："阳为恩德，阴为刑杀，所以，发生日食就要修行恩德，发生月食就要修整刑罚。帝王用刑，小的是在市朝上处决罪犯，大的是陈兵原野对敌国用兵。现在出兵去讨伐有罪之国，乃是修整刑罚的举动。我私下观察星象，连年以来，月亮运行遮掩昴宿，至今仍是这样。这种星象预示，三年之中将有天子大破旄头之国。蠕蠕（即柔然）、高车，是旄头星的部众，出征有利，不要迟疑。"

在崔浩面前，张渊、徐辩想靠星象之说来劝阻出兵已经毫无说服力，专家对专家，崔浩的学术根基比他们要厚。这两个人辩不过崔浩，就又说出另一番歪理，说蠕蠕是荒外无用的东西，占领它的土地也不能耕种来收获粮食，获得它的民众也不能让他们臣服而役使，他们移动较快，来去无常，难以攻取和制服，有什么值得急不可待、劳师动众地去讨伐他们呢？这的确是迂腐之言，是没有政治眼光的表现，但却代表了朝中大多数人的意愿，认为柔然部众是居住在荒蛮之地、四处流动野性之人，收服不了，收服了也没益处。但这些人不知道，柔然一直是北魏北部边疆的强敌，经常南下掠夺，柔然不灭，魏国就无宁日，而且也无法腾出力量，西进南下称雄中原。

崔浩知道魏国君主拓跋焘的雄才大略，也为他能实现这一雄才大略而出谋划策，对张渊、徐辩的这些观点，他认为根本不值得去反驳，很干脆地说，张渊、徐辩讲天文星象，这是他们的职分，至于人间事务及当前形势，恐怕就不是他们所知晓的。他们的这些观点是汉代老生常谈的东西，没有什么新鲜，而且现在提出来，也很不合时宜。蠕蠕本来是我们国家北方边疆的臣属，中途背叛离去。现在诛杀他们的元凶，收集他们的良民，使他们恢复往日的赋役，不是没有用的。

辩论的结果是少数派获胜，当然根子还是君主支持，符合他的意愿。

这年的五月初一发生了日食，拓跋焘出兵的决心毫不动摇，五月十六日就带兵到达了漠南，舍弃辎重，亲率轻装骑兵每人两匹马快速袭击柔然，迅速到达栗水（今蒙古国境内翁金河）。柔然的纥升盖可汗事先没有警备，民众牲畜布满原野，看到魏国大军到来，惊恐万分，四散逃去，没有人能够聚集统领。纥升盖也慌忙烧掉帐篷，向西逃跑，不见踪迹。拓跋焘率领军队搜索讨伐，在东西五千里、南北三千里的范围内，俘获斩杀甚多。这一仗，柔然族前后投降魏国的有三十多万落（户），俘获战马一百多万匹，畜产、车子、帐篷，满布山野水泽，不下数百万。回军后，又招降高车国各部落十万落，获得马牛羊百余万。十月份，拓跋焘回到都城平城。迁移柔然、高车的投降依附之民到大漠以南，东到濡源，西到五原阴山，三千里之中，让他们耕种放牧，收取贡赋。从此，魏国民间马牛羊和皮货等的价格就比较低了。

这一仗的军事意义、政治意义、经济意义都是十分显著的。今天重提这段历史，不是去研究南北朝时期那一段分裂征伐、聚合统一的事件或原因，而是从中得到一点启发，就是重大决策如何组织实施。魏世祖拓跋焘这个决策无疑是英明的、正确的，却是不得"臣心"的，朝中绝大多数人都反对，甚至动用太后，搬出了神明（星象），已经到了寸步难行的地步。思想不统一，步调不一致，就很难打胜仗。为确保正确决策的通过和实施，拓跋焘没有利用职权去强制执行。在当时君主专断的时代，强制执行是家常便饭，而拓跋焘没有采用，反而采用了公开辩论的形式，在朝堂之上进行公开辩论，让大家畅所欲言，各抒己见。实际上，这也是在造舆论，以此统一思想，鼓舞士气。结果在辩论中使这项决策获得了通过。

不论那些反战派是否真正心服口服，但公开反对的声音没有了，正确的舆论也树立起来了。辩论朝堂，择善而从，这确实是个好办法。今天，当我们遇到一些棘手的事的时候，完全可以把它们拿到一定范围内，甚至群众中去讨论，不定调子，不划框子，让大家评头论足，充分发表意见。辩论厅堂，择善而从；辩论朝野，择善而用，肯定好处多多。各级领导者不妨都试试。

抚士贵诚，制敌贵诈

　　"抚士贵诚，制敌贵诈"，这个道理不复杂，就是用兵的方法，安抚将士贵在于诚，制服敌人贵在欺诈。《孙子兵法》早就讲过"兵不厌诈"。两军对垒没有什么道理可讲，运用军事手段解决问题，就是胜者为王，败者为寇。带兵打仗，不论采用什么办法，只要能打胜仗就是好办法。这两句话放在一块来讲，意义就更深了一层。带兵的人对自己的士兵要亲、要爱护，做到爱兵如子，而对敌人一定要狠、要欺诈，要想办法把他们置于死地，这两者是统一的，是一个事物的两个方面。不关怀爱护将士，就不会有人去流血牺牲，部队就没有战斗力。对敌人不狠不诈，就会捕虎不成反被伤，甚至丧命。

　　"抚士贵诚，制敌贵诈"，说这句话的是唐代高宗时期一个叫裴行俭的人。

　　公元680年，唐高宗永隆元年，高宗任命裴行俭为礼部尚书兼检校右卫大将军，定襄道行军大总管，率领十八万军队讨伐突厥。裴行俭带兵出征的途中对他的部下说了这句话："用兵之道，抚士贵诚，制敌贵诈。"并举了战例说明这个道理。他举了在他出征前不久一个将军萧嗣业运送军粮时被突厥抢掠，使得士卒受冻挨饿导致了失败这个战例，并预测突厥还会采用这一招。

裴行俭就伪装粮车三百辆，每辆车上埋伏五个壮士，各拿名叫斩马剑的长刀和强劲的弓弩，以几百名老弱的士兵作为诱饵，而在险要的地方埋伏精兵，以待敌军前来抢粮。突厥兵果然上当，来抢粮的士兵几乎全部被歼。自此，唐军运粮车队能安全运行，敌军再也不敢来抢。有了后勤保障，部队就有了士气和战斗力。裴行俭讨伐突厥连连获胜，在黑山大败突厥军，擒获突厥酋长，突厥的可汗也被其部下杀死，提着他的头颅来投降。

这是对敌的小诈，在古代战例中很多。裴行俭善于行诈在当时是出了名的，在史书中也多有记载。

公元679年六月，唐高宗命令裴行俭到西域去册封泥洹师为波斯王，并担任安抚大食的使者。这时通往西域的路上西突厥十姓可汗阿史那都支和他的别部将帅李遮匐不断对安西地区进行侵扰。朝廷大臣都建议派大军去讨伐，而裴行俭不赞同，提出自己在路上就便攻击，不用血战就可活捉他们。裴行俭曾做过西州长史，在路过西州时，官吏百姓都在郊外迎接他，想必官声不错。裴行俭就在西州召集才能出众的子弟一千多人跟随自己，而且放出话去，说现在天气太热，不宜远行，等天气转凉后再向西进发。突厥十姓可汗阿史那都支在暗中侦察，得知这一信息后就不再设防。而裴行俭在行走中悄悄召见龟兹、毗沙、焉耆、疏勒四个督府的胡族酋长，请他们喝酒吃茶，对他们说，以前我在西州，纵情打猎非常快乐，现在要重寻以前的欢乐，你们谁愿意跟我一起去打猎呢？各胡族的子弟争着要陪他去打猎，用这种办法，他得到了差不多一万猛士。裴行俭明里假装打猎，暗中整饬部队，日夜兼程向西进发。在距离都支部落十几里路时，先派遣都支所亲近的人去向都支问安，表示很悠闲，是来打猎的，而且还很友好，然后就派出使者召都支来相见。都支已和李遮匐约好，拒绝中原的使者到来。现在裴行俭突然带兵到来，自己没有防备，不见也得见，只好硬着头皮率领自己的子弟来见裴行俭，被裴行俭就地擒获。擒获了都支，裴行俭就用都支的令箭送信出去，召集突厥各部落酋长到来一并擒获，一起西进，押送到碎叶城。然后选择精良的骑士，带着轻便的装备，不分昼夜行军，偷袭李遮匐，并告诉李遮匐已经捕获了都支。李遮匐也不战而降。裴行俭把都支和李遮匐都带回了长安。这是十分典型的"兵不厌诈"，用欺诈的手段，不用血战而取得了胜利。

　　闲读史书，对这些记载很感兴趣，随手记录下来，可能对带兵之人会有些益处。我感兴趣的是裴行俭的胆略和智慧，不用大仗、恶仗，而用智谋取得胜利，以极小的代价而换取极大的胜利，是令人敬佩的。带兵在诚，制敌在诈，以智胜勇，这是应该借鉴的。

唐朝的意见箱制度

政府部门设置意见箱，广泛征求各方面的意见，包括对官员进行检举，这在现在是司空见惯的。考核干部，推荐干部，对任用的干部进行公示，到各地各单位进行巡视等，都要设个意见箱，以收集各方面的反映。设置意见箱带有保密性质，同时也便于群众提意见，揭发问题，又能防止报复，好处是很多的，是发动群众对政府和官员进行监督的一种好手段。意见箱制度起于何时，没有去考证，不得而知。近读《资治通鉴》，发现武则天就采用过这个方法，也算建立了一个制度。在武则天之前有没有这个制度，是她继承的，还是她发明的，也没有去细细考证，史书上也没有记载。

公元686年，也就是唐则天皇后垂拱二年，武则天这时还没有称帝，而是垂帘听政。这一年的农历正月，她曾下诏令说要把政事还给皇上。但唐睿宗知道她是在演戏，不是真心的，就不敢接受，而极力推辞。武则天虚让一番，戏演过了，也就达到了目的，照样垂帘听政，乾纲独断。她为了显示自己胸怀宽阔，能倾听各方面的不同意见，在这一年的农历三月初八，下令用铜铸造了一个征求意见的箱子。她还派出正谏、补阙、拾遗三个官员来管理意见箱，而提意见、伸冤屈、献智谋、告密事的人，要验明身份，并要有官吏担保，才能往意见箱里投置表疏。从史书记载来看，这个箱子样子类似现在的保险箱。至于意见箱是放在皇城门，还是宫里大殿外，或是长安城的某个地方，史书中没有说明，不便推测。但由此可以推知，武则天是想以此来广泛地征求意见的。值得注意的是，这个箱子四面开孔，每个孔的名称和要求是不一样的，东面的叫"延恩"，是让呈献歌功颂德文章的人和要求做官的人来上表疏的，这一类应多是说好话的，或者是自我推荐的，既能以此发现人才，也能测验朝官态度，识别人品；南面的叫"招谏"，是让谈朝廷政治得失的人来投表疏的，就是表明要虚心纳谏，有什么意见都可以提，也包括倡导检举揭发不法行为；西面的叫"伸冤"，是让有冤屈的人来投表疏的，类似现在的信访制度，让有冤屈的人来申诉；北面的叫"通玄"，是直达天庭的高级机密，涉及大政方针、重要政事乃至天象灾变。分类投疏，不同的意见放在不同的格内，这确实是挺新鲜的。更为有意义的是，专门设置一定级别的官吏来看守这个箱子，负责收集投进来的表疏并上奏给武则天本人。正谏，官职就是谏议大夫，属于负责监察一类的朝官，是管意见箱的主要负责人，类似现在的司局长。另外两个负责人，一个补阙，是从七品以上的官，当是处级以上；一个拾遗，是八品以上的官，也当是处级或副处级。管理意见箱的官员的地位是不能算低的，一般干部不放心，还没有资格。同时，还要求来投疏的人，要有人而且还必须是官吏为他担保，证明投疏人的品行是端正的。提意见还要验明身份，看来不是无记名"投票"，品行不端的人是不能来投疏的。这一招也很绝，真名真姓，有人担保，有意见就提，有好建议就说，想做官也可以讲出来，有冤屈也可以申诉，但要"文责自负"，不能胡说八道。

这个意见箱是侍御史鱼承晔的儿子鱼保家设计的。武则天任意废黜皇帝，弄权秉政，激起了一些官吏的不满。一个叫徐敬

秋山琴韻

戊戌清和月下澣臨痴子久
仲圭大兄　錢維喬

〔清〕钱维乔 · 秋山琴韵

业的官员联络了一些人起兵谋反，但没有成事，很短时间就被镇压了。鱼保家同徐敬业谋反有牵连，他曾帮助徐敬业制作刀车和弓弩，大概是兵工厂的工程师之类的人物。徐敬业被除，鱼保家漏网，得以幸免。既然漏网了，就该老老实实找块水池子呆着去，别再惹事。但他却不是个安分的人，还想讨好武则天以求升官。他得知武则天想要尽知天下人间之事，实行特务统治，就上书给武则天，设计了这个铜箱子，以供武则天接受天下人的秘密奏章。箱子是一个整体，只能从四个孔投进去，不能自己再拿出来。武则天很满意，很快投入使用，意见箱也就由此而来。也正是这个箱子，不但没有给鱼保家带来官运，反而送了他的性命。箱子做成不久，鱼保家的仇家就投入奏章，揭发鱼保家曾替徐敬业制作兵器，杀伤了很多官兵。武则天就把鱼保家杀掉了。这真是自作自受。武则天设置意见箱，应该说，愿望当是好的，效果究竟如何，史书中没有记载，我也没有再去考证。但从事物发展规律来看，一项制度施行后，效果肯定是有的，弊端也是会有的。正面的东西，没有详究，不便多谈；负面的东西，史书中也没有记载，不能任意评说。但在武则天执政时期，告密成风，搞得朝廷上下人人自危，不能不说与意见箱制度有直接关系，由此也可以看出武则天的执政手段和风格。

告密制度兴于哪朝哪代，我没有去详加考证，据《资治通鉴》记载，说是始于武则天。这话可能绝对化了，但至少是武则天提倡鼓励而兴起的，这是可以肯定的。

公元683年十二月初四，唐高宗去世，传位于太子李哲，是为唐中宗，并遗诏裴炎辅政。中宗即位后，奉武则天为皇太后，一切政事都由武则天决定。中宗登极没有几天，就被武则天给废了，直接原因是一句气话。公元684年二月，中宗要把岳父韦玄贞任为侍中，给乳母的儿子授个五品官。宰相裴炎不同意，极力劝谏，中宗被惹恼了，顺嘴说了一句气话："我把天下送给韦玄贞又有什么不可以！我还吝惜侍中这一个职位吗！"从这句话看，这个皇帝是不称职的，为给老丈人授官什么都不顾了，但说的是逼急了的气话，且又刚刚上台，不大懂国事，本不至于就被从皇帝位上拿下来。但裴炎将此事告诉了武则天，并暗中策划废掉中宗另立皇帝。三月初六，武则天在乾元殿召集百官，裴炎和中书侍郎、羽林将军等人率兵入宫，宣布太后武则天的命令，把中宗废为庐陵王，幽禁在别宫中。中宗还傻乎乎地问："我犯了什么罪呀，不让我干了？"武则天说："你要把天下给韦玄贞，还能说没罪！"中宗被废后，武则天立雍州牧豫王李旦为帝，是为睿宗，但条件是这个皇帝不能过问政事，安置在别宫中闲着，顶个虚名，一切政事均由武则天来决定。看来，找茬废掉中宗，是武则天计划中的事，目的还是武氏自己要掌权，并为登极扫除障碍。就在这一废立事件之后，皇帝的十几个警卫人员，当时叫"飞骑"，有次在街上的小饭馆里喝酒，其中一个人说："早知道没有勋爵封赏，不如伺奉庐陵王。"这是一句牢骚话，说帮助武则天把皇帝拉下宝座却没有得到封赏，还不如死心塌地地跟着皇帝，可以留下个忠君的名声。其中有一个警卫人员很不地道，他悄悄地离开饭馆，跑到羽林将军那里去告密。羽林将军就把这帮喝酒的警卫人员全部抓了起来，说话的警卫被判斩首，其余的都以知情不报罪名判了绞刑，而那个告密者，大获奖赏，擢升为五品官。告密有赏，可以升官，从此开始，告密就在唐代兴盛起来。

这是主动的告密者，并不是武则天授意的，但她是赞赏的。以后的告密，则是她提倡并大力推行的。

自从徐敬业反叛之后，武则天怀疑天下有许多图谋反叛自己的人，又自觉长久以来专掌国政，自己的行为不是很正，宗室大臣都内心不服，怨恨自己，就想以大肆诛杀来树立自己的权威，让臣下害怕、畏服。为树立权威，她公开倡导官员和民间告密，大开告密的门径，并作了规定：有人告密，臣下不许过问告密者的一切情况，都得为告密者提供驿马，以五品官的伙食标准款待，让告密者前往太后的住处。就是种地的农民，砍柴的樵夫，凡是来告密的，她都要亲自接见，食宿都安排在国宾馆里。所告密的事如果很合武则天的意，这些告密者就会被破格任用。即使告密的事与事实不符，不合武则天的意，她也不问罪，目的是倡导鼓励告密。这样一来，四方告密的人便蜂拥而至，"蔚成风气"，搞得朝里朝外所有臣子都胆战心惊，害怕得不敢大步走路，不敢大声说话，朝不保夕，人人自危。正是在这一政策的激励下，一个叫索元礼的胡人，揣摩透了武则天的心思，专门从事告密活动，因告密有功，被擢升为游击将军，而且深得信任，成了武则天交办案件的专案组负责人。这个索元礼是个十分残忍的人，讯问一个人一定要牵连几十人上百人。由于办案有"本事"，武则天多次召见他，并大量赏赐，以扩大他的权力。他因此更加肆无忌惮，任意胡来。有他做榜样，狡诈残忍之徒也就趋之若鹜，尚书都事长安人周兴、万年人来俊臣等一类的奸佞小人争相仿效，纷纷而起。周兴因告密整人而官升到秋官侍郎，来俊臣升到御史中丞，而且各自手下都豢养了几百个无赖，专门从事侦探告密活动。他们想陷害一个人，就命令多人告发，而且所告的事情都一样，让你不信都得信，假的比真的还真。来俊臣还和一个叫万国俊的人编著了一本《罗织经》，共有几千言，专门用以教唆党徒如何去搜集无罪人的言行，如何给他们编织罪状，虚构情节，使其真实可信，无懈可击，以及怎样做到使无罪的人有罪，而且使其百口莫辩，成为铁案，永世难以翻供。武则天得到这样的密告能不信么？她把这些所谓的"大案"、"要案"都交给索元礼、周兴、来俊臣等人去审问。诬告的人再去办案、审案，结果是可想而知的。索元礼等人煞费苦心地设计折磨人的刑罚，让你活不成也死不了，他们想要什么样的口供，你就得说什么口供。据史书记载，索元礼设计的酷刑有"定百脉"、"突地吼"、"死猪愁"、"求破家"、"反是实"等等名称。这些酷刑怎么施行，没有详细记载，惨不忍睹是肯定的，仅从史书记载的几例就可以看出其残酷的程度，如：用木椽扭住手足转动，叫做"凤凰展翅"；用东西绊住腰部，再把颈上的枷锁向前拉，叫做"驴狗拔橛"；命令犯人跪着，用手握住枷锁，把砖头堆在上面，叫做"仙人献果"；命令犯人站在很高的木头上，把枷锁的尾部往后拉，叫做"玉女登梯"；将犯人倒拴，用石头坠着头，或者往鼻孔里灌醋；用铁圈把人的头紧紧束住，然后加木楔挤压，等等。每次把人抓进来，就把各色刑具放在犯人面前，许多人看到这种阵势，往往是让说什么就跟着说什么了。朝廷内外都害怕这些人，说他们比虎狼还凶狠。而武则天对这些人则宠信有加，认为他们会办案是忠心。

面对这样的政治局面，人人胆战心惊。一个叫陈子昂的官员看不下去，就上疏武则天，指出密告制度、严刑峻法搞得国无宁日、民无安心。告密者成群结队，被囚的人累百成千，但十个人中没有一个是真正有罪的。朝廷枉屈法令，支持密告滥刑，致使那些为非作歹的党徒称心快意，更加仇视别人，不顺意就说对方反叛。一个人被起诉，就把上百人关进监狱。陈子昂指出了这样做的种种弊端，并列举了历史上因此而败亡的例子，希望武则天能够改弦更张。但武则天根本不予理会，没有因此而整治陈子昂，已经是他的幸运了。

计较名位，误国害人

　　唐代有两个大将，一个叫薛仁贵，一个叫郭待封，都有勇有谋，能征善战，也都屡立战功。薛仁贵还是唐太宗李世民在战场上发现的，为他的勇气和胆量所感动，曾大加赞赏。这两个人地位相等，同朝并列。唐高宗咸亨元年，也就是公元670年，高宗征讨吐蕃，以薛仁贵为帅，以郭待封为副。这下子麻烦来了，都是一样的资历，一样的地位，凭什么你薛仁贵领导我郭待封，这简直是奇耻大辱。郭待封为争名次，在中国历史上留下了丧师辱国、害人害己的悲剧。

　　这个郭待封对屈于薛仁贵领导之下十分气恼，不但不听调遣，而且还拿军令当儿戏，任意胡来。他对薛仁贵的指示根本不听，"多违之"，就是你怎么说，我偏不怎么做，而且还自行其是。军队到达大非川，将要赴乌海时，薛仁贵对郭待封说，乌海形势十分险要，而且路途遥远，军队行进非常困难。大军长途跋涉，装备给养都跟随在后，负担太重，对作战不利，应该留下二万人，在大非岭上建造两个栅寨，把辎重车辆这些装备全部放置在寨内，我们再率领轻捷精锐的士兵，日夜兼程，乘他们没有防备时攻击，就可以取得胜利。用现在的话说，就是在行军的途中建立一个给养站，便于补给，也不要整个后勤保障都跟着大部队行进。目的是轻骑突进，出其不意，打击敌人。薛仁贵把建立给养站的重任交给了郭待封，然后率领自己的部队快速前进，在河口攻击吐蕃，斩杀俘获很多敌人，打了大胜仗，进兵屯驻在乌海，等郭待封前来会合，以利共同进击。因为郭待封对薛仁贵排在自己前边有气，还在闹着情绪，根本就不采用薛仁贵的谋略，不但不在大非岭建立营地，而且还带着辎重车十分悠闲地向前推进。史书记载是，薛仁贵"倍道兼行"，而郭待封"将辎重徐行"。郭待封还没有走到乌海，就遇上了二十多万吐蕃的军队，被吐蕃军队狠揍了一顿，打得大败，并把所有的装备物资全部抛弃了。薛仁贵等不到郭待封，无法再前进，只好退回到大非川屯扎。吃的用的都没有了，困难情况可想而知。吐蕃的宰相论钦陵率领了四十多万士兵向又饥又饿的薛仁贵军队发动攻击，失败是肯定的，而且败得很惨。史书记载是，"唐兵大败，死伤略尽"。薛仁贵、郭待封还算命大，侥幸逃脱，没有死在战场上。唐高宗追究责任，把他们都捆了起来，"械送京师"，"免死除名"。虽然没有被处死，但都被罢了官。

这是为争名气惹的祸，代价是数万将士血染沙场、陈尸高原。

此外还有一事，虽然不是为了争名次，但也是小肚鸡肠，窝里斗，同样造成兵败师亡，害军辱国。这也是唐高宗时期的事情。公元678年，唐高宗仪凤三年，唐军名将刘仁轨镇守洮河，因为他每次向上写报告反映情况和提出一些要求时，多被在朝中的李敬玄压住，意见送不上去，心中十分不满，就耍了个小心眼，使了个损招来整治李敬玄。刘仁轨知道李敬玄不是个做将帅的人才，不会带兵打仗，但为了报复他，就向唐高宗推荐，说李敬玄有勇有谋，堪当大任。现在西方边境的镇守防务是国家最大的事情，非李敬玄来负责不可，除了他谁也干不了。这唐高宗也不识人，还真相信了，就任命李敬玄代替刘仁轨为洮河道大总管兼安抚大使。李敬玄心中有数，知道自己几斤几两，再三推辞不敢接任。但高宗听不进去，反而说，刘仁轨如果需要我这当皇帝的去打仗，我也会亲自去，你还推辞什么。言外之意，就是你怕死，怕打仗。话说到这个份上，不行也得行。李敬玄就是这样带着十八万士兵奔赴前线，并在青海同吐蕃打了一仗。战况自然可知，史书记载有两个字："兵败。"同时前往的工部尚书、右卫大将军彭城僖公刘审礼还被吐蕃俘虏，病死在敌营中，并由此还引出了一幕悲壮的故事。当时，刘审礼率军深入敌境，被敌军攻击，李敬玄害怕懦弱，按兵不动，不但不敢救援，还狼狈不堪地撤退，挖泥沟以图自保。刘审礼被俘后，他的儿子们自己绑住自己前往宫廷，向高宗请求，把他们交给吐蕃来赎回他们的父亲。唐高宗被他们的孝心所感动，就让刘审礼的第二个儿子刘易从到吐蕃去看视他们的父亲。刘易从到达吐蕃时，刘审礼已经病死。刘易从白天黑夜不停地痛哭，"昼夜号哭不绝声"。吐蕃也被他的哭声感动，哀悯他的孝心，就把刘审礼的尸体还给了他。刘易从赤脚步行背着他父亲的尸体从青藏高原回到长安。

排名次争位置，内部勾心斗角，不惜拿国家利益当儿戏，只要能一泄私愤就好，这样的事例在历史上数不胜数。这也是一种痼疾，百法难治。这些都属于见不得人的卑鄙伎俩，让人防不胜防。作为一个平头百姓，争名夺利，为争个你高我低，你长我短，危害的只是一个家庭，同事单位，能量有限，损伤也有限。如果领导干部之间，特别是高级领导干部之间，掌握大权、重权的领导干部之间，为争名次、争座位，互不服气，明争暗斗，关键时候下套子、使绊子，那能量可就大了，祸害也就大了。谁早谁晚、谁高谁低、谁大谁小，什么资历、学历，把这些问题看重了，就肯定没个好。事物是发展的，历史是前进的，大小、高低都是相对的，也是变化的，一切看需要，一切看本事，什么事情谁干得好，就让谁干，就听谁的。大家都能干，但头头只能有一个，明确了，都应该支持，都应该服从。窝里斗，就同拉车，套搭上了，不往前拉，而是拉偏套，甚至往后拉，不但形不成合力，还会抵消力量，甚至把车拉翻。像郭待封、刘仁轨那样，拿着几万将士的生命来斗气、闹情绪，罪过可就大了。

历史是面镜子，常照照有好处。

害人必害己，设瓮应入瓮

"请君入瓮"这个成语是大家都知道的，就是以其人整人之道还治其人之身，谁出的馊主意，就用谁来试身。我们还是从这个词的源头上来说。

《资治通鉴》记载，公元691年，唐则天皇后天授二年，"或告文昌右丞周兴与丘神勣通谋，太后命来俊臣鞫之，俊臣与兴方推事对食，谓兴曰：'囚多不承，当为何法？'兴曰：'此甚易耳！取大瓮，以炭四周炙之，令囚入中，何事不承！'俊臣乃索大瓮，火围如兴法，因起谓兴曰：'有内状推兄，请兄入此瓮！'兴惶恐，叩头伏罪。法当死，太后原之，二月流兴岭南，在道，为仇家所杀"。这就是"请君入瓮"的出处。有人告文昌右丞周兴和丘神勣通谋反叛，武则天命来俊臣审理。来俊臣和周兴审案后一起吃饭，来俊臣对周兴说，犯人多不招供，应当采用什么办法？周兴说，这事简单，拿一个大缸来，用木炭在缸的四周烤炙，让犯人进缸里，还有什么事不招认的。来俊臣就叫人抬来大缸，按周兴说的方法，四面用炭火烧烤，然后起身对周兴说，朝廷内部有人告你，需要审问，就请你老兄进到缸里吧。周兴吓得连忙叩头认罪。按照刑法，应该把周兴处死，但武则天原谅了他，把他流放到岭南，在路上，就被仇家杀死了。周兴、来俊臣都是靠告密和整人爬上来的，都是武则天豢养的恶狗，想咬谁就咬谁。这是真正的恶人整恶人，来俊臣整治了周兴，而且是用周兴提供的方法。

周兴在唐高宗时期，曾以河阳县令的身份受到皇帝的召见。这是个官迷心窍的人，以为受到了皇帝的接见，身价就增高了，等着朝廷来提拔重用自己。唐高宗也确实有提拔他的意思。但有人报告说周兴不是出身清流官，就是说没有名望。当时，周兴的出身是尚书都事，是个不入流的、品级之外的官吏。在讲究名望的年代，就同现在讲学历一样，是不能迈过做官或做大官这个门槛的，所以，唐高宗就不再提拔他。但周兴不知道这其中的内幕，多次在朝堂外边站着等待皇帝的任命。各个宰相都把他当猴耍，看他整天在那里站着，既不理他，也不告诉他，更不去劝说他。有一个叫魏玄同的地官尚书，即户部尚书，看他整天等着提拔怪可怜的，就好心对他说，这里已经没你的事了，可以回去了。就因为这一句话，周兴以为是魏玄同在阻碍自己进步，便记恨在心。以后武则天提倡告密，周兴诬告魏玄同，说魏玄同说过"太后老了，不如奉立中宗，时间较为持久"。武则天听信了周兴的话，令魏玄同自杀。也就是从这件事情开始，周兴走上了靠告密和整人而步步升官的道路。周兴、来俊臣等人，为了在太后面前邀宠，争着表现残酷、苛刻，被他们杀害的各有几千人。史书记载，仅来俊臣所破灭的家庭就有一千多户。来俊臣审问大将军张虔勖，张在另一个审判官面前进行自我辩护，把来俊臣惹恼了，命令卫士将张乱刀砍死，并把头割下来拿到朝市上示众。来俊臣在审问岐州刺史云弘嗣时，连一句口供都不问，先把头砍下来，然后再伪造案卷奏报。来俊臣等人说什么，武则天就信什么，天下人都不敢再讲话了。武则天如此信任来俊臣、周兴等人，不是不知道他们的劣迹，而是为巩固自己的统治，放狗咬人，以此来排除异己，凡不赞同自己执政的人，或对自己执政不满的人，都要打击。更重要的是利用来俊臣这些人来铲除李唐皇族的势力，以巩固武氏家族的势力。据史书记载，自武则天垂帘听政以来，任用残酷的官吏，先后杀害唐宗族及贵戚几百人、大臣几百家，杀刺史、郎将以下难以数计。连值守宫门的宫女们都看出了门道，每次任命一个官员，这些宫女就私下说，挨刀的又来了，结果不到十来天，此官员便遭逮捕，全族被杀。搞到后来，连武则天都厌烦告密的人太多了。她曾派一个叫严善恩的监察御史去了解密告不实的情况，结果查出因密告不实而遭判刑的就有八百五十多人。

　　害人必害己，设计瓮炙的人都该入瓮。历史也正是如此。武则天用来俊臣除去周兴，并杀掉了另一个专业整人的酷吏索元礼，以此来平息人们的怨恨。就连她最信任的来俊臣，也因作恶多端，最后自己走进了瓮中。来俊臣诬告和以酷刑整人上了瘾，到了不知天高地厚的程度，连皇太子也敢整治。一个叫范云仙的内常侍因私下里去看望太子，便被腰斩于市。有人诬告说太子暗中有非常的活动，武则天就让来俊臣去调查。太子就是前皇帝唐睿宗。来俊臣虽然不敢拘审太子，却对太子身边的人严刑拷打，要他们招供。其中一个叫安金藏的太常工人，也就是一般打杂的服务人员，在酷刑面前坚贞不屈，对来俊臣说："我愿意剖心来证明太子没有造反。"他用佩刀把自己的胸腹剖开，把内脏掏出来，血流满地。武则天听说后，令人把安金藏送进宫中，让太医把他的内脏放回腹腔，用桑皮线把肚皮缝上，敷上药。经过一夜，安金藏才醒。武则天亲自去看望，并说："我的儿子自己不能表白无罪，而让你到这步田地。"武则天令来俊臣停止审问，太子才保住了性命。武则天的娘家子弟，也就是武氏诸王，及武则天的宝贝女儿太平公主，都是武则天最亲近的人，也是她可倚靠的人，来俊臣胆大到也敢诬告整治。他想诬告武氏诸王和太平公主，诬陷太子和庐陵王等一同谋反，妄图以此来窃得国家权柄。他的这一阴谋被一个叫卫遂忠的人告发，武氏诸王和太平公主也害怕被来俊臣陷害整治，就同卫遂忠联起手来，向武则天揭发来俊臣的罪行，并将他捕入牢中。审判官判处来俊臣死刑，但武则天还想庇护，只是在一个叫吉顼的官员的劝说下，才把他处死。武则天对吉顼说来俊臣有功，吉顼说，来俊臣聚集不法的人而诬陷好人，收受的赃财贿赂堆积如山，被诬陷的冤魂塞满道路，他是国家的大害，有什么值得怜惜的？这才促使武则天下了决心。来俊臣被处死后，仇家争着咬他的肉，片刻就撕光了，还挑出眼珠，剥下面皮，开腹掏心，践踏成泥浆。武则天看到天下人的怨愤，就下诏公布来俊臣的罪恶，并处死来俊臣的族人，抄没他的家产。

设瓮之人应入瓮，来俊臣等人得到了应有的报应，天意民意都当如此。但这些恶人造成的恶劣影响却是深远的，给社会造成的破坏是极大的，留给后人的反思也是很多的。来俊臣被处死后，不论官吏还是老百姓，都在路上庆贺，说"从今之后，晚上可以背贴着席子安睡了"，可见之前人心恐慌到什么程度。事后，武则天曾对侍从大臣说，周兴、来俊臣审理案件，多牵连朝中官员，说他们谋反，有时自己也怀疑案情有假，就派亲信大臣去狱中再审，得到囚犯的亲笔供状后便不再怀疑了。自从周兴、来俊臣死后，再也听不到有谋反的人了，这样看来，以前处死的肯定是有冤枉的了。夏官侍郎姚元崇回答说，您派亲信大臣去调查，他们连自己都保不住，谁敢讲真话。如果改变已定的判决，被问的囚犯谁敢翻供，就会受更大的酷刑，那还不如早些死掉。周兴等人伏法，我可以全族一百口人的性命保证，今后朝廷内外臣子不会再有反叛的人了。一个叫魏元忠的官员，曾多次被诬告，被判处死刑和流放四次，侥幸没有被杀掉，又被召回朝廷。武则天问他为什么多次受到诽谤，他很坦诚地说，我就像一只鹿，设置罗网的人要想得到我肉作羹，我能逃到哪里呢？

设瓮之人应入瓮，可以再举一个例子说明。有个叫傅游艺的侍御史，为讨好武则天，曾率领关中百姓九百多人前往宫廷上奏表，请求改国号为周，并请武则天赐给皇帝姓为武氏。武则天当时没答应，却擢升傅游艺为给事中。在傅游艺的带动下，朝中百官和皇亲国戚、远近的百姓，包括四方夷狄的酋长、僧徒、道士共六万多人，都呈上和傅游艺一样的奏章，请武则天当皇帝，请为自己改姓，都要姓武。在傅游艺的鼓动下，武则天改唐为周，自称圣神皇帝，赐皇帝姓为武氏，给傅游艺也赐姓为武氏。傅游艺在一年之内连升四级，穿过青、绿、朱、紫四种颜色的官袍，被当时人称为"四时仁宦"。就是这样一个有"特大功劳"的人，也照样得"入瓮"。公元691年，这个傅游艺已经官至鸾台侍郎、同平章事，一天晚上做了个梦，梦见自己登上了湛露殿。做梦就做梦吧，他还到处乱讲，告诉自己亲近的人。小人身边皆小人，有人就把这个事报告了武则天。武则天把他关进监狱，他在狱中自杀而死。

不论是坏人整坏人，还是好人整坏人，"请君入瓮"都是值得后人思考的。堂堂正正做人，公公正正干事，千万别有整人害人之心，这是为官者都应该牢记的。

"菩萨心肠"祸国殃民

在中国历史上，有一个"慈悲为怀"的皇帝，处处以"积德行善"为要，最终祸了国，殃了民，丢了命，还落了个坏名声。他就是南北朝时期的梁朝皇帝梁武帝萧衍。

毁灭梁朝的直接责任人是侯景，而真正的责任人是梁武帝自己。侯景是东魏的司徒、河南大将军、大行台，是掌握实权的丞相高欢十分信任和依靠的人。据史书记载，侯景是个残疾人，右脚偏短一点，骑马射箭不怎么样，但足智多谋。他曾对高欢说过，愿意率兵三万，横扫天下，渡过长江，把梁朝皇帝萧衍活捉过来，做太平寺的主持。高欢就委任他领兵十万，全权管理黄河以南广大地区。侯景能听从高欢的指挥，但瞧不起高欢的儿子高澄，曾对人说，高欢大王在世，我不敢有二心，一旦丞相去世，我决不与高澄那鲜卑小子共事。高欢死后，高澄继承了高欢的所有爵位和权力，上台后就计划除掉侯景。侯景识破了高澄的阴谋，带兵叛离东魏而投向西魏。西魏知道侯景的为人，就假意接纳，委以官职，想借此接收他的地盘和军队。侯景心眼很多，在投靠西魏的同时，又向梁武帝上表，说愿意归向梁朝。当时梁朝朝中多数人认为，梁朝与东魏已有和约，双方互不侵犯，友好交往，如果接受东魏的叛臣，会失信于东魏，引起麻烦。梁武帝对此事很犹豫，就让大臣们讨论，并说，我的国家像金瓯一样，没有任何伤缺之处，忽然接受侯景献上的土地，是不是合乎情理？话虽这样说，梁武帝是个很要面子的人，他从内心深处还是想接纳侯景的，一是可以落个招纳四方人才的美名，二是可以扩大自己的地盘。朝中一个叫朱异的人，也是梁武帝最信任的人，很善于揣摩梁武帝的心思，把梁武帝吹捧了一番，说："陛下圣明无比，君临天下，南北方的人民都很仰慕，都愿意归附。"梁武帝就在赞扬声中接纳了侯景的来归。狼引来了，祸乱的根源也就种下了。

侯景是个反复无常的人，背叛东魏，东魏当然不答应，就派兵征讨。侯景为摆脱困境，就拿土地、城池作为交换，向西魏求援，并给梁武帝写信，说自己出于无奈，拿土地换援兵，将来还要把这些土地收回来。梁武帝对这种自作主张的卖国行径不但不予以制止和追究，反而还加以安慰，对侯景说："古时大夫出境，尚且拥有自作主张的权力，何况你首创奇谋，将为国建立伟大基业，理当根据实际情况行事。"竟把侯景的行为说成是奇谋，任其胡为，甚至对其出卖土地的行为，不但不管不问，而且大加赞赏，表扬其对朝廷一片忠心，可见梁武帝是如何治理国家的。正是在梁武帝的惯纵下，侯景才更加肆无忌惮，开始对梁朝反叛。在梁朝同东魏的战争中，侯景连吃败仗，梁武帝不但不降罪，反而还恩宠有加。侯景被东魏军队打得没有地方去，手中军队也所剩无几，于是以欺诈手段到梁朝境内来占领地盘。梁武帝对侯景的请求一一批准，把地方官调走，让侯景来担任。当时光禄大夫萧介曾上书谏阻，说侯景是恶狼，天生野性，高欢那么信任他，他还背叛，收留侯景就是引狼入室。梁武帝赞赏萧介的忠心，却不采纳萧介的忠告。侯景正是利用梁武帝的慈悲心肠，步步紧逼，不断向朝廷提出要求，梁武帝基本上都给予满足。后来，侯景又提出要娶江南名门望族王、谢两家的女子为妻。由于梁朝门第制度森严，梁武帝这次没有答应，说王、谢两家名望高贵，你还配不上，你可以从朱、张以下的家族中娶妻。这可惹恼了侯景，恶狠狠地说，有朝一日要将萧衍这老家伙的女儿配给自己的奴仆。

公元548年，也就是梁武帝太清二年，侯景反叛。反叛前，鄱阳王萧范得知消息，秘密报告了梁武帝。梁武帝把军政大事交朱异处理，大事小事都由朱异来决定，朱异认为侯景不会反叛，梁武帝也就认为不会反叛。梁武帝还写信告诉萧范说，侯景在势单命危的时候来投靠我们，就像一个小孩子要仰仗大人的乳汁来哺育一样，他怎么可能反叛呢？侯景反叛后，朱异还说，侯景的叛军只有几百人，能有什么作为？侯景给梁武帝写信，要皇帝处死告发自己反叛的人，并要求梁武帝把江西地区交给自己掌管，说如果这个要求得不到允许，将率领铁甲骑兵，渡过长江，杀向闽越。梁武帝让朱异传话给侯景的使者，说："一个贫寒之家，养十个、五个食客，尚且能够得意。我就养了你这么一个食客，却没有让你满意，这是我的过错。"梁武帝同狼讲仁义道德，不但不怪罪，还更多地赏赐侯景锦帛彩缎和金钱等。侯景公开反叛后，梁武帝并不在意，还笑着对臣属说，"这没有什么了不起，我折断一根马箠来打他一顿"，就像对待淘气的小孩那样轻松。侯景带兵打到京城建康边上，派出侦探来了解城中布防情况。这个侦探叫徐思玉，大摇大摆地进了城，并以侯景使者的名义来见梁武帝。徐思玉说侯景带兵入城是为了帮助梁武帝清除身边的奸佞之臣，并请梁武帝派个明白人调查核实。这欺骗三岁小孩的话梁武帝也相信，随即派了两个高官，一个中书舍人贺季，一个主书郭宝亮，跟随徐思玉出城去慰劳侯景。叛乱无罪还有功，真是天下奇闻。次年三月，侯景攻进皇宫，来到太极殿见到梁武帝，还假惺惺地叩头参拜。失掉政权的梁武帝架子不倒，颇有定力，说：侯景你带领军队在建康住了这么久，一定很辛苦了，并问侯景是哪个州的人，竟敢到这里来，妻子儿女不在北方吧？到了这个份上还拉家常，看来之前对侯景的基本情况并不清楚，就敢接纳重用。他又问侯景当初渡江过来有多少人，包围皇城有多少人，现在有多少人。侯景告诉梁武帝，当时渡江只有一千人，到包围皇城时已有十万人，而现在普天之下，都归自己所有。随后，侯景就放纵士兵在宫中抢掠，将皇宫洗劫一空，并把文武大臣和王侯全部抓了起来，把宫女赏给自己的士兵。梁武帝也在侯景的折磨下死去。

梁武帝的"菩萨心肠"引来了侯景这条狼，自己最终被狼卡断喉咙而死。但仅凭侯景还不足于置梁武帝于死地，置梁武帝于死地的还有自家子弟。梁朝占据江南富庶之地，有钱、有粮、有兵，仅凭侯景的实力，是灭不了梁朝的。侯景起兵反叛是同萧家子弟狼狈为奸、合谋而成的。临贺王萧正德，贪婪残暴，不守法令，梁武帝批评了他几次，他便怀恨在心，私自蓄养了一批对他效忠敢死的人，积储粮食，聚集财货，盼着国家发生变乱，好乱中成事。侯景就是利用这一点，拉拢萧正德一同反叛，答应成事后立萧正德为帝。萧正德也想利用侯景实现自己的野心，就同侯景合谋，答应里应外合。侯景围攻京城，正是萧正德守卫宣阳门。当时太子负责指挥拒敌，要撤除浮桥以便阻止叛军进攻，而萧正德以安定民心为由，不同意撤除，说拉开浮桥，老百姓看到后，必定惊慌，现在应安定民心。这就给叛军留下了通道，萧正德的死党，南塘游军沈子睦，让侯景的部队顺利渡过了浮桥。萧正德把侯景带进宣阳门，渡过了秦淮河，并带领自己的军队同叛军一起合力进攻皇城。皇宫还没有攻下，萧正德就在仪贤堂即皇帝位，并下诏宣称："奸佞之臣败乱朝政，皇上长期患病不愈，国家面临危亡关头。河南王侯景，放弃自己在东魏的官爵来为朝廷效力，扶持我登上了皇帝宝座。"萧正德立自己的大儿子萧见理为皇太子，任命侯景为丞相，把自己的女儿许配给侯景为妻，侯景终于得娶了皇室的女儿。萧正德还拿出家中的全部珠宝财货来资助叛军。但侯景并不买萧正德的账，当初与萧正德约定，攻破皇城的时候，一定要杀死皇帝和太子，决不能让他俩活着，以给萧正德登基扫清障碍。然而，当占领皇城后，萧正德率领部下要冲进宫去杀梁武帝和太子时，却被侯景预先派出的部队拦住，使萧正德没能得逞。侯景没有承认萧正德自封的皇帝，把他任为侍中、大司马，让他仍然做臣子去。这个萧正德厚颜无耻，竟跑到梁武帝面前诉说委屈。梁武帝也真够宽宏大度、"慈悲为怀"，还劝说萧正德："你哭了又哭，现在有什么用呢？后悔也来不及了。"对待要杀自己的凶手如此怜悯宽容，还真把自己当作了普度众生的如来佛。这萧正德也没有好下场，他怨恨侯景说话不算数，出卖了自己，就密谋让鄱阳王萧范率兵来攻打建康，他做内应，结果被侯景发觉，毫不客气地勒死了他。

也正是梁武帝的"菩萨心肠"，使梁朝上下腐败丛生。据《资治通鉴》记载，梁武帝十分崇尚文雅，对刑法疏松宽简，致使公卿大臣们都不重视审判刑案，奸猾的官吏擅权枉法，贿赂成风，冤假错案很多，每年处两年以上徒刑的人多达五千之众。囚徒中只要有钱行贿，就可以优待，不服刑罚。梁武帝厌烦处置各种政务，专心佛教戒律。一判决重大罪犯，他就整天不愉快。有人密谋反叛，也是自己哭泣伤心一番，然后作宽大处理。正因为如此，宗室诸侯更加无法无天，有的大白天在京城大街上杀人，有的夜间公然出来抢劫掠夺。一些凶犯躲在王侯家中，司法部门都不敢去搜捕。这些情况梁武帝都知道，他深知其中的弊端和危害，但因以佛教的"慈悲为怀"作为治国理政的指导思想，也就不去采取措施加以制止。侯景反叛，力量并不强大，梁朝兵力也不是不够。侯景围攻皇城时，梁朝各地来救援的军队有十多万人，但多数都观望不前，而且有的还纵兵抢掠，老百姓由盼援军、助援军，变成了恨援军、怕援军。梁朝廷中也有许多有勇有谋之士，但在当时的形势下，却有力用不上。在保卫皇城的战役中，都官尚书羊侃临危受命，同叛军进行血战，阻挡叛军前进。侯景抓住了羊侃的儿子羊鹭，押到城下给羊侃看，羊侃不为所动，对侯景说，我羊氏豁出整个宗族报答皇上尚嫌不够，怎么会在乎一个儿子，希望你早点把他杀了。过了几天，侯景又把羊鹭押到城下，羊侃对羊鹭说："我以为你早死了，你还活着呀。"拉弓射箭，要把儿子杀死。有一个叫韦粲的人，带兵攻击侯景，因大雾迷了路，被侯景率领的精锐部队包围。韦粲奋勇战死，他的儿子、三个弟弟，还有堂弟及其他亲属几百人全部奋力作战而死，可谓一族壮烈。还有梁朝将领裴之高、裴之横弟兄两人，率领一万水军驻扎在张公洲以抵抗侯景。侯景把裴之高的弟弟、侄子、儿子都抓来，连锁在一起排列于水边，后边放着大锅、刀锯，再将军队沿水摆开，对裴之高说，如果不投降，就当场把你这些亲属都煮了。裴之高不但不为所迫，还叫来了箭手，射杀自己的儿子。然而由于朝廷腐败软弱，将士英勇忠烈也无济于事。

对于梁朝的腐败，邻国东魏都看得很清楚。在梁朝与东魏的战争中，东魏的将军司马杜弼曾经写了一篇檄文送到梁朝，说梁武帝的所谓"菩萨心肠"，使金陵成了罪犯逃匿的场所。梁朝大小官员见利忘义，君主荒淫无道，臣下蒙蔽作恶。朝廷政治松弛，礼崩乐坏。假奉佛祖，号称清净，蛇蝎之毒满怀，权势之欲盈胸。倡导浮躁邪异风俗，放纵言行轻薄子孙。百姓怨声载道，人人叫苦思乱。就连侯景这个反复无常的人，对梁朝的腐败政治也看得很清楚。他曾写信给朱异说，梁朝近几年，奸臣当道，大肆搜刮平民。皇家有大量的园林池苑，王公有豪华宅院，僧尼成群，寺塔遍布，官僚王侯妻妾成群，奴仆数千。他们不耕作不织布，都穿着锦绣衣袍，吃着山珍海味。侯景还曾上书梁武帝，历述他的十大过失，说："我正在做违背为臣之道的事，为的是能冒昧陈述忠直之言。陛下您崇尚夸饰虚无荒诞的东西，丑行恶名载于实录，把反常怪异的现象当成吉祥的象征，将天帝的谴责置若罔闻。您附会推演六艺，排斥前人的学说，这是西汉王莽的做法。您铸造铁质货币，币值轻重变化无常，这是西汉公孙述的币制。您滥授官爵，乱刻官印，朝廷规章制度鄙陋杂乱，这是汉末更始帝刘玄、西晋赵王司马伦的所作所为。""您大肆建造浮屠，百般奢侈浪费，使四方老百姓饥饿不堪，这是东汉笮融、十六国姚兴的遗风。""建康宫室富丽奢侈，陛下只与主书一块决断国家军政大事，政事要通过贿赂才能办成。宦官们富豪丰足，僧尼们财业殷实。皇太子一味爱好珠宝，整天沉湎于酒色，说的都是轻薄语言，吟咏的都是《桑中》那种淫诗。邵陵王到处残害百姓，湘东王的部下贪纵不法。南康王、定襄侯那一类人，一个个都像猕猴戴帽，徒有人形而无人性。这些人论血缘是您的孙子、侄子，论地位都是手握重兵镇守一方的诸侯，可是，我到这里已有一百天，您看谁愿意真正全力以赴来保卫皇室！像这种情形而希望国祚绵长，还从来不曾有过。"

梁武帝的"菩萨心肠"，导致了大灾大祸，亡了国，害了民，使老百姓遭了殃。侯景围困皇城，致使城中没有燃料，没有饲料，没有食盐。守城的士兵就拆掉房屋，拿木料当柴烧，翻出垫席，剁碎后当饲料喂马。士兵没有肉吃，就煮铠甲上的皮革，蒸烤老鼠、捉麻雀来吃。没有盐吃，就吃干海苔。士兵在宫殿中杀马吃，并掺杂进人肉。侯景刚围城时，城中有男女十几万，军队还有三万多。随着长时间围困，大多数人身体浮肿，被活活饿死，能战斗的士兵不足四千，还都羸弱气喘。城里道路上到处都是死尸，无法掩埋，腐烂的尸体流出的汁液积满了沟渠。来救援的军队，战死落水的有五千多人，侯景把这些人的头颅割下来堆积在皇城门前，向城中人展示。据史书记载，自侯景作乱以来，几个月时间，建康城内便发展到人吃人的地步，活下来的人不到百分之一二，皇戚贵族也要自己出来采割野生稻谷，饿死在野沟荒地者不计其数。

残暴的侯景，在江南各地大肆屠杀。据史书记载，公元550年，侯景进攻广陵，攻破城池后，将守将祖皓捆绑起来，让士兵乱箭齐射，箭矢布满祖皓全身，仅此还嫌不够，又把祖皓的尸体车裂，分尸后示众。把城中百姓不分男女老幼全抓起来，半埋在地下，当作箭靶，让士兵骑马奔跑来回箭射，全部射杀掉。侯景还在石头城上设立一个大石碓，把违背他的人，用石碓捣成肉酱。他告诉他的部下，凡是攻破敌军营垒，一定要把那里的人全部杀死，一个不留，让天下人知道我们的厉害。所以，他的将领每打了胜仗，就专门做烧杀抢掠的事，杀人如割草，以此作为游戏取乐。江南人民在侯景的控制下，苦不堪言，加上连年发生旱灾、蝗灾，扬州、江州这些富庶的地区，老百姓也流离逃亡，竞相到山谷中去采集草根、树叶、菱角、鸡头草来充饥。饥民所到之处，能吃的野草都被一扫而空，尸体漫山遍野。那些富裕人家也照样没有东西吃，饿得个个鸟面鹄形，穿着华丽的衣服，怀揣着金银珠宝，躺在床上等死。千里之内炊烟断绝，人迹罕见，白骨堆积如山。这就是所谓的"慈悲为怀"带来的恶果。

梁武帝崇佛，以慈悲为怀，还图虚名、爱面子，总认为自己创造了个太平盛世。这从他对待贺琛上书一事中可以看得很清楚。公元545年，梁武帝大同十一年，梁朝散骑常侍贺琛上书，陈述了四项意见，一是："如今北方的东魏已经与我们通好，这正是让百姓繁衍后代、积聚财富，进行教养训导的好时候，而天下户口却减少了，边关之外的户口减少更厉害。郡不堪忍受州的控制，县不堪忍受郡的盘剥，相互呼叫骚扰，只知道横征暴敛。民众忍受不了这种重压，各自谋求流亡迁移，这难道不是地方长官的过失吗！东部边境地区户口空虚，都是由于国家派去的使节太多，即使是偏僻边远地区，也无所不至，每当一位使节到来，所属地区便受到骚扰。无能愚钝的地方长官，只好拱手听命，任其鱼肉搜刮；强横狡猾的地方长官，则趁机加倍贪剥；即使有一些廉平正直的官员，也会受到郡守的阻挠和限制。在这种情况下，虽然皇上年年颁下恢复生产、安居乐业的诏书，多次下令免除赋税，但老百姓还是无法返回原籍。"二是："现在天下官员之所以贪赃、残暴，都是由于奢侈靡费的风俗造成的。如今的喜庆宴会，人们竞相攀比豪华，果品堆积如小山，美味佳肴摆在席上如同一幅美丽的刺绣，百两金子还不够支付一次宴席的费用，而宾客和主人们，只不过挑选其中一部分填饱肚子，宾主还没走下厅堂，桌上的剩余饭菜便如同臭豆腐一样被抛弃。""统治老百姓的官员们聚敛了亿万财富，离职退休之后，这些财富却开支不了几年，大都用在操办酒席、举行歌舞的花费中。他们所破费的钱物如同小山，而所追求的快乐只在瞬间。于是他们又更加后悔以往做官时聚敛太少，如果能重新做官的话，他们会更加残忍地盘剥百姓、聚敛财富，这是多么违背道义啊！其他淫侈现象，数不胜数。这种陋习已经成为一种社会风气，而且日渐严重，在这种情况下，想使人们恪守廉洁清白，怎么能做得到呢！确实应该严格禁止和限制，提倡节俭，纠正浮华不实的弊端，使风气变得耳目一新。"三是："皇上您忧国忧民，不辞劳苦，以至于朝廷各部门无不直接向您奏事。但那些才识短浅的人，既然得以进入宫闱向您奏事，便想骗得您的信任，以求升官晋爵，而不顾国家大局，一味地吹毛求疵，以严酷为能干，以纠举过失、抓捕罪人为能事。表面上看这样做似乎是为国为公，事实上只是为了作威作福，结果是犯罪的越来越多，徇私舞弊的事随之更加严重。弊端的不断产生，奸诈的不断增加，实在是由于这个原因。真诚地希望朝廷能责成官员们办事讲究公平，净化官员们奸诈邪恶的用心，这样就会上下安宁，没有只图侥幸带来的忧患了。"四是："如今天下太平，但仍然没有一点闲暇时间，应该减少事务，节省开支。事务减少了老百姓就可以休养生息，开支节省了国家财政就会好转。朝廷各部门都应当检查一下所辖范围：凡是都城的治、署、邸、肆以及国容军备，地方上的屯、传、邸、治等，应该撤销的就撤销，需要削减的就削减。兴建的工程有不是急需的，征求的赋税徭役有可以缓期的，都应当停止或减少，以便节省开支，休养生息。积聚财富是为了派上大用场，让人民安居乐业是为了长久地役使他们。如果认为小事情花费不了多少钱财，就会终年不止地兴办；如果认为小工役不足以妨碍老百姓生产，就会成年累月地征调劳役，这样一来，就很难谈得上富国强民、建立远大霸业了。"

这是一份很好的奏章，完全是为了国家所想。但由于报忧不报喜，讲的尽是不足，惹得梁武帝很不高兴。梁武帝把主书令史叫到面前，口授诏书驳斥贺琛："我在位四十多年，每天都耳闻目睹许多从公车机构转呈上来的臣民直言不讳的上书，他们所陈述的事情，与你所说的没有什么不同。我常常苦于忙碌不停，更增加了我的糊涂和困惑。你不应该把自己混同于才能低下的软弱之辈，只图个虚名，好向路人炫耀说：'我可以向皇帝上书提出政治建议，遗憾的是朝廷不采纳。'为什么不分别明说：某刺史横行不法，某太守贪婪残暴，尚书台、兰台某人奸猾，渔猎百姓的朝廷使节姓甚名谁，从谁手里掠取，又给了谁？明白地说清楚事情，以便朝廷诛杀、罢黜他们，再选择贤能的人才。此外，官吏百姓的饮食豪华过度，如果严加禁止，高墙深院，如何能探知？倘若家家搜查，恐怕更增加对老百姓的骚扰。如果所指是朝廷的生活奢侈，那么，我是没有这种情况的，过去所讲究的帝王膳食用六牲，好久没有宰杀了，朝廷中聚会用餐，一般菜蔬而已。如果再削减这些菜蔬的话，就必定会被讥笑为《诗经·蟋蟀》所讽刺的晋僖公那样过分节俭而失礼的人。若指的是供佛、供僧等功德事，那就错了，因为这些事所用都是菜园中的东西，一种瓜做成几十样菜，一道菜做成几十种风味，只因为变着花样做，才做成了许多种菜肴，这又有什么妨害呢！我除了出席公宴外，平常不吃国家酒食，这样已经好多年了，乃至后宫的人，也不食用国家钱粮。凡是营造塔寺，既不要有关部门的材料，也不要国家的专业工匠，都是花钱雇人来完成的。官员们有的胆大，有的怯懦，有的贪婪，有的廉洁，也并非朝廷使得他们这样。你认为朝廷政治有悖误，而自以为了不起，应当想一想导致朝廷犯错误的原因！你说应该提倡节俭，我断绝房室已经有三十多年，至于居住不过一张床的地方，宫中没有什么雕镂装饰的东西；我平生不好饮酒，不好音乐，所以朝廷中设宴，不曾演奏过音乐，这是朝中文武百官所亲眼见到的。我每天三更即起床处理政务，时间随事情多少而定，事情少午饭前就可以办完，事情多则要到太阳偏西才能吃饭，每天常常只吃一顿饭，无日夜之分。过去我的腰腹超过十围，如今瘦削到只有两尺多一点，过去用的腰带现在还保存着，并不是瞎说。我这样做是为了谁呢？还不是为了救国救民。你又说各部门无不向皇上奏事，竞相花言巧语以求升官晋爵，如今假若不让臣民上书呈报事务，那么谁来承担这种通达民情的责任！把国事全都委托给专人，你说如何能找到这种可靠的人呢？古人说过：'只听一方面的意见就会产生奸佞之臣，专任一人就会酿成祸乱。'秦二世宠任赵高一人,西汉元帝皇后把国事全托付给王莽,最后弄到指鹿为马、颠倒是非的地步,这可以效法吗?你说'吹毛求疵',又指的是谁?'擘肌分理',又指的什么事?治、署、邸、肆等,哪一样应该撤除?哪一样应该削减?哪一处工程并非急需?哪一种赋税征收应该延缓?你要分别举出具体事实,详细奏报给我听!有关富国强兵的措施,减省劳役、与民休息的方法,也应该一并列举出来!如果不能具体列举出来,就是欺骗蒙蔽朝廷。我期待着倾听你的再次奏闻,届时自当认真拜读,把你的高见交给尚书,向全国颁布,期望除旧布新的善政美德,能再次出现在当今。"这是明明白白地跟臣下较真:你指出这也不好,那也不是,那就具体人、具体事指出来,并拿出具体办法。这样一来谁还敢再讲话呢?贺琛接到诏书后,只得向梁武帝认错道歉,不敢再说什么。

史书评价梁武帝为人重孝道,慈悲,谨慎而俭朴,博学多才,善写文章,阴阳、卜筮、骑射、音乐、书法、围棋无所不通。对朝廷政务很勤勉,冬天四更一过,即起床办公,由于天气寒冷,握笔的手都冻裂开了口子。自从信奉佛教后,长期素食斋饭,不吃鱼肉,也不喝酒,一天只吃一餐,不过菜汤、粗米饭而已,有时遇上事情多,午后漱漱口就算吃过饭了。身上穿的是布衣,床上用的是木棉织的黑色蚊帐。一顶帽子戴三年,一床被子用两年,后宫贵妃以下的妇人,不穿拖地的衣裙。如果不是举行宗庙祭祀、大宴席和其他拜佛活动,从不奏乐。即使居住在幽暗的房里也衣冠楚楚,在宫中便坐或是盛暑季节,从不曾袒胸露怀。对待宦官和小臣,也像对待宾客一样有礼,是个标准的苦行僧和谦谦君子。同时,史书也说他过分优待官吏,以致州郡长官大多鱼肉百姓,朝廷使节在各州郡也是横行霸道。而且,他用人失察,亲近和任用奸诈小人。他还兴建许多佛塔寺庙,耗费了大量人力、物力。梁武帝袒护自己的短处，夸耀自己的优点，自以为食蔬的节俭作风是极大的美德，每天忙到太阳偏西才吃饭的勤勉态度是最好的治国办法，对于群臣的进谏规劝听不进去，奸佞之臣就在眼前却视而不见，重大决策颠倒错误也不知道，最后落得声名受辱，国家败亡，宗嗣断绝，为后世所怜悯耻笑，实在是很可悲的。司马光在《资治通鉴》中也说，梁武帝不得善终是必然的。

这里顺便说一下，梁武帝的"菩萨心肠"与他崇佛有很大关系。梁武帝原本是一个博学多才的大学者，他著有《孔子正言》、《老子讲疏》等书二百多卷，还有论述佛教的书数百卷，对儒佛道三家学说都是很精通的。他用儒家的礼来区别富贵贫贱，用道家的无为来劝导不要争夺，用佛教的因果报应来宣教人民安于富贵贫贱。他运用三家学说，调和三家关系，目的是为了更好地进行统治。梁武帝也算个掌控意识形态的高手，但在其内心深处，还是尊崇佛教，并在全国大力推行佛教。他建立同泰寺，早晚到寺礼拜，屡设救苦斋、四部（僧、尼、善男子、善女子）无遮会、无碍会，在会上讲演佛经，说是做功德事，替百姓求福。公元527年，他到同泰寺舍身，表示要出家当和尚，过了四天才回宫；529年，又到同泰寺舍身，群臣出钱一万万赎他回来；546年，又去舍身，宣称他和宫人以及全国都舍了，群臣出钱二万万又把他赎回来；公元547年，这一次出家多至三十七天，群臣又出钱一万万赎回了这个"现世菩萨"。他用舍身法就替同泰寺筹得四万万钱。梁武帝崇佛兴佛，已经达到痴迷发狂的程度。

顺便对侯景的下场也作个交待。侯景把梁武帝折磨致死，又立梁武帝的儿子为帝，是为简文帝。也就年把时间，又废掉简文帝，立豫章王萧栋为帝。立萧栋为帝不过是做做样子，不久侯景就取而代之了。侯景当了皇帝，龙椅都没焐热，就被萧绎等人领兵围攻，打得四处乱跑，无处躲藏，最后被部下所杀，尸体用盐腌了送到建康。萧绎的得力大将王僧辩，也是诛灭侯景的人，把侯景的头割下来送到江陵萧绎那里，把手砍下来送到北齐他的老家，然后把尸体扔到街市上，市民们争着去割肉吃，连骨头都被抢光了。侯景的头颅被送到江陵后，在街市上悬挂了三天，然后又放在锅里煮熟，把皮肉剔掉，在骷髅上涂上油漆，送到武库里收藏起来。侯景有五个儿子在北齐，高澄把他的大儿子剥掉脸皮用锅煮死，其余四个儿子都被阉割。以后北齐高洋即位后，梦见一群猕猴坐在自己的龙床上，活该姓侯的倒霉，就把侯景这四个儿子也都煮死了。侯景到建康后，又生了两个儿子，兵败逃跑时，他把这两个小儿子用皮袋子装着挂在马鞍上，逃到海边，乘船往海面上逃跑时，亲手把两个儿子推入海中。害人害己，一门遭殃，当为狼子野心者戒。

武则天为什么长住洛阳

　　洛阳在中国历史上曾作过九个朝代的都城，也有人把夏商两个朝代的一些时期也算在内，说作过十一个朝代的都城。九朝古都也好，十一朝古都也好，以洛阳作为都城，有其文化、地理、军事、政治等诸多因素，具备作为一个国家政治、经济、文化中心地位的条件，这是肯定的。就自然条件来说，洛阳地处中原，春夏秋冬，四季分明，适宜于各种作物的生长和人类的居住，且四面环山，河流众多，生态条件和交通条件都是优越的。正因为有这些好的条件，在唐代建都长安的同时，将洛阳作为东都，其地位也是很高的。武则天统治时期，她大半时间都住在洛阳。武则天喜欢洛阳，长住洛阳，本也不是什么太奇怪的事，但作为一国之君，大部分时间不在京城，而长住京城以外的城市，确实有点不合常规。武则天一生办的不合常规的事情很多，长住洛阳也没有什么新鲜，但后人还是想弄个明白，这到底是什么原因？正史、野史、小说对这一问题都有一些说法，民间也有很多传说。从《资治通鉴》记载来看，有两点是确凿无疑的。

　　一是武则天为"躲猫"，这是用今天话来说的戏言，但有史可查。武则天怕猫，不愿住在长安是千真万确的。原因是在武则天的陷害下，唐高宗把王皇后和他宠幸的萧淑妃都废为庶人，立武则天为后。王皇后和萧淑妃被废后一起被囚禁在皇宫的别院中，而且把门窗全部封死，只在墙上挖个洞来传送食物。皇帝想念这两个前妻，就偷偷地去看。看到这两个爱妻被如此严密囚禁，与外界完全隔绝，也非常悲伤。皇帝满院呼叫："皇后、淑妃在哪里？"王皇后从墙洞中边哭边诉说，我们已经成了罪人，哪还能称皇后、淑妃。如果皇帝还怀念以往的夫妻情分，想让我们重见天日的话，就请把别院命名为回心院吧。皇上答应马上去办，但还没来得及去办，就被武则天知道了。武则天非常生气，就命人把王皇后和萧淑妃每人各打一百棍子，然后砍断她们的手脚，投到酒瓮里面，用酒腌着，恶狠狠地说，让这两个老太婆的骨头都醉吧。没过几天，就把这两个人折磨死了，还砍碎了她们的尸体。武则天杀死王皇后和萧淑妃是以皇帝的命令去做的，王皇后听到敕令时，还认真地朝圣旨拜了两拜，祝愿皇帝万岁，并说，自己曾蒙受恩宠，让死也是分内之事，就是死了，也对皇帝感恩戴德。但萧淑妃可不是好脾气，听到敕令后，便破口大骂，说武则天是个妖精，又奸又诈又毒，但愿自己下辈子投胎托生成一只猫，让武则天托生成一只老鼠，她要生生世世来咬住武则天的喉咙。就是因为萧淑妃临死前的这一诅咒，武则天非常恨猫、怕猫，从此不允许宫中养猫。就此还不放心，又把王皇后的姓改为蟒氏，把萧淑妃的姓改为枭氏。但就是这样做，还没有去掉心病，武则天还真把自己看成了老鼠，把萧淑妃看成了猫，整天提心吊胆，心神不宁，大白天经常看到王皇后、萧淑妃的冤魂来索命，她们披头散发，滴着鲜血，就像死亡时的样子。武则天换个殿住也不行，照样能看到王皇后和萧淑妃的冤魂。武则天在长安宫中呆不下去了，就到洛阳去住。到了洛阳，心里踏实了，这些幻景也就没有了。所以，史书说她"故多在洛阳，终生不回长安"。

　　简单地说武则天怕猫也不完全对，武则天不允许在长安城的宫中养猫，到洛阳去"躲猫"，但到了洛阳还很喜欢猫。据《资治通鉴》记载，"太后习猫，使与鹦鹉共处。出示百官，传观未遍，猫饥，搏鹦鹉食之，太后甚惭"。这段话，说得明明白白，武则天喜欢猫，让猫和鹦鹉一块相处玩耍，并把它们带出来供百官观赏。大臣们传着观看还没有结束，猫饿了，就捉住鹦鹉撕吃了，把太后弄得很难堪。武则天不准宫中养猫，而自己又养猫，怕猫又喜猫，是很自相矛盾的。但史书中记载得很清楚，没有去做进一步说明。今日猜想，是不是有人议论她害死萧淑妃而怕猫，为证明自己不怕猫，心中无鬼，所以就养了猫，而且还让大臣们观看。结果这个猫不识趣，给她丢了面子。这个看法没有依据，只是分析而已。

　　二是武则天为"泡妞"，即玩男宠。公元685年，也就是唐则天皇后垂拱元年，武则天下令翻修洛阳的白马寺。寺成，任命和尚怀义为主持。这个怀义是陕西人，原本姓冯，叫小宝，在洛阳的街市上卖药，用现在的话说，就是个药贩子。他通过卖药拉关系，巴结上了唐高祖李渊的女儿，也就是李世民的妹妹，唐高宗的姑姑千金公主。这个千金公主把他推荐给了武则天，他得到了武则天的宠幸，成了武则天的小情人。武则天为让他能在宫中自由出入，并能遮人耳目，就让他出家做了和尚，并取名怀义。怀义家里很穷，出身又低，为改变他的地位，武则天就命令怀义和驸马都尉薛绍合为一族，就是并为一个家庭。这个薛绍是武则天的女儿太平公主的丈夫，是武则天的女婿。这样一来，怀义的门第就高了。她还让怀义出入宫禁时乘坐皇帝用的车马，让十几个宦官侍候陪同着，在街上大人小孩看到都要回避，如果有人胆敢靠近车马，就被打得头破血流，不管生死。这个怀义明为和尚，其实并不信佛，尽干些违背佛法的事。他看见道士就打，并还要把道士的头发剃掉，也像和尚那样。朝廷中的显贵看见他都要跪伏在地下向他行礼。他还收聚了许多无赖少年，让他们削发为僧，到处违法乱纪，任意胡来。就这样一个无赖之徒，武则天还真喜欢，为了让他长住宫中，就说他懂建筑，会设计，让他负责宫中的建设工程。武则天把怀义任命为白马寺主持，怀义总不能老往京城长安跑吧，那武则天长住洛阳，也就是很自然的事了。

武则天宠幸怀义，屡屡加官晋爵，恩荣至极。公元688年，因怀义监修明堂有功，把怀义封为左威卫大将军、梁国公。公元689年的五月，又任命怀义为新平军大总管，带兵讨伐突厥去了。怀义出去跑了一趟，一个敌人也没见着，在紫河这个地方的单于台上刻了一些字来记载征讨的功业，就返回京城了。这年的九月，武则天又任命怀义为新平道行军大总管，率领士兵二十万去讨伐突厥的另一个部落骨笃禄，见没见着敌人，史书中没有记载。公元690年，又加封怀义为右大将军，赐爵号为鄂国公。这个薛怀义也是不知道天高地厚之人，依仗自己受宠，便横行无忌，除武则天之外，把谁都不放在眼里。凤阁侍郎、同平章事李昭德也是武则天宠信的人，两人商量事情，言语上不合他的意，他就把李昭德痛打一顿，还要李昭德向他请罪。怀义负责建造明堂大殿，费用超过万亿，把国库都用空了，用钱像扫土一样随便，武则天不管不问，任凭他花去。他每次公开布施法会，用钱都达万贯；当女士们都涌来时，又散发十车钱，让她们竞相拾取，致使一些人被踩死在地。怀义不愿进宫去伺奉武则天，大多数时间住在白马寺，招募了千多名勇猛的男士剃掉头发做了和尚。朝中侍御史周矩怀疑他图谋不轨，向武则天禀告后去调查他，他看到周矩派人前来，就骑着马跑了。武则天此时还护着怀义，说他患有疯病，只让周矩把这一千多个和尚流放了。证圣元年（公元695年）正月十六日，在明堂大殿举行布施法会，怀义预先在地上掘了个大坑，坑里埋了佛像，设了机关，又在坑上用荆条扎成宫殿，把佛像从坑中引出来，说是佛从地里涌出来了。又用牛血画了一幅巨大的佛像，头高二百尺，对武则天说，这是他刺破膝盖，用自己的血画的，以此表明自己对武则天的忠心。武则天作为一个女皇，宠幸的不只是怀义一人，当时的御医沈南璆也受宠幸。怀义对此心怀怨恨，于是就在这次布施法会的活动中，暗地纵火烧天堂，并波及明堂，火焰照得洛阳城像白天一样。武则天知道是怀义干的，但为了遮羞而加以隐瞒，说是内府的徒工不小心引燃了麻像而失的火。武则天下令再造明堂、天堂，并仍然让怀义负责。怀义不但不感恩戴德，反而更加骄横放肆，对武则天也想顶就顶，想闹就闹。武则天只好暗中选派一百多个有武功的宫人来防备他。坟墓是自己挖掘的，怀义的恶行惹恼了武则天，就是情人也要抛弃了，武则天最终派建昌王武攸宁率领壮士在宫中瑶光殿的树下逮住怀义，当场打死，送到白马寺烧掉了。

〔清〕戴熙·夏山图

政由己出，明察善断

　　史书记载，说武则天滥用官职来笼络天下人心，然而对于不称职的，发觉后也会免职，或判罪斩首。她控制赏罚大权以统治天下，政由己出，观察精细，善于裁断，所以当时的人才竞相为她所用。武则天在盛唐之时，改唐为周，登上皇位，并且推进唐代的经济、社会继续向前发展，在男尊女卑的封建礼教社会里，也确实是很不简单的。史书中对她的评价有褒有贬，对她残忍的一面毫不客气，白纸黑字，记录在案。对她治国安邦的能力，也多有赞誉之辞。这里仅就用人方面摘举几例，以看武则天的用人之道。

　　公元684年，也就是唐则天皇后光宅元年，武则天垂帘听政，专权用事，唐朝宗室人人感到危险，大家都很愤怒哀伤。这时眉州刺史英国公李敬业和弟弟李敬猷、给事中唐之奇、长安主簿骆宾王等人犯了案，均被贬官或免职。他们在扬州会聚，每个人都为失去官职而心怀不满，因此策划反叛，并以匡复庐陵王的帝位作为借口。他们在起兵的同时，还大肆进行宣传造势，也是兵马未动，舆论先行。骆宾王起草了讨伐檄文，传檄给各州、县。檄文中说，非法垂帘听政的武则天这个人，出身贫寒低微，本性不够温和恭顺。她以前是太宗的婢妾，曾经靠替先帝更衣的机会而入侍皇帝。到了太宗晚年，很不安分，与太子私通。她暗中隐藏曾是太宗的小老婆的秘密，通过阴谋得到了高宗的宠爱。她靠手段窃据了皇后的位置，使国君处于乱伦非礼的境地。她杀死兄弟姐姐，害死国君，毒死母亲，所作所为天人共愤，神鬼皆怒。她怀抱为祸天下的心思，暗中窥伺帝位。她把国君宠爱的儿子幽禁在别宫里，却把重要的职位委任给自己的宗族盟党。这篇檄文把武则天骂得混帐透顶，狗血喷头。武则天看到后，就问这是谁写的。有人告诉她，是骆宾王写的。武则天说这都是宰相的过错，此人有这么好的才华，怎么可以让他流落不得志呢！从这个态度看，似乎是武则天宽容大度，而且有爱才之心。

武则天爱才，在史书中记载是不少的。

武则天执掌政事是从唐高宗有病开始的。公元675年，也就是唐高宗上元二年，高宗因头风眩晕非常厉害，痛苦难忍，就提出让武则天代理国政。也就是从这时开始，武则天开始了她的执政生涯和扫除异己的道路。因这次提议朝中反对力量较大，没能通过，但实际上，她已伸手抓住了权力，只是没有名分而已。

公元692年，唐则天皇后长寿元年，武则天接见派往安抚各地的使臣所推举的人，不论好坏，一律提拔任用。才能上等的，试用为凤阁舍人、给事中，次等的试用为员外郎、侍御史、补阙、拾遗、校书郎。试用官吏的制度就是从这个时候开始的。当时有人对这种做法进行讥讽："补阙连车载，拾遗平斗量；耙推侍御史，碗脱校书郎。"一个叫沈全交的举人又续了两句："糊心存抚使，眯目圣神皇。"御史纪先知为献媚邀功，向武则天报告了此事，说沈全交诽谤朝廷，攻击人事制度，应论罪杖刑。武则天听后就笑了，对纪先知说，只要你们不滥，哪怕众人议论，应赦免沈全交的罪。从这里可以看出武则天用人的方法，就是不怕当官的多，当官的换得勤，把官位作为诱饵，来者上钩，不称职不合意的或杀或刖，全由她来决断，而且还根本不怕社会舆论，随你们说去，我该怎么用就怎么用。还是在这一年，右拾遗张德喜得贵子，私自杀羊请同事吃饭。而这时武则天刚刚下诏，禁止天下屠杀牲畜及捕捞鱼虾，江淮发生旱灾，老百姓没有粮食吃，又不能捕捞鱼虾，饿死了很多人。正是在这样的形势下，张德竟敢私自杀羊请客吃饭。也真有好事之徒，吃了请还告密。一个叫杜肃的人藏了块卷肉薄饼作为证据上奏告发。第二天上朝时，武则天在大殿上当着众人对张德说："听说你生了个儿子，真为你高兴。"并问张德，肉是从哪里得来的。张德连忙叩头认罪。武则天反而安慰张德，并告诉他，我禁止杀生，但喜庆丧葬之事不限制，你今后请客，也要选择好客人。她把杜肃的告状信拿给张德看，当众把杜肃给涮了一把，博得朝中大臣的赞颂，张德更是感恩戴德。从此举来看，武则天是很会笼络人心的，而且对一些小人也很痛恨，她利用小人是为一定的政治目的服务的。

只要对武则天忠诚，她都会重用，但在忠诚之士中，她更重用那些正直的人。忠诚坦荡是武则天的用人标准。有个夏官侍郎叫李昭德的，对武氏家族权力太重很担忧，就秘密向武则天说，魏王武承嗣权力太大。武则天回答说，他是我侄子，用他我放心，所以应委以重任。李昭德说，你和武承嗣是姑母和侄子的关系，从亲近程度上来说，是比不上父亲和儿子的。历史上儿子杀父篡位的都有，何况是侄子呢。武承嗣封为亲王，又做宰相，权势同国君一样，您是不能安坐帝位的。武则天听从李昭德的劝谏，免去了武承嗣的职务，让他享受高待遇，少实权。武承嗣因此而记恨李昭德，就在武则天面前诽谤他。但武则天不为所动，很干脆地对武承嗣说，我任用李昭德，能够安安稳稳地睡觉，他能分担我的辛苦，你说什么都没有用。从这件事中也可以看出武则天的用人标准，不是仅仅以亲疏画线，而是以国家大局为重，以是否有利于她的政权巩固、朝廷安稳为标准。李昭德是个敢说敢讲又敢作敢为的人，对献媚武则天的人毫不给面子。武则天喜好瑞兆，喜欢听人恭维，有人为投其所好，就献上有红斑纹的白石。有人问这石头是什么祥瑞，献石的官员就说它有一颗红心。李昭德不管武则天高兴不高兴，当场发怒，训斥献石的官员说，这块石头是赤心，那别的石头都要造反了不是？结果搞得哄堂大笑，使献石人很难堪。有一个襄州人叫胡庆，用红漆在一只乌龟的肚子上写了"天子万万年"五个字来讨好武则天。李昭德毫不客气地用刀把字刮去，并要处置胡庆。武则天说胡庆动机不坏，下令放胡庆走了。这说明武则天喜欢有忠心的人和正直的人，只要忠于她，她一般不加罪。以后李昭德被来俊臣诬陷处死，很令世人痛惜。

武则天十分信任和器重狄仁杰，可以说到了言听计从的地步，是武氏当权时所有大臣都比不上的。武则天曾让宰相们各推荐尚书郎一人，狄仁杰就推荐了自己的儿子狄光嗣，真可谓举贤不避亲。武则天也是用人不疑，任命狄光嗣为地官员外郎。武则天把狄仁杰称为国老，不直接称呼其名字。狄仁杰办事公正，为人坦荡，对武则天忠心耿耿，而且还很有智谋，朝野内外对他都是赞扬的。狄仁杰个性耿直，喜好在朝廷之上直言谏争，武则天在狄仁杰面前也常常改变自己的本意而采纳他的建议。有一次狄仁杰陪同武则天出去巡游，遇上刮大风，狄仁杰的头巾被风吹落，所乘的马受惊吓狂奔。武则天让太子李显去追赶惊马，抓住笼头把马拴好。让太子为狄仁杰拴马，可见狄仁杰在武则天心中的位置。狄仁杰上朝晋见，武则天阻止他行叩拜之礼，说看到狄仁杰行礼自己的身体就疼痛，心里不好受。武则天爱惜狄仁杰，免去他在宫廷内轮流值班的差事，并告诫其他大臣，说如果没有非常重大的军国事务，都不能去烦扰狄公。狄仁杰去世后，武则天痛哭流涕，说朝廷中再也没有人可以依靠了。此后每当朝廷有大事，难以决断，武则天就会哀叹："老天为什么那么早地夺走我的国老？"武则天倚重狄仁杰，狄仁杰也确实为武氏政权立下了汗马功劳，这在史书中有很多记载，难以列举，一些小说和电影电视剧中，也以文学艺术的形式进行了演义，大体都是可信的，是有历史依据的。狄仁杰不仅能干事，也会干事，而且还为武则天推荐了许多人才。这些人才大多得到了武则天的重用，有许多人成为朝廷重臣、名臣。有人曾说，天下的桃李都在狄公门下。狄仁杰很坦然地说，我举荐贤才是为了国家，而不是为了个人的私心。"举贤为国，非为私也"。也正是由于他的为国而非为私，狄仁杰得到了武则天的信任以及当时人和后人的赞颂。从武则天重用狄仁杰这件事上，我们可以更清楚地了解武则天的治国用人之道。

从上述几例中可以看出，武则天重用的人有几个特点：一是有才；二是忠心；三是正直；四是干事。但武则天用人很滥，对官位毫不吝惜，说给谁就给谁，说给个什么官就给个什么官，而且还有许多发明。她对官员也毫不珍惜，说拿掉就拿掉，说杀头就杀头。武周时期官不值钱，就像过江的鲫鱼一样，捕捞一拨，还会有下一拨挤破脑袋都要往网里钻。世事什么都愁，就是不愁没有当官的。为了扫除影响她执政当皇帝的障碍，好人坏人她都用，只要能扫除李唐势力，扫除反对她的人和不合作的人，她什么手段都敢使，而且还非常残酷，不怕任何人说三道四，也不管什么舆论导向和社会监督，可以说是天马行空、独来独往，真正成了天皇。顺便说一句，"天皇"之称也是来源于她这个时代。据史书记载，公元674年，唐高宗上元元年，唐高宗把皇帝的称谓改称为天皇，皇后改称为天后，并对文武百官的服装作了统一规定：三品以上穿紫色官服，佩金玉带；四品官穿深红色官服，佩金带；五品官穿浅红色官服，佩金带；六品官穿深绿色官服，七品官穿浅青色官服，都佩黄铜带。老百姓穿黄色衣服，佩铜铁带。工商杂户等级以下的人，不允许穿黄色衣服。还是天后的时候，武则天就开始留意培养和发现人才。改称天后这一年的冬天，她向皇帝上了一份奏疏，认为国家的圣胤出自玄元皇帝李耳，请求命令王公以下都学习《老子》，每年选拔官吏考试时，和《孝经》、《论语》一样，加考《老子》策。又要求从现在起，父亲还在的，居母丧服齐衰三年。又提出，在京的官吏八品以上的，应酌量增加俸禄，这就开始了笼络人心的工作。李唐皇帝认为自己是老子的后代，她就尊奉老子，并宣扬德教，给基层官吏加薪。这些意见，皇帝都照办不误。武则天登极后，有了怀义这个情人，开始尊佛抑道，把佛教提高到道教之上。有人向她献媚，说她是弥勒佛转世，她也真把自己当成了佛爷，大肆建寺兴佛。洛阳龙门石刻的伟大建筑，在很大程度上与她崇佛和自认为是佛有关。公元675年，唐高宗上元二年，武则天召集了很多文学之士，如著作郎元万顷、左史刘祎之等人，把他们组织起来撰写《列女传》、《臣轨》、《百僚新戒》、《乐书》等，共有一千多卷。可以看出，她很重视并亲自抓思想理论工作。她还命令这些文学之士参与处理朝廷的奏议和百官的表疏，以分割宰相的权力。在用人制衡分权方面，她做皇后时就开始了演练。

最后，用一个小故事来结束本文，以进一步透视武则天的用人之道。公元694年，周则天皇帝延载元年的农历九月，深秋季节，武则天拿了一枝梨花给宰相们看，宰相绝大多数认为这是喜庆的祥瑞，是好兆头。惟独杜景俭不赞同，说现在是草木凋黄的季节，而梨花在这个时候开放，表明阴阳失序，这都是我们这些臣子们的罪过所造成的，并跪下请罪。武则天听后很赞赏，对杜景俭说："你是个真宰相。"

半脸对独眼，母子同遭灾

　　南北朝时期，长江地区梁朝的皇族湘东王萧绎，瞎了一只眼睛，是个独眼龙。他有一个妃子姓徐，长得很丑，是朝中官宦徐孝嗣的孙女，也是名门望族，当是贵族之间的政治联姻。一个独眼，一个丑脸，凑凑合合地过日子，还生下了一个孩子，也是萧绎的长子，叫萧方等。这个萧方等倒是集中了这两个人的优点，长得一表人才，而且还有一身本领。这个徐妃长得丑陋，心胸狭窄，生性妒忌，而且行为也不检点，惹得萧绎很讨厌她，两三年才到她房中去一次。徐妃心眼小，歪歪肠子还多，萧绎好不容易才来一次，她不但不热烈欢迎，而且还搞点小名堂。因为萧绎是独眼，她就化个半边脸的妆来给萧绎看，意思是说你只有一只眼，只能看见半边脸，多了也看不见，给你个整脸也没有用，就是不给你萧绎这个脸。人怕揭短，你在人家伤口上撒盐，人家能高兴吗？萧绎看到这种情景，十分恼怒地离开了。从此，徐妃也就彻底失宠，而且祸及萧方等，萧绎连这个长子也不待见。

　　侯景叛乱，兵围建康，萧氏诸王带兵救援，也没有救援得·了，又都纷纷撤回自己的封地。在这一次军事行动中，萧绎看到萧方等治军有方，很有些才干，也就开始喜欢这个儿子了。由子及母，萧绎对徐妃的看法也有了转变，回到封地后，萧绎高高兴兴地跑到徐妃那里，告诉徐妃萧方等治军严整，夸她生了个好儿子。这个徐妃实在差劲，本来多么好的和好机会，但她给脸不要脸，这次连半边脸也不给萧绎看了，转身就走开了。这下可把萧绎气得够呛，真正翻了脸。既然你徐妃不给脸，我也让你没有脸，他就把徐妃平日的丑闻，用文字写出来，在大厅之上张榜公布，让徐妃无脸见人，而且对萧方等也不再信任和重用。以后，在萧家诸王商议出兵攻打侯景的事情上，萧绎同河东王萧誉发生了矛盾，自家弟兄，刀兵相见。萧绎还有一个小儿子叫萧方矩，封爵为安南侯，萧绎就任命他为湘州刺史，专门同萧誉对着干，等于去抢萧誉的地盘。萧绎也知道这个小儿子本事不大，就让大儿子萧方等护送他上任。萧方等知道父亲让自己去送死，出发前就说过，这次出征，自己一定会死，结果也同他预料的一样，萧誉带七千人马向萧方等进攻，萧方等惨败，跌落水中被淹死。萧方矩没死，又跑回江陵。萧方等死了，萧绎也找了个理由让徐妃自杀，徐妃只好跳井而死。

这是一件腐败王朝上层的家里丑事，本不值得花费笔墨去说它，但读后感到有点启示，就随手记下来。史学家既然记录下来，就是要告诉后人应该汲取点什么。人的身体、相貌是父母给的，自己一点招都没有，但人的美丑不仅表现在相貌和身材上，更主要的是在内心和品德。德美才是最高的美，面丑固然是一种缺憾，但只要心美，在情人的眼中一切都是美的。萧绎、徐妃两个人以面丑而发展到心更丑，真是丑上加丑，演出了这幕历史悲剧，而且一些无辜的将士也跟着遭殃。世界上芸芸众生，相貌大体都差不多，绝美和奇丑的人是少的，而且美与丑也是相对的。不论美丑，走到了一起，心心相印，就都是美好的。心里充满美好的人，眼里所看到的一切，一定都是美好的。

汉唐的巡视制度

朝廷派出官员，"代天巡视"，到各地去检查工作，兴于何朝何代，哪年哪月，没有做详细考证。《资治通鉴》有几段记载，说明在汉、唐时期已有这一制度。

公元4年，汉平帝元始四年，平帝曾派遣太仆王恽等八人为使节，并各设置副使，持朝廷的符节，分别巡视各地，考察社会风俗。这说明，汉代已有巡视制度。这次巡视，用现在的话说，就是抽调朝中高官，组成了八个巡视组，设有正副组长，分别到全国各地考察社会风俗、礼仪教化，也可以说是就精神文明建设情况进行巡视。

这次巡视历时一年多，元始四年下去，元始五年（公元5年）五月回来，巡视组向朝廷写了巡视报告。报告中说全国风俗相同，并汇编了郡、国（诸侯王封国）歌谣，歌功颂德，共有三万字。这年的五月四日，汉平帝下诏命羲和刘秀等四人，负责兴建明堂、辟雍，使汉朝土木工程跟周代周文王建筑灵台、周公建筑洛邑能相符合。这是这次巡视的成果，就是朝廷高度重视礼仪教化和道德建设，大兴土木，建设进行礼仪道德教育的宏大建筑。由于巡视和建筑有功，宣扬了朝廷以德感人的方针，使全国风俗相同，汉平帝就把王恽等八个巡视组长和刘秀等四个负责明堂、辟雍建设的官员，都封了侯。

这次巡视也弹劾处理了一些官吏。一个诸侯王封国广平国的丞相，叫班稚，不肯进呈祥瑞歌谣；琅邪郡的太守公孙闳不宣扬朝廷的恩德，而且在郡府公开讲民间灾害。御史大夫甄丰派遣属官骑快马疾驰到广平国、琅邪郡，暗示这些地方的官吏和老百姓向朝廷进呈祥瑞并讳言各种灾害，同时上书弹劾公孙闳，说他捏造宣扬灾害；弹劾班稚，说他拒绝反映祥瑞之兆。说他们二人嫉妒痛恨朝廷的圣政，都犯了不道之罪。就道德教化进行巡视督查，并以此来加强精神文明建设，这都没有错。但朝中一些好事之徒看到朝廷喜好祥瑞吉兆和歌功颂德的话，就溜须拍马顺杆子往上爬，竟然对那些敢于报忧不报喜，不肯说恭维奉承话的人罗织罪名，进行弹劾。这个弹劾不是巡视官员干的，而是御史们干的，但今天分析，御史们得到的情况应当是从巡视官员那里来的。

朝廷对甄丰的弹劾很重视，将琅邪郡太守公孙闳关进了监狱，而后又杀掉了。对于广平国丞相班稚的处理就不一样了，由于班稚是汉成帝的爱妃班婕妤的弟弟，太后就出来替班稚说话："班稚不宣扬美德，应该和捏造灾害的处罚不同。而且班稚是后宫有贤德的班婕妤的弟弟，我很同情他。"由于太后出面，没有将班稚下狱。班稚也害怕了，写了检讨和辞职书，说自己世受国恩，请求恕罪，愿意归还相印，到延陵去做个掌守园寝门户的园郎，替皇家守陵。太后答应了班稚的请求，他就辞职看坟去了。

这里再说一下唐代的巡视制度。

公元711年，唐睿宗景云二年的五月，朝廷派出官员到全国各地去巡视考察。当时全国分为十个道，需要派十个巡视组下去。在议论这件事情的时候，有人提出，山南道所辖的区域太广阔，应该再划分一下。朝廷就决定把山南道分为东西两道，同时又从陇右道中分出河西道。到了六月初八，又把全国重新进行划分，置汴、齐、兖、魏、冀、并、蒲、廊、泾、秦、益、绵、遂、荆、岐、通、梁、襄、扬、安、闽、越、洪、潭二十四州都督，各负责纠举查处所辖区域内刺史以下官吏的善恶得失。洛阳及京城长安附近各州不隶属于都督府。这个都督府看来不是行政管理机构，都督也不是最高地方行政长官，行政长官有刺史、州牧、郡守。都督府是个检查机构，赋予他们的是巡视的职能，即代替朝廷监督检查所分管区域内地方官的施政情况，并有权弹劾处理。这个都督府设置的时间不长，由于权力太大，可能产生了弊端，很快就废止了。当时朝中的官员李景伯、卢俌等人向皇帝建议说："设置的这些都督掌握着对地方官吏的生杀大权，给的权力太大，如果用人不当，将会带来十分严重的危害。而朝中的那些御史们虽然品级很低，收入很少，但声望却很高，手中虽然没有太大的权力，但敢查实情，敢讲真话，若派他们下去巡察地方，为非作歹之徒自然会被禁绝。"今天来看，这些话说得绝对了些，但指出给都督府的职位太高、权力太大，并派出专门的官吏担任，作为一项监督检查工作，肯定是弊大于利。提出派朝中专门负责监察工作的人去干这件事，虽然地位不高，权力不大，但是作用是大的，是利大于弊。由此可见，唐朝的巡视制度也是在实践中逐步发展的。朝廷采纳了这个意见，罢免了二十四州都督，设置了十道按察使。

公元715年，唐玄宗开元三年，朝中又有官员提出各道的按察使只会给地方官府和百姓增添麻烦，看来是下去的人谱摆得太大，干预的事情太多，引起了地方上的不满，就建议取消这种制度，停止向各道派遣按察使。唐玄宗召集尚书以上的官员来讨论这个问题。宰相姚崇认为，现在只不过是选派了十道按察使，承担的职能也有限，而且选派的人也不一定都合适。全国共有三百多个州，县就更多了，朝廷怎么能保证每一位刺史、县令都称职呢？还是不要因为有些毛病就取消这一制度。经过讨论，还是坚持把这一制度保留下来。到了开元五年（公元717年），可能又有人提出建议撤销这个制度，到这年的年底，十二月三十日，朝廷废止了十道按察使。但废止了也有问题，一些地方不受约束，任意胡来。于是在开元八年的五月，又恢复了巡视制度，再次设置了十道按察使。

公元725年，开元十三年，唐玄宗带领文武官员到泰山封禅，册封泰山之神为天齐王。典礼结束后沿途考察，在回京途中到达宋州时，唐玄宗设宴款待随从他登泰山封禅的高级官员，宋州刺史寇泚作为地方官、东道主也参加了这次宴会。喝酒喝到高兴的时候，唐玄宗对宰相张说讲："过去我曾多次派遣使臣分巡各道考察地方官的优劣，这次借封禅的机会，亲自到沿途各州走了一趟，才明白使臣欺骗我的地方太多。如怀州的刺史王丘，除了提供了一些牛羊猪等活的牲畜之外，没有贡献其他任何珍奇之物；魏州刺史崔沔，所供给的陈设之中没有一件是锦绣织物制作的，这都是示意我应该节俭。济州的刺史裴耀卿，向我进呈了一篇几百字的表章，没有一个字是恭维的，全是规谏我的话，而且在表章中说，如果在封禅活动中百姓被严重搅扰，陛下的这次封禅就失去了意义，就不能向上天报告为政的功绩，上天也不会原谅。我常把这些话作为座右铭，并拿它来告诫左右侍臣，要勤俭节约，不要扰民。像这三位官员不愿劳苦百姓来讨得朝廷欢心，不钻营巴结以求高升，才真正是贤良的人才。"唐玄宗在宴会上又对寇泚说："近几天多次有人向我诉说你接待工作搞得不好，提供的酒宴太不丰盛。我知道，这是你一身正气，没有买通我身边的人为你说好话的原因。"说完亲自举杯向寇泚敬酒。唐玄宗的明察秋毫令群臣十分感动，大家都站起来呼喊万岁。这是唐玄宗公开地对巡视制度作出评价，而且是亲自调查研究后的评价，认为巡视官员也没有向他说实话，欺瞒的事情太多，特别是对那些清廉正直、不善于奉承拍马的官吏没有如实反映他们的政绩。这以后巡视制度再次中止，到开元十七年（公元729年）重又恢复，除再次设置十道按察使外，在洛阳和长安京都两地也设置了按察使。

从唐代玄宗时期的这些零星史料来看，巡视制度是反反复复，时断时续。其核心问题，在于同地方官的职权矛盾和能否真正向朝廷反映真实情况这两点上。总体上看，好的效果肯定是有的，起到了一定的监督和耳目作用，对巩固唐朝政权是有益的。任何一个制度，设定之初愿望都是好的，在执行过程中，问题肯定也是有的，需要在实践中不断完善，同时还要把握好它的发展方向，不能付以无限责任，给以无限权力，更不能仅依靠某一种力量或某一个渠道。

这里也顺便提一下明代的巡抚制度。朱元璋建立明王朝，总结历史上藩镇割据，军阀坐大，中央失控，造成国家四分五裂的沉痛教训，就把军政大权都收归中央，由他来直接指挥。朱元璋执政时期，不设省级建制，直接管到州县，军队设立卫所，也直接受中央指挥。朝廷自胡惟庸案后，也不设宰相，他直接管理六部，可以说是大权独揽。但人的精力都是有限的，整天不吃不喝不睡觉，日夜连轴转，一个人能干的事情也是有限的，特别是对地方的管理，所有州县都对准朝廷，有许多事情不但处理不了，而且根本顾及不到。在这样的情况下，朱元璋建立了巡抚制度，派出官员到地方去巡视安抚，主要是检查督促朝廷政令的落实，税赋的交纳完成，地方上的一些救济抚恤等，包括考察了解社情民意。这个制度初始时的做法是随时下派的，后来由于职责比较明确，任务也比较具体，就相对固定下来，并在一些地方建立了类似衙门的办事机构。衙门有了，官员和办事人员也有了，而且巡抚的地方也是按历史上形成的行政区域划分来进行的，巡抚的地方行政管理职能也就逐步形成。到了清代，巡抚就成了省级衙门和省级最高行政长官的称谓。

我在这里提出汉唐的巡视制度和明代的巡抚制度，是希望大家了解一点历史。政治制度、政治策略都不是凭空来的，都是历史的延续、继承、发展和创新。任何制度都是如此。西方现行的民主制度也不是近代哪个人发明创造的，而是来源于古希腊、古罗马的早期民主制度。我们现在的机构设置，职责划分，细细考证一下，都有历史的影子存在，都不是哪个人凭空想出来的，都是在不断总结前人的经验，不断提出新的要求，赋予新的内容。学习历史的目的，是我们能够知道历史上的经验教训，以史为镜，知古鉴今，把今天的事情办得更好。

"伴食宰相"也可赞

　　"伴食宰相"这个称谓是给唐代开元年间的宰相卢怀慎的。唐代的早期和中期，宰相不是由一人担任，而是一个小集体，三到五人甚至更多一点不等，是集体宰相制。而且唐代中早期的宰相还是集体办公制，中午大家都不回家，在机关集中吃饭。因吃饭也在办公的大堂之上，所以就叫"堂食"，现在的"食堂"这一饭堂名字，可能就来源于唐朝宰相的"堂食"制度。卢怀慎被称为"伴食宰相"，确实有点损人的意思，说白了，就是陪伴着吃饭的宰相，换句话说，就是干不成事的宰相。原因是宰相这个班子的领班、我们且把他称为首席宰相的姚崇引起的。姚崇是唐代玄宗开元年间有名的宰相，可进入中国历史上的名相行列，史书称他在唐代的贤相中，可以和唐太宗贞观年间的房玄龄和杜如晦齐名。当然人无完人，姚崇也有许多毛病，这里的主题不是谈他，暂且不去过多论述。

　　公元715年，也就是唐玄宗开元三年，姚崇的一个儿子死了，姚崇请了十几天的假，回家办理儿子的丧事。就在这十几天里，许多政务被积压下来。卢怀慎也是宰相班子的成员，时任检校吏部尚书兼黄门监，大概是负责干部工作的。对这些政务，卢怀慎不敢拍板决断，也就压着不敢处理，内心感到十分不安，就去向唐玄宗请罪，说自己没把政务办好。唐玄宗用人心里清楚，就对卢怀慎说："我把天下事托付给姚崇处理，而让你坐镇风雅之士和流俗之人。"意思就是这没有什么，你们两个各有所长，用途不同，这些事就不是你办的，你的责任主要是做组织工作，不用来检讨请罪。姚崇假满上班后，对积压的这些公务，该批的批、该签的签，只用了一会时间就处理完了。所以，卢怀慎对姚崇很佩服，也很尊敬，他同姚崇一同担任宰相，甘打下手，主动配合，每遇到问题，都要请姚崇来拿主意，"伴食宰相"也由此而名。

司马光在记述这段历史时有一段评论，说先秦时期，齐国的鲍叔牙对于管仲，郑国的子皮对于子产，都是本人的职位高于后者，由于能够了解后者的贤能而甘居其下，主动把治国理政的权力交付给他们，孔子对这种做法曾加以赞美。西汉丞相曹参自认为才干不及萧何，于是就完全沿袭萧何所制定的法度，未作任何更改，汉皇的大业得以成就。那些不贤的人掌权，充当僚属的人吝惜自身保有禄位，便顺从上司的旨意，不顾国家的得失安危，这种人确实是国家的罪人。而贤明的宰相执掌朝政时，那些当僚属的人，则用欺骗蒙蔽来扰乱他的治理，用独占自专的办法来削弱他的权力，用嫉妒以诽谤他的功业，用执拗乖僻以窃取他的名望，这种人也是国家的罪人。姚崇是国家的贤相，卢怀慎和他同心协力，共同促成了唐明皇太平盛世的大政，这有什么可怪罪他的！《尚书·秦誓》曾写道，如果有这样一位忠臣，忠实诚恳而没有其他长处，心地美好，有容人的器量，别人有了本领，就好像是他自己的本领一样；别人才华出众，他能口中称道、心里喜欢。这般宽容有器量，是有利于保护子孙和臣民的。卢怀慎就是这样的人。

司马光借"伴食宰相"这件事，评述了四种人。一种是鲍叔牙和子皮，给以赞颂。鲍叔牙是齐桓公的师傅，他慧眼识才，主动让贤，把齐桓公的仇人管仲推荐给桓公，地位在自己之上。齐桓公任管仲为相，成就了霸业。子皮也是个主动让贤的人，他看到子产比自己有本事，就把郑国的大政授予子产处理，结果郑国得到大治。第二种是西汉时第二任丞相曹参，继承前任，坚持守成，不改开国名相萧何的制度。第三种是明哲保身的人，对那些不贤的掌权人，作为僚属，看着他们胡作非为，也不敢说话，而是一味地曲意逢迎，只顾个人得失，不顾国家安危，这就是罪人。第四种是对掌权的贤人不配合、不支持，而且还从中捣乱，使正直能干的人干不成事或干不好事的人，这些人也是国家的罪人。以此四种人来说明卢怀慎是类似前两种人的贤人，是对国家有利的人，目的是提倡为官者要有容才之量，甘当助手，搞好合作，认为这是国家的福分。

司马光的这个观点是对的。人各有长，为官也是一样，各有所长，也各有所短。唐玄宗的话是耐人寻味的："朕以天下事委姚崇，以卿坐镇雅俗耳。"就是用人用其长，各有侧重，不按同一个标准要求。我们今天谈论这段历史，得到的启示是，每一个领导者，都要虚怀若谷，不要小肚鸡肠，要多看每个班子成员的长处，主动搞好配合协作，更要甘当配角，踏踏实实地干事。不要争名，不要争利，少上点电视，少出点风头，人民群众自有公论，历史也自有公论。

最后还要交待一下，"伴食宰相"卢怀慎也并不是个只会陪伴着吃饭的摆设，确实是个德才俱佳的人才。史书记载，他为官清廉谨慎，生活俭朴，从不去增殖自己的私人产业。他身居宰相的高位，将所得到的俸禄和赏赐随时分给亲朋故旧，结果使自己的妻子儿女经常挨饿受冻。他住的房子竟破旧到难以遮风挡雨。史书说，他能够知人识人，善于向皇帝推荐人才。唐玄宗喜爱读书，想找一个能帮助他讲解书中疑难问题的人，他就推荐了马怀素，很得唐玄宗喜爱。他在用人上敢于坚持原则。公元716年，即开元四年，陇右节度使郭虔瓘向朝廷写了报告，要提拔自己的奴仆石良才等八个人为游击将军，说他们立有战功。卢怀慎坚持不同意，说郭虔瓘倚仗小功，违反用人原则，不能允许。唐玄宗采纳了他的意见。卢怀慎在病危之际，还上书唐玄宗，举荐宋璟、李杰、李朝隐、卢从愿四人，说这四个人是杰出的人才，把他们贬黜对朝廷损失太大，应给以重新录用。唐玄宗也采纳了他的意见。据史书记载，卢怀慎去世时，家中没有什么积蓄，只有老仆一人，这个老仆请求卖掉自己换钱，来为卢怀慎治丧。

焚书只为读书多

公元554年，梁元帝承圣三年，西魏军队攻进梁朝都城江陵，梁元帝退入皇宫东阁竹殿，命令舍人高善宝烧毁古今图书十四万卷。他自己也准备跳入火中，被左右的宫女侍从拦住了。他又拿宝剑去砍石柱，宝剑折断。他感叹说："书烧了，剑断了，文武之道全完了。"于是就让御史中丞王孝祀起草投降文书，自动出城走向西魏军队，后遭到杀害。西魏军中有人问他："为什么要焚烧图书？"他回答说："读了上万卷的书，还落得今天这种结局，所以干脆烧了。"认为读书无用，读多了更无用，以烧书来发泄心中的愤恨。

梁元帝萧绎是在侯景叛乱后，领兵把侯景诛灭而登上帝位的。史书说他生性喜好书籍，常常让身边的人为他读书，日夜不断，即使睡熟了，手里还拿着书。有时手下人读错了或有意欺骗他，他马上会惊醒。史书说他写文章，拿起笔来一挥而就。看来他的文采是不错的。他自己也说："我作为一个文人绰绰有余，作为一个武夫就有些惭愧了。"评论他的人也认为他的自我评价恰如其分。他还喜好玄学清谈，曾专门在龙光殿讲论《老子》。但在治国上，他却没有贯彻老子的思想，从书中学到的知识，运用到实践中的不多，没有做到学以致用，学用结合。

梁元帝把失败归于读书多肯定是不对的，当时他自己也未必是这样想的，至多也就是感到读了这么多书照样失败，认为书多了没用，读书多了也没用。秦始皇焚书是为了统一思想，在意识形态上贯彻他的治国理念，凡不合他的思想要求的统统消亡。梁元帝焚书是因为失去了政权，认为失败的原因是"读书太多，以致有今日之祸"，要让这些书籍同他的政权一起化为灰烬。"文武之道，今夜尽矣"，就说明了这一点。梁元帝读书甚多，但仍然避免不了失败，到死他都没有弄明白真正原因。"读书万卷，犹有今日，故焚之"，就说明他不知道为什么会失败，感叹书中没有给他答案，自己在实践中也没有找出答案。如果用今天历史唯物主义的观点来分析，好像很简单，他的失败就在于不得民心，历史使然，是反动的统治制度造成的，失败也是必然的。但这是今天的话，是事后诸葛亮。在当时的社会条件下，是不会有现代人的思想观念的。当时中国大地上分为南北两朝，北朝又有东魏、西魏两个朝廷，都是一样的军阀割据，一样的封建制度，而且东魏、西魏的统治比梁朝更为残忍，但西魏却能击败梁朝，这就不是简单地归结为封建社会制度能说得清楚的。其实，在战争没有开始之前，西魏的一次战前军事形势分析会上，将领们已经为梁朝的失败划出了路线图和时间表，那才真正叫知己知彼，未战即知结局。

梁元帝承圣三年（公元554年）十月，西魏派柱国常山公于谨、中山公宇文护、大将军杨忠率军五万进攻梁朝，决定十月初九从长安出发。朝中一个大臣叫长孙俭的问于谨："假如我们站在萧绎的立场上替他谋划一下，他应该采取什么对策？"于谨说："如果他陈兵汉江、沔水一带，从江陵收拾行装渡江到江南，径直占据丹阳，这是最好的对策；把江陵外城的居民迁往内城防守，修缮加高内城城墙，以待援军，这是中策；如果不想移动，只是死守外城，这是下策。"长孙俭说："您看萧绎会采取哪一种对策？"于谨说："会取下策。"长孙俭又问："为什么呢？"于谨说："萧氏据有江南已有几十年了，正好这段时间内中原地区也处于多事之秋，无暇向外扩张；萧氏又认为我们有北齐（即东魏，被高洋取代，为北齐）牵制，必定以为我们不可能分出兵力进攻江南。而且萧绎怯懦而无谋略，猜疑而缺少判断力，老百姓很难为国家深谋远虑，只会一味留恋故乡旧居，所以可推知他们会采用下策。"

战争的发展正如于谨所判断的那样，萧绎基本上是跟着于谨的指挥棒在转，采取了于谨所说的下策，死守江陵外城。西魏发兵后，梁武宁太守宗均报告军情，梁元帝正在组织大臣们讲解《老子》，就暂时停下来讨论怎样应对。而文武大臣都认为西魏和梁朝一向友好，从没有什么怨隙仇恨，必定不会出兵入侵。梁元帝就派人到边境上去查看。不信军事情报，而信朝中书呆子们的推理判断，能不灭亡吗？这时于谨的军队已经到达樊、邓两地，梁元帝派去的人还没有走到地方，就派人回来报告，说边境上没有什么动静，很安全。梁元帝对这个消息虽然也半信半疑，但还是不做战斗准备，仍然继续他的《老子》讲解，只是让文武百官都穿着军装来听讲。军情似火，学习不误，可以想象到，这样的学习有什么用处，不过是为学习而学习。由此可以看出，梁元帝的读书也是为读书而读书。以后的过程不再赘述，梁元帝的失败是必然的了。

由梁元帝的读书、焚书，而想到了我们的读书学习。书是好东西，是历史、是智慧、是知识、是本领，读书多肯定比读书少强，读书应该越多越好。但读书为了什么要弄清楚，怎样读书要整明白，不能读死书，死读书，为读书而读书，更不能为装潢门面而读书。读书一定要求解，读书一定要同实际联系起来进行思考。我们不能说每读一本书都能派上用场，但一定要有所启发，有所领悟，至少在知识上有所积累。读的书要有益有用，这是最主要的。由此而延伸到学习，学习要有针对性，要有益有用，这也是最根本的。

狐假虎威，虎诚狐奸

公元556年，梁敬帝太平元年，西魏的顶梁大柱安定文公宇文泰带兵外出征战，在返回都城长安的途中病倒，自知要到阎王那里报到，就快马传令把中山公宇文护从京城召来托付后事。宇文泰对宇文护说："我的几个儿子年纪都小，现在的外敌都很强大，我把天下大事全拜托给你了，希望你能够努力成就我的志向。"宇文泰病逝于云阳，宇文泰的大儿子宇文觉继承了宇文泰的爵位，任太师、柱国、大冢宰，离开长安去镇守同州，当时才十五岁。

宇文泰把后事托付给宇文护，主要是因为他是自家兄弟的儿子，且又掌着军政实权。但这个宇文护在朝中的声望和地位一直不高，虽然受到了宇文泰的临终嘱托，但人们不服气，朝中的其他王公大臣都想执掌政权，没有人听他的。宇文泰靠南征北战、东讨西杀，争得了西魏半壁江山，加上自身治国理政的本领和人格魅力，能够驾驭住这些英雄豪杰，并得到他们的全力效劳。而宇文护既没有赫赫战功，又没有宇文泰那样尊儒好古、处事练达的文德和质朴淡雅、务实简约的修养，所以自己也觉得腰杆不硬。宇文护本事不大，威望不高，但权谋之术还是有的，他看重了随宇文泰东讨西杀、权高位重的朝中元老于谨，就登门求教，请于谨来为自己帮忙。于谨在西魏的地位仅次于宇文泰，而且在公众场合，同宇文泰是平起平坐的。于谨从同宇文泰在战斗中结下的友谊和西魏的政治大局出发，愿意帮宇文护这个忙。于谨告诉宇文护，我蒙受先公宇文泰的特别器重，恩情深于骨肉之亲，为了国家大事，我帮助你树立权威。今后你主持召开会议，面对各位王公大臣商议决定国策人事时，要硬起手来去干，理直气壮地拍板决策，到时候我会出来说话支持你的。宇文护拜访于谨的第二天，朝廷就召开了王公大臣会议，可能是于谨特意安排的，是一次为宇文护立威正名的会议。会议一开始于谨就说："从前皇室陷于倾覆危险之中，如果没有安定公宇文泰的扶危济困，力挽危局，就不会有今天的政治局面。现在安定公宇文泰去世了，他的儿子年龄都还小，安定公就把大事托付给了中山公宇文护。中山公是安定公兄长的儿子，年轻有为，德才俱佳，是当今的人才，军国大政交给他负责我们放心，我们大家都应该支持他。"对这些王公大臣说完，于谨又从座位上站起来，走到宇文护面前，恭恭敬敬地对宇文护说："由您出面统理军国大政是国家的福气、人民的福气，我们这些老家伙也有所依靠了。"说完还向宇文护跪拜了两次。宇文护也就当仁不让，大模大样地接受于谨的跪拜，并说："安定公把大事托付给我，这也算是我们的家事，我虽然平庸愚昧，但不敢推辞，只有临危受命，勉为其难，硬着头皮也得干。"过去宇文护看见于谨都要跪拜致礼，而今在大堂之上，于谨主动向宇文护跪拜，这些王公大臣都傻了，谁也不敢再说什么。迫于于谨的权威，所有的王公大臣都跪了下来，也向宇文护行了大礼，虽不情愿，但都认认真真地跪拜了两次。宇文护在于谨的支持下，确立了在西魏的政治地位。

这是一例人类社会政治生活中的"狐假虎威"现象。寓言中的"狐假虎威"，老虎是被狐狸欺骗的，是在不知情的情况下，去为狐狸树威望、撑门面。而于谨这只老虎则是主动为宇文护这只狐狸树威，其性质是不同的。老虎是真诚的，其志可嘉，其德可彰。但狐狸是狡猾的，其心难测，为虎当戒。

宇文护立威掌权后，就开始诛杀功臣，排除异己。他首先废掉了魏恭帝，让其把皇位禅让给宇文觉，由宇文觉来做傀儡皇帝，把大权全揽在自己手中。楚国公赵贵、卫国公独孤信两位王公，同宇文泰也是生死哥们儿，一生战功卓著，在宇文泰生前，是同宇文泰称兄道弟、地位相当的人。这两个人看不惯宇文护专权，赵贵想杀掉宇文护，独孤信从大局考虑，制止了赵贵。宇文护知道后，就利用赵贵上朝的时候把他诛杀，并免掉独孤信的所有官职，后又逼迫独孤信自杀。被他逼迫下台的西魏帝元廓这时已经成了任人欺辱的羔羊，但他仍不放过，照样残酷杀害。朝中一个叫齐轨的官员对同事说了一句，国家军政大权向归天子，怎能掌握在权贵之家。此话传到宇文护耳朵里，宇文护当然不能容忍，就杀了齐轨。宇文护的专权使周孝愍帝宇文觉心中不安，他身边的一些人密谋想除掉宇文护，但兔子毕竟斗不过狐狸，谋事不成，反遭其害，参与密谋的人被宇文护诛杀，宇文觉被逼逊位给宇文毓，皇后被逼出家为尼。宇文觉退位一个多月后也被宇文护杀害。周世宗宇文毓是个聪明敏捷、有宏识雅量的人，知道宇文护专权，但又不能同他直接去斗，就处处小心，对宇文护礼敬有加，并封他为太师。宇文护不愿操劳政事，而只愿掌握军队，宇文毓一一照准。就这样，宇文护也不能容忍，他害怕这个聪明大度的皇帝长大后对自己专权不利，就唆使管皇上生活的膳部中大夫李安在宇文毓吃的糖饼内下毒，将其害死。宇文毓知其被害，临死前遗诏鲁国公宇文邕即位，给宇文护埋下了一颗"克星"。宇文邕为人宽厚仁慈，度量宏大，但城府很深，即位后不动声色，一直给宇文护加官晋爵，该给的权力和荣耀都给他，也可说是顺其意，骄其志。宇文护掌握着一切权力，所有军队都归他指挥调度，凡是征发调动，只有他签字才行。宇文护的几个儿子和僚属都贪婪残暴，为所欲为。宇文邕对这些情况看在眼里，记在心里，但隐忍退让，从不干涉，使人们看不出深浅，也使宇文护不加防备。公元572年，宇文邕在皇宫大殿之上，借让宇文护向太后劝谏少喝酒、保长生的机会，杀了宇文护。

狡猾的狐狸可以欺虎，但还是斗不过猎人。

忠臣不和，和臣不忠

公元36年，汉光武帝建武十二年，光武帝刘秀任命睢阳县令任延为武威郡太守。光武帝亲自接见了任延，并同他单独谈话，这是很大的荣耀。一个县级干部被提拔为地级干部，而且皇上接见谈话，可见分量之重，多大的一笔政治资本。

光武帝在谈话中告诫任延说："好好侍奉你的长官，不要失去名誉。"看来光武帝还是了解任延的，可能在干部考核中说他任性、固执己见，不大服从上级领导，所以就专门给他提个醒，要他注意上下级的关系，能够服从领导，不要给人以难以合作的印象。刘秀这个皇帝在用人上是很注意的，对官员谈话也很注意方法，很能理解人、关心人、尊重人，对一个小小县令尚能推心置腹，可见其待人以诚、用人以信的胸襟。皇帝如此接见谈话，不论是谁都会受宠若惊，感激涕零，会说些一定牢记教诲、不负圣恩之类的话，这是情理之中的事，是应该做的。但这个任延是个直肠子，对皇帝的接见、教诲一句感谢的话都没说，更说不上感恩戴德，而且还十分不赞成光武帝的劝诫，毫不客气地说："我听说忠臣是不随和的，随和的臣子就不是忠臣。行为正直，奉公守法，是臣子的节操。如果随声附和，那不是陛下的福分。陛下告诉我要好好侍奉长官，我是不敢奉行诏令的。"

这个任延真够可以的，皇上劝你一句，你一下子顶了将近十句，而且公然提出不奉诏，说你皇帝说得不对，我不能接受。史书记载，汉光武帝叹息曰："卿言是也！"这一声叹息令人费解，是指你这个任延还太年轻，不知仕途险恶、人言可畏，或是组织部门说任延不服从领导结论下得不对，还是如今为官之人中像任延这样耿直忠诚的太少等等，书中未载，不得而知，但"卿言是也"，肯定了任延的说法，认为任延说的是对的。

"臣闻忠臣不和，和臣不忠。履正奉公，臣子之节；上下雷同，非陛下之福。善事上官，臣不敢奉诏。"今天来读这段话，仍然铿锵有力，掷地有声，令人肃然起敬，热血沸腾，为任延的一身正气叫声好。"忠臣不和"，既然是个忠臣，就要忠于国家、忠于事业、忠于人民，在皇权社会还要忠于皇帝，标准只有一个：尽责，忠诚。不能有其他杂念，不应该去附和任何人、任何事。用现在的话来说，就是忠于党、忠于人民、忠于国家、忠于真理，而不能丧失原则去搞关系，落个好名声。"和臣不忠"，善于处理各种关系，对各方面都说好的人，就是没有原则、没有是非的人，肯定是意志不坚定，不能挚诚守忠的人。这话也是对的，照顾讨好各方面的关系，肯定不能做到全忠，是不会坚持真理的。"履正奉公，臣子之节"，忠与不忠，和与不和，是非标准就是奉公守法，一切以国家利益为重，坚持依法办事，这是为官者的操守，必须要坚持。衡量一个官员应看他是否奉公守法，而不是看各种关系搞得好与不好。"上下雷同，非陛下之福"，也发人深思。上下一个声音，都是你好我好大家好，一片歌功颂德之声，那不符合事物发展变化和社会运行的客观规律。矛盾无处不在，问题时时都有，都说好好好，肯定是祸不是福。

　　对于任延还要再说几句。在王莽末年，中国南方地区多数地方闭关自守，实行地方自治，各保自家平安。刘秀统一中原后，经过做工作，江夏郡、武陵郡、长沙郡、桂阳郡、零陵郡、苍梧郡、交趾郡等南方广大地区，都派使者入朝进贡，服从中央统一领导。汉光武帝刘秀就封这些地方的郡守为列侯。其中交趾太守叫锡光，用中国的礼仪教导当地人，取得了很好的效果。光武帝曾在公元29年任命宛县人任延为九真郡（今越南清化省清化县）太守，任延教导当地百姓从事农耕，推行中原地区婚丧嫁娶的礼仪，很受当地人民的欢迎。史书说，岭南广大地区接受华夏风俗习惯，是从锡光、任延两位太守开始的。由此可见，任延是个敢于干事，也能干事，而且能干成事的人。

小人为何颇能得志

　　人类社会是由各色人等组成的，"人之初，性本善。性相近，习相远"，《三字经》的开篇揭示了人的本质都是善的，人性都是相近的，但习染不同，相差就远了。"性相近，习相远"，说的是人的性情都是后天养成的。这话说得有道理，但还无法全面揭示或说明古往今来社会上各色人等的社会表现。从性情来说，人可分为多少种，没有去研究过，仅就奸佞小人和正人君子来说，奸佞小人是人们所深恶痛绝的，但历朝历代都有，从没有哪一个朝代绝迹过。不论是战乱四起的动荡社会，还是政治清明的太平盛世，朝堂之上都少不了这种人，而且还颇为得志。当然，正人君子还是占多数，但正人君子往往斗不过奸佞小人，这确实令人费解。读书经常看到这样的事例，实在令人心中不快。这里仅就南北朝时期中国北方北齐朝廷的几个人来说。

　　陈文帝天嘉六年，也就是公元565年，北齐政权任命著作郎祖珽入值中书省。著作郎是负责编纂国史的一个不大的官，属于秘书省管。而中书省则是掌管皇帝机要文书的中枢部门，到这个要害部门来做官，就等于踏进了龙庭，地位要显赫得多了。这个祖珽是个十足的小人，他在齐高祖时是都督中外诸军事府的功曹，是个不知名的小官。有一次，宴会上丢失了金酒杯，查来查去，是他偷走藏在了发髻中。他还曾诈骗盗窃官粟三千石，是个爱占小便宜的小偷小摸之人，曾被鞭打过二百下。因为偷盗，被免官发配到甲坊服过劳役。他的偷盗行为是一贯的，记吃不记打，从不思悔改。齐显祖曾任他为秘书丞，就是掌管国家图书的副长官。他利用掌管图书之便，又偷窃官书《华林遍略》，事发逃匿，旋被捕获。按照北齐法律，这要处以绞刑，但他却没有被绞死，只是削职为民。原来齐显祖看中了他的才华，不仅没有杀他，而且后来还重新启用，屡加官爵。

据《北齐书》记载，"珽神情机警，语藻遒逸，少驰令誉，为世所推"；"尝为冀州刺史万俟受洛制《清德颂》，其文典丽"；"神武口授珽三十六事，出而疏之，一无遗失"，还说他"天性聪明，事无难学，凡诸伎艺，莫不措怀，文章之外，又善音律，解四夷语及阴阳占候，医药之术尤是所长"，看来是个绝顶聪明、记忆超群，且文才很好、诸艺精通的人。就是品行太差，"不能廉慎守道"，"丰于财产"，"游集诸倡家"，"豪纵淫逸"，贪污受贿，吃喝嫖赌一应俱全。祖珽不但文才好，心计也深。他在齐世祖高湛为长广王时，就做胡桃油去进献，并向高湛献媚，说高湛有不同寻常的骨相，他曾梦见高湛乘龙上天。高湛听了很高兴，对祖珽说："如果真有那么一天，我就让你荣华富贵。"以后高湛还真当上了皇帝，就兑现他的承诺，提拔祖珽为中书侍郎，时间不长，又升为散骑常侍。有了权力，祖珽便开始施展奸佞伎俩，把持朝政，祸乱朝纲。

祖珽得到齐世祖高湛的宠信后，和高湛另一个宠臣和士开商量，说你现在由于君王的宠幸而权高位重，受人恭维，但如果皇帝死了，你可就惨了。和士开就问，那该怎么办？祖珽告诉他，要投靠新主人，可以利用皇帝信任的有利条件，劝说皇帝退位，让太子登基，这样太子会感激你，你就可保住两代君王的宠爱，而不至于先盛后衰。和士开认为这是个好主意，而且祖珽还答应敲敲边鼓，促使皇帝让位。他们两个密谋不久，恰好天上出现彗星，太史奏报，说彗星出现是除旧布新的征兆，应当有更换君主的事发生。祖珽做过史官，这里面的把戏他清楚，是不是他串通的史官，很难说。但他为了独居其功，没等和士开开口，就向高湛上书，劝高湛传位于太子，顺承天意。祖珽是个文字高手，肯定借天象说事，把让位的道理说得很透彻。这高湛还真听话，把皇位让给太子高纬，自己则做了太上皇，但坚持留住军权，一切军国大事均要向他奏报。皇太子登上帝位，自然十分感激祖珽，就任命他为秘书监，加仪同三司，由副职成了正职。自此祖珽深得皇帝和皇后的信任。

　　齐显祖高洋处罚过祖珽，虽然以后又启用了他，但每次见到他都叫他贼，祖珽记恨在心。高湛退位，成了太上皇，但仍然大权在握，祖珽还经常去奉承讨好。他对高湛说："显祖性情粗暴，号文宣帝，实不能称'文'，而且没有开创基业的功劳，也不能称'祖'。如果把他称祖，您百年以后该称什么？"这是挑拨皇家关系，大不敬的罪。但小人就是小人，他知道高湛的软肋。这个高湛年轻时候经常挨高洋的打，也是怀恨在心的，虽然做了皇帝，但报复心并未泯灭。高湛听从了祖珽的劝告，下诏改齐显祖高洋的谥号和庙号。为掩人耳目，先改太祖高欢的谥号为献武皇帝，庙号为高祖，这样一来，显祖就不能再称为祖了，他让有司重拟谥号，说该叫什么就叫什么，你们定去吧。这也是先从舆论上否定前人，以树立自己的威望。而祖珽假公济私，撺掇高湛报复高洋，二人"互利双赢"。

　　小人的权力欲是很大的，是永远满足不了的。祖珽并不满足于管管图书、写写文章，到皇帝、太上皇面前打打小报告，干些鸡零狗碎的事，而是想掌大权、干大事。他有野心，想当宰相。

〔清〕胡公寿 · 双荫草庐图

而要实现这个野心，就先要收拾挡在他前边的人，只有把这些人弄下来，他才能上得去。结果虑事不周，他想拉下马的人竟先到太上皇高湛那里哭诉了一番，把祖珽给告了。这些人也是高湛很信任的，高湛就把祖珽抓了起来，严厉责问他。祖珽错误估计了形势，不但不赶快认错，反而百般狡辩，并把高湛也牵涉进去，说高湛取人女子纳入后宫，还把自己比作范增，说高湛不会用人。高湛听了更加生气，说你把我比作项羽。这祖珽还真来劲，说你高湛还不如项羽，人家项羽一个布衣，尚能率领乌合之众，经过五年的时间而成就霸业，你高湛凭的是什么，是靠父兄打下的江山。这下更惹恼了高湛，就叫人用泥土塞住祖珽的嘴巴，又鞭打二百下，发配到甲坊服劳役，以后又迁到光州，命令地方官严加看管。因敕令中有"牢掌"二字，别驾张奉福就曲意迎合说"牢者，地牢也"，于是把祖珽囚禁在地牢中看押，并戴上手铐脚镣。地牢里用菜子油灯照明，结果祖珽被油烟熏得双目失明。

祖珽被太上皇惩处，但由于对皇帝有恩，虽然瞎了，皇帝还一直惦记着他，在囚禁流放中又授他为海州刺史。

祖珽想当宰相，当时把和士开也给告了。祖珽被囚后，和士开更受高湛的宠信，自由出入高湛的卧室，不受任何限制，竟和高湛的老婆胡太后勾搭上，得到了胡太后的宠幸。公元568年，北齐太上皇高湛病逝，临死前还握着和士开的手，把朝廷大事托付给他。这和士开更是奸佞小人，利用太上皇的顾命和胡太后的宠幸，在朝中作威作福。太尉赵郡王高睿、大司马冯翊王高润、安德王高延宗这些人，都是高氏皇族的权贵，不但有战功，而且还算正直，在朝中有很高威望。这些人看不惯和士开的做派，担心他祸国乱政，就会同一些朝中重臣向皇帝和胡太后进言，希望把和士开调到地方上任职，远离核心，以免捣乱。但胡太后离不开和士开，不但坚决不同意，还说高睿等人是欺负他们孤儿寡

母。高睿等人为国家防患也不客气，一直不停地进谏，坚持调和
士开出京。胡太后就和齐后主高纬一块商量对策。和士开认为这
是高睿等人有非分的野心，让他外放，是为了剪除皇帝的羽翼，
就给太后和皇帝出主意，可以任命他为兖州刺史，但要等大行皇
帝高湛的丧事办完后再赴任，以拖延时间，寻找机会除掉高睿。
丧事结束后，高睿去催促和士开离京，而此时和士开已通过送美
女、行贿赂等办法拉拢住了一些想让自己离开的大臣，便在宫中
把高睿杀害了。和士开不但没有被挤出朝廷，而且官复原职，照
样掌握朝中大权，被任命为侍中、尚书左仆射。

朝中除了和士开，还有一群小人，其中有一个女的，也非
常奸险毒辣。这个女人叫陆令萱，入宫时是个婢女。她的丈夫
叫骆超，汉阳人，因谋反被杀，家产被抄没。陆令萱被没入宫
中，做了个打杂的宫婢。她的儿子叫骆提婆（后改名为穆提
婆），也没入官府为奴。从犯人家属成为宫中女婢，处境可想
而知，但有时坏事也能变成好事，上天给了她一个机会。北齐
的未来皇帝高纬出生，陆令萱有幸去当了保姆，这一下，时转
运来。陆令萱使尽浑身本事，竭力讨好谄媚，深得胡太后的宠
信，结果在宫掖之中成了说话算数的响当当的人物，不但奴婢
身份被去掉，还被封为郡君、女侍中，连和士开都要认她做干
妈，成了她的干儿子。陆令萱又把她的儿子穆提婆弄进宫来，
安插在皇帝高纬身边，陪着皇帝玩耍，玩来玩去，玩来了一个
武卫大将军头衔。她还给皇帝介绍老婆，安插亲信，把皇帝伺
候得舒舒服服，也包围得严严实实。她和权臣弄臣和士开搅到
一起，力量更为强大，想怎么作威就怎么作威，想怎么作福就
怎么作福，趋炎附势之人纷纷涌来。

祖珽虽然被囚外地，眼睛瞎了，但耳朵管用，心眼够使，
对宫中的事情了如指掌，看来内线肯定是有的。他给陆令萱的弟

弟仪同三司陆悉达写信，帮助他们分析政局，指出危害，要他们提防朝中一些正直的大臣，这是威胁他们的最大隐患。陆令萱也知道这些，就同和士开商量。和士开知道祖珽鬼点子多，是个智多星，能给他们出主意，就抛弃旧怨，同陆令萱一起推荐祖珽，告诉皇帝说："你的帝位是祖珽帮助搞到手的，他的功劳最大，人不能知恩不报，况且祖珽已经双目失明，肯定不会有反心，把他召回来，可以当个好参谋。"高纬采纳了和士开、陆令萱的建议，召回祖珽，任命他为秘书监，加开府仪同三司。时间不长，又任命为侍中。祖珽回宫，可真是放虎归山，小人得志便猖狂，更何况被囚地牢，受尽折磨，又双目失明，心理已经扭曲，他同和士开、陆令萱在宫中大展拳脚，呼风唤雨。他们先是把一些正直的大臣赶出朝廷，外放地方，省得碍手碍脚，然后开始对王公权贵下手。第一个被开刀的是琅玡王高俨。这个高俨是胡太后十分宠爱的一个儿子，年龄不大就被封为乐平王，任司徒，兼京畿大都督、领军大将军、领军御史中丞。按照规定，御史中丞和皇太子外出要分路而行，王公大臣看到他们要在很远的地方停车，并要把驾车的牛卸下来，把牛轭放在地上，等他们通过后才能再套车，稍有迟延就是违法。这一制度是北魏时定的，到东魏和北齐时，已不再实行，但为了抬高高俨的威望，太上皇高湛和胡太后下令恢复，并亲自察看是否能真正实行。制度颁布后，高俨从北宫出来，所有杂七杂八的工作人员都跟随其后。太上皇高湛和胡太后在华林园东门外设了一个帐幕，躲在里面察看情况，然后派宫中的使者骑马冲向高俨的前导仪仗，一下子把队伍给拦住了。使者是宫里太上皇、皇太后派去的，自是骄横无比，而且还高喝着有圣旨，但话还没说完，为高俨护威的兵士手持红色棍棒上去就打，把使者的马鞍子都打碎了，马匹受惊吓奔跑，使者被掀下马来。太上皇放声大笑，认为妙极了，太好玩了。史书上说"观者倾邺城"，老百姓都出来看热闹。高俨恩荣至极，常在宫中，而且在含光殿处理政事，他的一些叔父辈都要来拜见。他的生活待遇、日常支出同皇帝是一样的。就是这样一个位高权重的人，也逃不过陆、祖们的阴谋。陆令萱、祖珽向皇帝建议除掉高俨，并合谋以皇帝请高俨一同外出打猎为名，把他骗出来弄死了。高俨死时才十四岁。

祖珽搞阴谋有功，连连升级，被提拔为尚书右仆射，成了朝中宰相。他的所作所为引起了朝中一些元老和功臣的反感。左丞相咸阳王斛律光非常讨厌他，远远看见就骂他，说这是个使国家多事、贪得无厌的小人，不知道什么时候就出什么坏主意，这个瞎子掌管国家机密大事，肯定会误了国事。陆令萱的儿子穆提婆，想娶斛律光的女儿，斛律光不答应。齐王赐给穆提婆晋阳地方的田地，斛律光认为这是养军马的地方，出面阻止。这两件事得罪了穆提婆、陆令萱，祖、陆就又联起手来整治斛律光。这斛律氏家族在北齐的地位非同一般，斛律光的父亲斛律金是北齐的开国元勋，战功卓著。斛律氏一门之中出了一位皇后、两位太子妃，娶了三位公主，三代显贵无人可比。北齐国君对斛律金的礼遇是特殊的，准许他乘坐用人拉的车子到宫殿的台阶下，宫中还经常派车去接他。斛律家族不但功劳大，而且德行也是很好的，在北齐很受人尊敬。斛律金逝世后，斛律光被封为大将军。斛律光虽然地位显贵，但生性节俭，不好酒色，也很少结交宾客，杜绝馈赠，不贪权势。每逢朝廷议政，他常在最后才发言，总是切合事理。上表章奏疏，务求言简意明。行军作战，部队的营房如果没有安排好，自己决不先入帐篷休息。打仗时总是身先士卒，士兵有罪只是处以杖刑，从不乱杀人，他所领的部队争着为他效力。他从年轻时就领兵打仗，从未吃过败仗，敌国都非常害怕他。正是这样一位功勋卓著的朝廷柱石，被祖珽、陆令萱合谋陷害，诱进宫中杀害了。

就这个事例再多说几句，由于斛律光善于领兵作战，敌国北周非常害怕。正面交锋打不过，他们就使用反间计。北周一个刺史叫韦孝宽的，同斛律光是战场上的对手，他编造了一些歌谣，派间谍把这些歌谣传到北齐，让城中儿童四处传唱。歌谣说："百升飞上天，明月照长安"，"高山不推自崩，槲木不扶自竖"，这都是隐喻斛律氏要当皇帝。祖珽听到这些歌谣如获至宝，但还嫌不够，又编造了两句："盲老翁背上下大斧，多事老母不得语。"把自己和陆令萱要受害也写进去，并让他的大舅子去向皇帝高纬报告。高纬就找祖珽和陆令萱来问有没有这些事，他俩不但说真有其事，而且还加油添醋地加以解释，说斛为百升，"百升飞上天"，就是斛律氏要做皇帝；明月是斛律光的字，"明月照长安"就是斛律光要威震关西；高山自崩指高氏，槲木自竖说的是斛律氏；盲公指祖珽自己，多事老母指陆令萱，都将受残害。还说斛律光的弟弟斛律羡的女儿是皇后，儿子又娶了公主，斛律羡也手握兵权，连突厥人都害怕。这样的家庭权威太高，势力太大，这些歌谣可不能小看。正是在这些小人的挑唆下，高纬这个昏庸后主下令杀掉了斛律光和斛律羡，并把斛律光的两个儿子、斛律羡的五个儿子也都杀了。敌国北周得知这一消息后，举国欢庆，为此专门实行全国大赦。

斛律氏被诛，祖珽更加肆无忌惮，不但独自掌管朝廷枢要机密，而且统领骑兵、外兵军务，他的亲戚朋友都获得荣显的职位，所受到的信任在朝臣中是独一无二的。

小人得志，好人受害，人民遭殃，这是历史规律。小人得志，就会带来群小蜂起，趋炎附势成风，这也是历史规律。

陆令萱、穆提婆等一班小人主宰朝政，再加上几个宦官从中搅和，这样的朝廷还能有个好？他们各自拉帮结派，把亲朋好友都拉出来，高居显要职位。投靠他们的就给官做，官职大小，升迁贬降要看给钱多少、关系亲疏，就是刑狱判决也要以贿赂多少来定。宦官、歌舞艺人、巫师、奴婢，只要关系铁、送钱多，都可以得到富贵。这样提拔的人有上万，被封王的有上百，位居开府仪同三司的有上千，封为仪同三司的更不计其数，被任命为领军将军的同时达到二十人，侍从、中常侍也有几十人，甚至连他们喜欢的狗、马、猎鹰等禽兽也有仪同、郡君的封号，有的斗鸡被封为开府，它们都享有相应等级的俸禄。一些受到宠幸的婢妾和近臣，早晚在皇帝周围侍候取乐，一次游戏的费用，动辄超过亿万。国库被折腾空了，就赐给这些人两三个郡或六七个县，让他们出卖官爵获取钱财。那些担任郡守、县令的人，竞相贪污放纵，大都成为富商大款，弄得民不聊生，北齐政权也就在这帮小人的折腾下走向灭亡。

分析这些现象，可以看出几点：

一是小人得志，小人确实有本事。小人多是能人，有本事的人，而且多是有特殊本事的人，也确实会干事，能干事，能干成一些事。正因为有点本事，才能获得一些人的赏识，为其行小人之道提供条件。二是小人得志，小人确实有势力。小人成事不是一人，往往有一群人、一批人，有一个利益集团，是你中有我，我中有你，一损俱损，一荣俱荣，谁也离不开谁，而且这个团伙抱得很紧。三是小人得志，得有"大人"支持。小人得志，依靠的是"大人"，拉的是虎皮，依靠的是"大人"的重用和信任，而且名正言顺地去干小人勾当，还能讲出冠冕堂皇的理由。没有"大人"的支持，小人是得不了志的。"大人"支持小人，根子在小人有本事把"大人"伺候得舒舒服服，认为小人对他最忠诚，舍弃小人无人可信，"大人"偏爱小人是小人得志的根本原因。四是小人得志，肯定得有正派遭殃。冰炭不能同炉，水火不能相容，有小人在，正人君子的日子就无法过，因为不是一路人，谁看谁都不顺眼。正人君子讲礼义道德，不会用下三滥的手段，而小人则不同，为达目的，什么损招都敢使，两者相遇，只有正人君子遭殃。五是小人得志，就会有更多小人，一些原来正派的人也会变成小人，或者成为没有原则的两面派，左右逢源，四下讨好。

历史上北齐高氏政权是很残暴的，可圈可点的好事不多，坏事罄竹难书。上梁不正，下梁歪斜，大概也在情理之中。拉出这几个小人作些剖析，是想晒晒一些小人得志的伎俩，便于后人识别和防范。

自古小人皆不义

　　东汉初年，彭宠叛乱，自立为燕王，一连攻陷右北平、上谷等几个县，并同涿郡太守张丰等联合起来对抗朝廷。当时的地方小割据势力很多，东汉朝廷的武力还难以顾及过来。彭宠自立为王，偏居北方，也算有片刻安宁。他没有被朝廷剿杀，却死在身边的小人手中，这是小人为利害主的一个事例。

　　公元29年，汉光武帝建武五年，彭宠在便食殿里吃斋静修，表面看来也是一个礼佛向善的人。奴仆子密等人趁他睡觉的时候，把他捆在床上，并告诉外面的官吏，说大王正在斋戒，不见人，命令他们一律休息，不许打扰，并把其他的奴仆、婢女都捆绑起来。又假传彭宠的命令，把彭宠的妻子也招来。彭宠的妻子看到彭宠被捆，就大声叫喊："奴仆造反了。"子密等人揪着她的头发痛打。彭宠看到妻子被打，急忙喊叫："赶快为这几位将军置办行装。"意思就是给他们钱财。子密等人押着彭宠的妻子到后宫去搜取金银财宝，留下一个奴仆看守彭宠。彭宠对这个奴仆说："你这个孩子，我平常非常喜欢你，你怎么在子密的逼迫下做了帮凶？你替我把绳子解开，我把女儿彭珠嫁给你，家里的财宝也都给你。"这个小奴仆有点动心，想给他解开绳子，正在犹豫之间，子密等人拿到财宝回来了，并备好了六匹马，让彭宠的妻子缝了两个绢带，把财宝都装进去，放在马背上。天黑以后，子密他们把彭宠手上的绳索解开，让彭宠给守城的将军写了亲笔令，放子密出城，说是有公干。令写好了，彭宠的死期也就到了，子密等人杀了彭宠夫妻，骑着彭宠的快马，带着彭宠的财宝，大摇大摆地出了城，直奔东汉首都洛阳而去。

奴仆杀主，这是小人行为，令人可憎、可恨。但彭宠背叛朝廷，拥兵自立，属于叛贼，也不是正人君子，被身边人杀死，可谓小人杀小人。子密等人跑到洛阳投奔刘秀，刘秀封子密为不义侯。"不义"二字为子密的行为定了性，不仁不义小人也，但封侯，又肯定了他这种对朝廷有利的行为。这是小人之所以能得志的一个原因。

汉代的一次治河大讨论

　　西汉末年的公元4年，即汉平帝元始四年，西汉朝廷进行了一次治理黄河大讨论，组织讨论的人不是汉平帝，而是以后篡汉自立为帝的王莽。王莽当时位列三公之上，称位上公，已经独揽了朝中大权，就是还没能登上帝位。为进一步在全国树立形象，制造舆论，王莽利用各种手段来为自己"树碑立传"，大肆营造"政绩"。为拉拢知识分子，王莽上奏提议建立明堂、辟雍、灵台，用现在的话说，就是大搞教育设施、文化设施、科技设施，大搞标志性建筑，并且给学员建房一万间，规模庞大而隆重。另外，还在太学里设立《乐经》课程，以表示重视礼教和艺术；增加博士名额，每经各五人；征求全国精通六艺中的某一艺、教授弟子十一人以上的艺师，以及收藏有《逸礼》古书、天文、图谶、钟律、月令、兵法、史篇文字，而通晓其意义的人，把他们都请到公车署来。可以说是网罗全国奇才异士，自然科学、社会科学、文学艺术等各类人才都照顾到了，又是改善办学条件，又是加薪提级，还增加职称名额。前后到京师来的各类知识分子数以千计，都让他们到朝廷来说明自己的观点，而且用他们来改正谬误，给他们以施展才华的机会。王莽还把能治理黄河的各类工程技术人员请到京师来，让他们讨论怎样治理黄河，以表明自己发扬民主，集思广益，能广纳群贤，慎重决策。当时来京专事治理黄河的工程技术人才、专家学者就有一百多位。

据《资治通鉴》记载，这一百多人在讨论治黄策略中观点各不相同，史书记载了几种，摘录如下：

一个叫关并的平陵人，时任长水校尉，认为黄河经常溃决的地点，是在平原、东郡这两个地方，原因是这一带地势低下，土质松软。传说夏禹治理黄河的时候，就是把这一带空出来，不让人居住，作为调节地带。大禹的办法是在地势低洼处蓄水滞洪，水少时自然会逐渐干涸。虽然现在的情况同过去有很大不同，但从根本上来说，还是不能离开这个办法。上古时代的事情已经很遥远了，难以弄得很清楚。考察秦、汉以来的状况，黄河在济阴、定陶、东郡及魏郡黎阳等地决口，而南北距离不过百八十里。可以让这块地方空起来，不要再在这些地方修建官厅民宅了。这个意见是在易于决口的地段蓄水滞洪，通过滞洪来减少黄河汛期对下游的危害。

一个叫韩牧的临淮人，当时是个御史，他认为根据《禹贡》关于九条河流的记载，应该把九条河流的故道加以疏通，即使不能疏通九条河流，只要疏通四五条河流，也是有好处的。韩牧提出的是疏浚下游河道的分流泄洪法。

一个叫王横的人，时任大司空掾，认为韩牧的说法行不通。他认为黄河流入渤海，入海口处地势较高，地面高出黄河河道，仅疏浚河道水也是下不去的。过去，阴雨连绵，东北风起，海水便倒灌，使黄河水向西南倒流，淹没以上数百里。现在古九河的故道，早就被海水逐渐覆盖了。夏禹当初疏导黄河水，是顺着西山向东北流的。《周谱》这本书曾记载，在周定王五年，黄河曾经改道。如今黄河所经的河道，已不是当年夏禹所挖掘的河道。还有，过去秦国攻打魏国时，曾决开黄河大堤，让黄河水灌入魏国的国都大梁，因此决口地方扩大，无法进行堵塞。现在应把黄河迁移出平原地区，另行开通河道，使黄河水顺着西山的山麓，趁着地势高处，向东北流入渤海，这才能避免水灾。这是一个使黄河改道、避开低洼处的大工程计划，从黄河流入华北平原的入口处，就开始归束黄河的入海流向，以减少决口灾害。

这次治河大讨论是一个叫桓谭的沛国人主持的，他在朝中担任司空掾的职位。听取了众多意见后，桓谭曾对少傅甄丰说，这些不同的方案中，肯定有一种方案是对的，应该组织人进行详细考察，权衡利弊得失，制定详尽的工程计划，工程费用不过几万亿，还可以使一些无产业的游民就业，既能治水，又能安民，是件功德无量的好事。

但讨论归讨论，王莽要的是形式，是过程，而不是结果，他的心思并不是真正的治河，而是以治河为名捞取关注民生的政治资本，所以讨论完了也就完了，根本没有组织实施。

今天把这一搞形式主义的治河讨论提出来，是想让我们的干部了解一点古代的治河观点，也是了解黄河的历史，不论是堵，是疏，是滞，是导，多知道点，肯定是有好处的。黄河孕育了我们这个伟大的民族，给我们带来了欢乐，也带来了哀愁，要很好地治理它，就必须深入地了解它。

精明·苦细·疏漏

据史书记载，南北朝时期北齐肃宗高演深沉聪敏，少时就掌理尚书省，明晓熟悉吏事，即位以后，尤其勤勉努力，大改齐显祖高洋时代的弊政，当时的人都佩服他的精明，却讥讽他苛细。他曾问中书舍人裴泽，外面的人有什么议论批评。裴泽很直率地回答他："您很聪明，处事又很公正，自己认为可以和古代的贤圣君主相比。但有识之士都认为，您办事过于苛细，作为人君帝王气度还不够恢宏。"高演认为他说得对，但向他解释说："我刚刚登上帝位，初理大政，担心办事出错，不够周备，所以就非常琐细，我也知道这样下去不能持久。管得细了，你们议论我太琐碎，如果不这样做，放手一点，又担心有人说我办事不周，太疏漏了。"

从这段话中可以看出，作为一国之君，在治国理政的方法上也处于两难的境地，粗了细了都不是，都会招人非议。以后他又问过他的表弟厍狄显安对自己有什么看法，厍狄显安也直言不讳地说他处理政务过于苛细，名位是个天子，办事像个吏员。对这些话他都能听进去，说自己很清楚这个毛病，将努力去改进，逐步达到无为而治。从这些记载中可以看出齐肃宗高演的执政风格，办事精细而且琐碎苛求，现在的说法就是非常认真而且较真，事无巨细都要亲自去干。这本来是个好的作风，认真负责，踏实肯干，但朝中臣僚们反而不领情，都说不好。这实质上提出了一个各司其职、各负其责的问题。居什么位置，考虑什么事情，负什么责任，采取什么方法，都是有所分工和不同的。皇帝是一国之君，考虑的应该是国家长治久安、兴盛发达的大事，更多的是宏观决策，犹如行船中的舵手，认清水道，看好风向，把握好舵，是其职责。至于扬帆起锚、撑篙拉纤，那是船工的事。如果舵手也去撑篙，同大家一起出力流汗，倒是做到了身先士卒、与大伙同甘共苦，但没人掌舵，船就会跑偏方向，甚至搁浅、倾覆。

精明、苛细、疏漏，这是北齐君臣对话中谈论出来的问题，是历史上不起眼的一件小事，我把它提溜出来发点议论，是想说明一个问题，就是工作方法也要因职因事而定，不能一个标准，一种要求。处于不同的地位，担任不同的职务，承担不同的责任，工作方法是不能一样的。干什么事用什么招，要根据所承担的责任来定。现在从上到下一个要求，不论地位高低、责任大小，开会、决策、讨论问题，都是一模一样，没人敢越雷池一步，而且认为这就是规范，就是好。这样的作风会导致官僚主义和形式主义。坚持一切从实际出发，真正做到实事求是，该办什么就办什么，该怎么办就怎么办，不要管什么"苛细"、"疏漏"的议论，各负其责，各用其法，才能出现生动活泼的政治局面。

我在这里用北齐高演的一点芝麻绿豆般的小事，借题发挥了一些想法，需要说明的是，这个高演是个封建割据帝王，是靠不正当手段从侄子手中夺取皇位的，在中国的历史上算不上一个好鸟。他的哥哥高洋从元氏家族中夺得帝位，推翻东魏，建立北齐，临死前曾对他说，你想从你侄子手中篡夺王位的话，任你去夺，但千万别杀掉我的儿子。高洋死后，他的儿子高殷即位，实际权力却掌握在高演手中。由于高演专权，高殷想除掉他，娄太皇太后，也就是高演的母亲、高殷的祖母出来阻拦，说高演不会谋反，结果不但没有把高演除掉，反而是高演借助娄太皇太后之手废掉高殷，自己登上帝位，并把高殷杀死了。

兔不死，狗有用

　　"兔死狗烹"这个成语大家都知道是什么意思，字面是说，把兔子捕杀后，捕兔的猎狗也会被烹煮吃掉。隐喻事成之后，被利用的人就会被抛弃或杀掉。最早说出这句话的是春秋战国时期的吴王夫差。吴国打败越国之后，越王勾践牢记教训和耻辱，卧薪尝胆，发愤图强，经过十年的准备，在大夫文种和范蠡的辅佐下终于击败吴国。吴王夫差兵败出逃，多次向越国求和，文种、范蠡拒不接受。夫差无奈，把一封信系在箭上射入范蠡营中，信中说："兔子捉光了，捉兔的猎狗没有用了，就会被杀掉煮肉吃；敌国灭掉了，你们这些出谋划策的谋臣也会被铲除或杀掉。你们两位为什么不把吴国保存下来，给自己留点后路呢。"文种、范蠡还是不为所动，坚持灭掉了吴国。吴国被灭后，范蠡出走，他派人给文种送去一封信，告诉文种，飞鸟打尽了，弹弓就要收藏起来；野兔捉光了，猎狗就会被杀了吃掉；敌国灭亡了，谋臣就会被抛弃杀害，并明确告诉文种，越王的为人可以共患难，但不能共安乐，你应该赶快离开，免遭杀身之祸。文种没有听从范蠡的劝告，最终被越王勾践威逼自杀。以后这句话韩信又说过。刘邦怀疑韩信谋反，将其逮捕，韩信感慨地说："狡兔死，良狗烹；高鸟尽，良弓藏；敌国破，谋臣亡。"哀怨刘邦天下平定了，他这猎狗自然也该被烹杀了。

这几则历史典故都是在说明一个道理，兔死猎狗也要死，揭露了一些封建帝王成就大业后残害有功之人的卑劣行为。这几个典故历史悠久，代代相传，多数人都知道这个并不复杂的道理，但还是捉兔很积极，逮住了兔子，还要到主人面前去邀功，甚至居功自傲，对主人也敢吠咬，结果也免不了被烹的下场。历史上这样的事例很多，而且在无情地重复着。但也有人为了避免"兔死狗烹"的结局，就让兔子活着，放兔子生路，以自保平安。

史书记载，公元543年，也就是梁武帝大同九年，东魏和西魏开战。东魏实权人物高欢派将军彭乐追击西魏实权人物宇文泰，可以说这是一场决定两国命运和未来历史走向的战争。后来的历史发展是，高欢的儿子取代东魏建立北齐，宇文泰的儿子取代西魏建立北周。如果这场战争中，这两个实力派人物灭掉一方，以后的历史可能就会是另一个样子。这场战争打得很激烈，其英勇壮烈场面在中国战争史上是可以记下一笔的。尽管是军阀之间狗咬狗的战争，但就战争自身来说，值得军事家去研究。因本文篇幅有限，不就这场战争的斗智斗勇做过多叙述，还是紧紧围绕主题来说。战争开始，宇文泰处于不利地位，首战就被杀死三万多人。宇文泰败退，彭乐追击，眼看就要追上，在万分危急之际，宇文泰回头对彭乐说："你不就是彭乐将军吗？真是个有勇无谋的傻汉子。你今天把我杀了，高欢没有了对手，明天还要你干什么！你不要追我了，赶快到我丢弃的大营去，那里有很多金银财宝，拿到手就是你的了。"这个彭乐还真听话，觉得宇文泰说得有道理，就"从其言，获泰金带一囊以归"，还真把宇文泰放跑了，从宇文泰的营中缴获了一袋金带返回了自己的营地。彭乐回来后，还对高欢说："宇文泰从我的刀刃下逃走了，他已经吓破了胆。"高欢对彭乐没有捉住宇文泰十分恼怒，命令他趴在地上，抓住他的头往地上磕，三次举刀要杀他，恨得咬牙切齿，但念及彭乐是员勇将，这一仗的胜利也是靠彭乐冲进敌营而获得的，就没有杀他，而是命人取来三千匹绸缎压在彭乐身上，随后又把这些绸缎赐给了彭乐。

被放跑的第二天，宇文泰整顿队伍重新出战，这一仗反而把东魏军打得大败，高欢也差一点被捉住。东、西魏的这场战争，双方都损失很大，谁也没有灭掉谁，以各自罢兵收场。

彭乐临阵放走宇文泰，实质上就是接受了"兔死狗烹"的教训，留下兔子不抓，使自己还能有用。这是一个很典型的事例。就两军对垒来说，彭乐的做法的确是不可取的，甚至是一种叛变行为。这同《三国演义》中描写关羽义释曹操有很大不同。关羽在华容道放掉曹操是讲义气、报恩，而不是留下兔子不抓。当然，那是演义，是为了宣扬忠义。彭乐就不同了，是真正听了宇文泰的劝告："今日无我，明日岂有汝邪！"彭乐的行为不可取，但要杜绝这种临阵纵敌的行为，必须解决"兔死狗烹"的问题。只要"兔死狗烹"的现象存在，"兔不死，狗有用"的理论还会有市场。

中华一家亲，同为炎黄根

　　《资治通鉴》有这样一段记载："永定元年，元月，周王祀圜丘，自谓先世出于神农，以神农配二丘，始祖献侯配南北郊，文王配明堂，庙号太祖。癸卯，祀方丘。甲辰，祭大社。乙巳，享太庙，仍用郑玄义，立太祖与二昭、二穆为五庙，其有德者别为祧庙，不毁。辛亥，祀南郊。"译成现在的话就是：公元557年，周王宇文觉到圜丘祭天，自认为先世出自炎帝神农，因此，在圜丘祭天时和在方丘祭地时，便以炎帝神农配享。在南郊坛、北郊坛祭祀时，以始祖献侯莫那配享。在明堂祭祀上帝时，以父亲文王宇文泰配享，庙号为太祖。初三，到方丘祭地。初四，到大社祭祀土地神。初五，到太庙祭拜祖先，沿用东汉郑玄《礼记注》之义，立太祖庙一所，与昭庙二所、穆庙二所合为五庙。以下有功德的神主，另立为祧庙，永不迁毁。十一日，到南郊坛祭祀。

　　这是北周建国伊始干的第一件事情，就是祭祀天地、祖宗，完全依照汉代礼仪。值得关注的是，宇文觉认为自己的先世出自炎帝，宇文家族是炎帝的后代子孙，因此在祭天和祭地时，都要以炎帝来配享。宇文氏本是鲜卑民族，最早居住在东北地区，后逐步南迁，随鲜卑拓跋氏入主中原，参与建立了北魏政权。以后北魏分裂，分为东、西两魏，西魏依靠宇文氏占据西北地区。公元556年十二月三十日，西魏恭帝把帝位禅让给宇文觉，第二天，即公元557年正月初一，宇文觉即帝位，并去祭天。

新帝登基，祭天祭地祭祖宗，这都是比较正常的。既是一种礼仪，也是一个宣示，说明是受命于天，福自祖先。换句话说，这是上天的安排、祖宗的恩德，没有什么新鲜的。我们今天感兴趣的是，宇文觉把自己当作炎帝的后裔，把中原民族的祖先也作为自己的祖先来祭祀，而且放在配享祭祀天地的位置，其意义是十分重大的。今天来看待这个问题，不排除宇文觉的政治用意，使自己这个皇帝被各族人民所接受，证明我们拥有共同的祖先。但就当时的社会状况来看，这当不是主要的。自晋以后，中原地区战乱一直不停，北半个中国大大小小有十六个政权之多，其中绝大多数都是少数民族执政，汉族政权只是偏居于长江以南地区。到北周建立时，北半个中国已经统一，宇文氏没有必要给自己贴上一个根系中原民族的标签。最合理的解释或是，鲜卑民族就是炎帝后裔的一支，这当是这个民族世代相传口述下来的。

北周宇文氏是从西魏拓跋氏手中接替政权的。鲜卑拓跋氏是从东北大兴安岭走出来的，自称是黄帝的后裔。

宇文氏是鲜卑宇文部，自称炎帝后裔，也有可能是要同鲜卑拓跋部有所区别。宇文氏取代拓跋氏建立北周，想在拓跋部人面前立威，你拓跋氏自称黄帝后裔，我就称炎帝后裔，这也是有可能的。当然，这纯属推断猜想，无史实依据。东汉时期，北部匈奴衰落，鲜卑兴起。从东汉到北魏这一段时间内，鲜卑大人檀石槐、轲比能征服了北部许多游牧部落，组成了巨大的以鲜卑族为主体的军事行政联合体，西接乌孙国，东到辽河流域，东西一万二千余里，南北七千多里，塞外匈奴旧地基本上全被鲜卑族占领。公元386年，在鲜卑诸部大人的推戴下，拓跋珪即了代王位，并把国号改为魏。公元389年，拓跋珪建都平城（今山西大同），在中国北方建立起了一个封建大国。到了魏太武帝时期，鲜卑族统一了黄河流域，并连年出击北方的柔然和西域诸国，建立了强大的北朝政权。到魏孝文帝时，迁都洛阳，在文化上与汉族同化。从这个传承关系来看，鲜卑拓跋氏称黄帝后裔，鲜卑宇文氏自称炎帝后裔，既有政治上保持统治地位的需要，也有民族心理上追根溯源的认同。

从中国远古历史的传说来看，中华民族自古以来就是一个多民族的大家庭，居住在南方的被称为蛮，居住在东方的被称为夷，居住在北方的被称为狄，居住在西方的被称为羌或戎。最先进入中原地区的是被称为蛮的黎族和苗族，其次是羌族中的炎帝族。炎帝族居住在中部地区，炎帝姓姜。姜姓是西戎羌族的一支，自西方游牧来到中原，同先来中原的九黎族（黎族九个部落联盟）发生冲突，北迁到涿鹿，联合黄帝族打败了蚩尤。以后炎、黄两个民族部落也发生冲突，在战争中相互融合，并同夷、黎、苗等族融合。在这些部落与部落之间的冲突、融合中，各部族不停地迁徙，以中原为核心向四面八方开拓，强者占据中原，弱者远离四方，并在战争和联合中，你中有了我，我中有了你。至于鲜卑族从哪年哪月、在什么样的情况下，到了东北地区，这在目前还没有找到实物证据。远古不可能有文献记载，历史传说虽不能作为确切的依据，但在没有实证的情况下，也不能完全否定。在流传的过程中，远古的传说肯定会附加或丢掉许多内容，但基本的东西还是有所依据的。

由此来说，宇文氏自称为炎帝子孙或是有历史渊源的。中华一家亲，同为炎黄根，当是历史的事实，期待在考古工作中能找到更多的佐证。

鲜卑族与汉民族的文化融合

魏道武帝拓跋珪在中国历史上是个很有作为的人物，他推进了民族进步（鲜卑族）、国家统一（北半个中国），为结束混乱的局面做出了积极努力。他在军事、政治、经济方面，都进行了诸多改革，取得了巨大成就。这在史书中有许多记载，不在这里多加评述。这里重点谈一下他在文化上的重大贡献，即积极推进鲜卑文化同汉文化的融合，既推进了鲜卑民族的文化进步，又丰富发展了伟大中华文化。

据《资治通鉴》记载，东晋安帝隆安四年（公元400年），十一月二十三日，魏王拓跋珪命令尚书吏部郎邓渊制订官制，协调宫廷音乐，仪曹郎清河人董谧制订礼仪，三公郎王德制订法律条文，太史令晁崇考察天象，吏部尚书崔宏总管这些事情，加以裁定，作为永久的制度。十二月初二，魏王拓跋珪登上皇帝位，大赦境内，改年号为天兴。他命令朝野人士都把头发扎起来戴上帽子，并追尊远祖拓跋毛以下二十七人，都称为皇帝。六世祖拓跋力微定谥号为神元皇帝，庙号始祖。祖父拓跋什翼犍谥号为昭成皇帝，庙号为高祖。父亲拓跋寔谥号为献明皇帝。魏国的旧习俗，夏季第一个月祭祀上天和东庙，夏季第三个月率领众人在阴山做退霜的祈祷，秋季第一个月在西部祭祀上天。到这时，北魏才开始依照汉族的古代制度，订立祭祀上天和宗庙的礼乐制度。拓跋珪采纳崔宏的建议，自认为是黄帝的后裔，以土德而称王。

从这些记载中可以明显看出，拓跋珪在着力推进鲜卑民族接受汉文化：一是用汉官，以上提到的人物，都是在魏国任职的汉族人士；二是行汉制，依照汉族封建统治来制订官制、礼制、乐制和法律；三是习汉俗，把头发扎起来戴帽子；四是效汉祀，追封祖先，效法汉代祭祀之礼；五是归祖根，自称黄帝后裔，并以土德称王。最后这一点很关键，明确向世人宣告，鲜卑族和汉族同是一宗，都是黄帝的后裔。

拓跋珪推行汉化，自称黄帝后裔自然是政治上的需要，但也不是心血来潮，胡编乱造。从古代传说来看，黄帝部落最早居住在中国的西北地区，曾在涿鹿地方的山弯里，过着迁徙无常的游牧生活。后来打败九黎族和炎帝族，才逐渐在中部地区定居下来。黄帝姓姬，号轩辕氏，又号有熊氏。《国语·晋语》说，黄帝有子二十五人，其中十四人共得十二姓，就是建立起了新的十二个氏族，这十二氏族分散在中国的四面八方。鲜卑族或是这十二氏族的一支繁衍出来的。

拓跋珪重视在鲜卑族中推行汉文化，不仅是在礼仪制度上，而且在意识形态上也大力推进。公元399年，拓跋珪仿照汉代，在朝廷设立五经博士，并大办教育，增加国子监太学生的人数，合计达到了三千人。他曾询问博士李先："天下什么东西最好，可以增进人的精神智慧？"李先告诉他："没有什么东西能比得上书籍。"他又问李先："天下书籍共有多少，怎样才能汇集？"李先回答说："自有文字书籍以来，世世代代都有增益，到现在不可计数，您如果喜欢，不必担忧不能汇集。"拓跋珪就下令郡县大量搜集书籍，全部送到平城。拓跋珪重视教育和书籍，着力从思想上来推动鲜卑族的汉化进程。但鲜卑族毕竟是马背上的游牧民族，完全接受农耕文明不是靠几道诏令、几项制度就能解决的，融合与反融合的斗争也是很激烈的。到魏文帝时期，以迁都洛阳为标志，才更进一步推进了这种融合，并基本上实现了这一融合。

公元494年，魏孝文帝率领贵族、文武百官及鲜卑兵二十万，自平城迁都洛阳。这些人连同家属和奴隶，总数当不下一百万人。魏孝文帝禁止鲜卑人穿胡服，他看到有些鲜卑妇女穿夹领小袖的服装，就要问群臣违诏的罪。他禁止在朝廷上说鲜卑话，如果说了，三十岁以下的官吏一律撤去官职，三十岁以上的官吏，才允许从缓改变。他诏令鲜卑人都要承认是洛阳人，死后必须葬在邙山上。魏孝文帝还把自己的姓改为元姓，并把其他鲜卑姓也都改为汉姓。据《魏书·官氏志》记载，所改的姓数大体在一百以上。同时又推行鲜卑人与汉人通婚，这就更加速了融合的进程。正是用这种行政手段，才促成了鲜卑族和汉民族的融合。

了解这些民族融合、文化变迁的历史，可以增加我们对中华文化广汲博纳、阔大胸怀的认识，更好地发扬光大我们的优秀民族文化。

"吃人"的历史

　　鲁迅先生说过，翻开中国的历史，看到的只有两个字："吃人"。我的理解，鲁迅先生讲的"吃人"的历史，指的是封建礼教。封建礼教吃人，这是不争的事实，中国历史上不知有多少人被封建礼教所吞食。鲁迅的杂文、小说无情地揭露了封建礼教吃人的罪行。翻开中国历史，不仅封建礼教吃人，而且活生生的人吃人的事情也是屡见不鲜。现摘取几例，以供大家更深刻了解封建制度的罪恶。

　　隋末唐初，军阀混战，横行无忌，胡作非为。公元619年，唐高祖武德二年，有个叫朱粲的人，手中有军队二十万人，在汉、淮两地游来荡去，迁徙无常，从来没有个固定的窝，专以打、砸、抢为生。军队走到哪里，就抢到哪里。每攻克一个州县，他就放纵军队放开肚皮海吃乱造，然后放火烧掉所有剩余的资财和粮食，再到另一个州去祸害。他们今天到这个地方抢掠，明天到那个地方抢掠，搞得民不聊生，百姓纷纷逃避，连庄稼也种不成。他们只知抢掠，不种庄稼，粮食越来越少，很多老百姓饿死，到处尸骨成堆。到了这种境地，朱粲在江、淮之间已没有什么可抢夺的了，军队没有了饭吃，他就下令让士兵捕杀妇女和婴儿来吃，而且还吃上了瘾。朱粲说："肉类中味美的，没有比得过人肉的，只要他国有人，就不用忧虑饥饿。"把人肉当作军粮，可见其残忍程度。

隋朝有两个高官，一个叫陆从典，曾任著作佐郎；一个叫颜愍楚，曾任通事舍人。朱粲为给自己装门面，请他们到自己的府中做宾客。以后没有什么吃的了，就把陆从典和颜愍楚的全家都给煮着吃了。这个颜愍楚是当时的社会名流颜之推的儿子，流传至今的《颜氏家训》就是颜之推所作。颜之推是梁国人，宇文泰攻破江陵，他被俘来到关中。但他不愿做仇国的臣属，就带领妻子逃到北齐，后来在隋文帝时病死。颜之推是当时最有思想的学者，《颜氏家训》是他阐述自己的处世方法的名著，即使在今天仍不失教育意义。唐代大书法家颜真卿也是他的后代子孙。他不会想到，自己的儿子及其全家竟会被一个屠夫吃掉。

朱粲不仅命令士兵到处抓人吃，而且还让他所控制的地区像交纳捐税一样交纳人员来供给他的军队食用。有多少人够他的二十万大军吃呢？后来他混不下去了，就投降了唐朝。高祖李渊诏命他做楚王，听凭他自己设置官属，以便宜从事为原则。朱粲继续胡作非为。李渊曾派散骑常侍段确去慰问朱粲。段确爱喝点酒，喝多了，嘴巴没有了把门的，就趁着酒兴对朱粲说："听说你喜欢吃人，人肉是什么味道？"朱粲爱吃人，但也不想让别人说他吃人，就十分恼火地对段确说："吃醉人正如吃酒糟猪肉。"等于骂了段确。这段确也发怒了，就骂朱粲："你这个狂妄的土匪，投降到朝廷中来，也不过是一个奴才，还敢吃人！"这个朱粲是个吃人的恶魔，哪能受得了这口气，就在酒宴上把段确和他带来的朝廷慰问团数十人全部给收拾了，当场烹杀，分给士兵来吃。

公元884年，唐僖宗中和四年，也是军阀混战，四方割据，到处战火不断。蔡州节度使秦宗权纵容军队四处抢掠，侵占邻近各道地方。他派遣陈彦侵掠淮南，秦贤侵掠江南，秦诰侵掠襄、唐、邓等州，孙儒侵掠东都、孟、陕、虢等地，张晊侵掠汝、郑等地，卢瑭侵掠汴、宋等地，所到遍及今天的河南、湖北。军队每到一地，便大肆屠杀、焚烧、扫荡，几乎没留下一个活人。他的军队出发，从不转运军粮，就用车子装载着用盐腌的尸体跟在后面，走到哪里，就吃到哪里。他的军队北面到卫滑，西面至关中三辅，东面达青齐，南面抵江淮，所到之处，各州镇能存留下来的仅仅是一座空城，放眼千里，没有一户人家，究竟吃了多少人，是无法统计的。

在这一时期的军阀混战中，把人肉作军粮的不止秦宗权一人。公元887年，唐僖宗光启三年，宣歙观察使秦彦率兵三万入扬州，自称淮南节度使。庐州刺史杨行密围攻扬州，秦彦就在城中杀人当粮食吃。杨行密围攻扬州半年，城中的居民几乎被秦彦的军队吃光。杨行密攻入扬州后，城中的居民仅残存数百家，都已经饿得没有了人形。公元891年，唐昭宗大顺二年，军阀孙儒又杀进扬州城，驱迫壮年男子和妇女随军，把老弱者杀掉充作军粮。还有一个叫王建的人，从小不务正业，在乡里宰牛偷驴贩私盐，因他在弟兄中排行第八，乡里人就叫他"贼王八"。他是个无赖，后来投军，做了个小头目。黄巢起义，僖宗入蜀，王建随军护卫，是"八都头"之一。因护驾有功，得到僖宗赏识，并做了大太监田令孜的干儿子。公元886年，田令孜失势，王建出朝，担任利州刺史。王建到任后，在当地招兵买马，得到八千多人，沿嘉陵江袭取阆州，自称防御使。公元887年，唐昭宗任命韦昭度为西川节度使，想依靠王建的力量，来驱走原西川节度使陈敬瑄的势力。王建也就打着韦昭度的名号，四处抢掠。公元891年，他曾让韦昭度先走，然后捉住韦

昭度的亲信，在韦昭度的门前，一块块割下肉来吃。王建公开
讲："没有粮食吃，就吃人。"

和尚称帝，尼姑为后

　　隋末唐初，军阀混战，谁手里有几杆枪，占住了地盘都想称王称帝。

　　当时在中国境内，大大小小的皇帝还真不少。宇文化及杀了隋炀帝，并把隋王朝的宗室、外戚，无论年少年长一律处死，只剩下秦王杨浩。由于杨浩平常同宇文化及关系较好，所以才保住了一条小命。宇文化及立杨浩为帝，让他住在别宫，派兵士监守起来。杨浩名为皇帝，实为囚徒，他的任务是按宇文化及的要求，以皇帝的名义发发诏书、盖盖玺印罢了。炀帝死了，王世充在洛阳推举越王杨侗为皇帝，实际权力掌握在王世充手中。而这时的长安还有一个皇帝，就是隋恭帝杨侑，实际权力掌握在手握军权的唐王李渊手中。这时隋朝杨家有三个皇帝，虽然都是傀儡，但还顶着个皇帝的名分。就这个有名无实的名分，军阀们也不想让杨家戴着，而是要自己取而代之。公元618年，隋大业十四年五月，隋恭帝让位给唐，李渊登上帝位，李唐时代从此开始。李渊登上帝位，天下并未一统，想登帝位的人还很多，都想登台表演一番，好比孙悟空大闹天宫时说的"皇帝轮着坐，今日到我家"。这期间先后做皇帝的人不少，不去一一列举，简单提几个，以此来看看这些人的皇帝梦。

公元617年，薛举在兰州金城县起兵反隋，称秦帝，建都天水。618年，病死，其子薛仁果继位。

公元617年，梁师都在西北起兵反隋，攻占雕阴、弘化、延安，开始称帝，国号梁。

公元617年，李轨在张掖等河西五郡称西河大凉王，618年称帝。

公元618年，萧铣在江南起兵反隋，自称梁王，后又称帝，建都江陵。

这里再说一说宇文化及和王世充，这两个人都是挟天子令诸侯，各人手中都有一个傀儡。现在各地都出了皇帝，这个傀儡也就没有多大意义了。宇文化及胁迫杨浩西行，想返回关中，但一路上都是割据势力，没有一处接纳他，走一路，打一路，败一路，军士、谋士死的死，散的散，已所剩无几。他也自知必败无疑，就在逃难至魏县时，用鸩酒毒死隋家皇帝杨浩，自立为帝，国号为许。用他自己的话说，"人生固当死，岂不一日为帝乎！"人生本来难逃一死，难道不能当一天皇帝吗？

公元619年，王世充在洛阳杀害了另一个隋家皇帝杨侗，也即了皇帝位。

说了半天，尚未归题，以上这些人做皇帝，手中都有些资本：一是手中有军队，二是隋朝的旧官吏，有的还长期坐镇一方，已经称王称霸。而和尚做皇帝，虽然是出闹剧，但却发人深思。事情也是发生在公元618年，这一年大概是生产皇帝年。怀戎县（今河北涿鹿西南桑干河南岸）有个和尚叫昙晟，大概多少有点名气。这个县的县令信佛崇佛，请和尚们来设坛做斋，大搞法会。这是弘扬佛法的事，老百姓来观看的很多。昙晟和五千和尚参加了这场盛大的法会，并借法会"拥斋众而反"，杀死了县令和镇守县城的官兵，自己做起了皇帝，称为大乘皇帝，改年号为法轮。有皇帝还得有皇后，他就立尼姑静宜为邪输皇后。昙晟自称大乘皇帝，"大乘"一词尚可理解，佛教有大乘、小乘之分，昙晟当是大乘佛徒。把皇后封为"邪输"就不知何意了，估计与佛教也有一些关系，现在不妨主观臆断，是以正压邪之意，即正的要赢，邪的要输。年号法轮，这个"法轮"倒是梵语，佛教认为佛法力大无边，可以像车轮一样轧毁一切恶业。既出家做和尚，就要六根清净，万事皆空，却又入世当皇帝，贪恋世间权势和繁华，还要立个皇后；既入世做了皇帝，却又在国号、名义上，都要尊崇佛法，实在匪夷所思。如果不是史书有记，还真不敢相信这种不伦不类的东西。但这样的事情的确发生过。

以上这些做帝王梦的人，好景都不长，下场也都不好，不再一一述说。皇帝不是谁想做都可以做的。

"失鹿逐鹿"的劝谏

《资治通鉴》有一篇文字，记录了唐初君臣的一段对话，有点小意思，摘录下来，共同欣赏。

秋，七月，庚申，王世充行台王弘烈、王泰、左仆射豆卢行褒、右仆射苏世长以襄州来降。上与行褒、世长皆有旧，先是，屡以书招之，行褒辄杀使者；既至长安，上诛行褒而责世长。世长曰："隋失其鹿，天下共逐之，陛下既得之矣，岂可复忿同猎之徒，问争肉之罪乎！"上笑而释之，以为谏议大夫。尝从校猎高陵，大获禽兽，上顾群臣曰："今日畋，乐乎？"世长对曰："陛下游猎，薄废万机，不满十旬，未足为乐！"上变色，既而笑曰："狂态复发邪？"对曰："于臣则狂，于陛下甚忠。"尝侍宴披香殿，酒酣，谓上曰："此殿炀帝之所为邪？"上曰："卿谏似直而实多诈，岂不知此殿朕所为，而谓之炀帝乎？"对曰："臣实不知，但见其华侈如倾宫、鹿台，非兴王之所为故也。若陛下为之，诚非所宜。臣昔侍陛下于武功，见所居宅仅庇风雨，当时亦以为足。今因隋之宫室，已极侈矣，而又增之，将何以矫其失乎？"上深然之。

齐白石·蜻蜓荷花

　　这里记载的是公元621年，也就是唐高祖武德四年，唐朝开国皇帝李渊同臣下苏世长的几次对话。这一年的夏天，李世民在洛阳打败了中原地区最大的军阀割据势力王世充、窦建德。王世充降唐，窦建德兵败后被杀。秋天，七月五日，王世充的一些地方官吏和属下王弘烈、王泰、豆卢行褒、苏世长等也来投降。唐高祖李渊同豆卢行褒、苏世长是故交，在王世充尚未被灭之前，李渊曾多次给他们两个写信，让他们反叛王世充，归顺唐朝。李渊的信，可能对形势也分析了，道理也讲了，友情也叙了，开出的条件也会很优惠，许的愿不会小。可这两个老朋友不为所动，坚持忠心为主。豆卢行褒还很不给情面，每次都把送信的使者给杀了。李渊对此很恼火。他们几个人来到长安后，李渊毫不客气地先把豆卢行褒给杀了，然后批评苏世长，问他为什么不听劝告，不早点来投降。这苏世长是个有思想的人，并不因为你李渊是皇帝，我就随着你的意思去说几句软话，表个好态，让你高兴，违心地去说自己当时不识时务、鬼迷心窍之类的话。苏世长明确表示对自己当时的行为不后悔，认为没有可反省之处。他对李渊说，当时隋炀帝把皇权这只鹿给丢掉了，天下人都来攫这只鹿，谁能逮住就是谁的。鹿死谁手，当时是说不清楚的，我们都是跟着攫鹿的人。现在陛下您逮住了这只鹿，怎么能够怨恨与您一样打猎的人呢？而且还要责问他们为什么要同您争肉吃。意思说得很清楚，鹿是隋朝丢掉的，谁都可以去争，你逮住了，说明你有福气，有本事，但不能怨恨和你争吃鹿肉的人。话说得虽然不怎么中听，但理是对的，而且还很深刻。李渊就笑了笑释放了他，并发挥他的特长，任他做谏议大夫。

　　有一次，苏世长跟随李渊到高陵打猎。皇帝打猎，不是到山林草场毫无边际地去寻找野兽，而是用木栅栏围起来，把野兽都圈进栅栏里边，动用的物力、人力肯定少不了。这次打猎收获颇丰，君臣谈笑而返。李渊问跟随他打猎的群臣："今天打猎，大家都尽兴了吧？"皇帝正在兴头上，而且是带着大家出来玩，这对做臣子的来说，该是多大的荣耀，不论是谁，都会附和恭维几句。但这个苏世长还真同常人不一样，在人家正高兴的时候，专门泼冷水，他回答说："陛下游玩打猎，耽误了政事，不满十旬，称不上快乐。"这话说得真够尖刻的了，言外之意，就是说你不务正业，不理政事，出来打猎，才一天时间，这能高兴成什么样，如果整天打猎游玩，把政权丢掉才高兴呢。连讽刺带挖苦，有钩有刺。李渊当时脸色都变了，但皇帝毕竟是皇帝，大度宽容的风范还是有的，就转而笑着对苏世长说："你小子今天狂态又发了吧？"目的是找个台阶，打个圆场，都下来得了。但苏世长不领情，不给面子，又顶了一句："对于臣下来说，这是发狂；对于陛下来说，这是忠诚。"这次李渊没有再说什么，因为苏世长这个牛劲还真是对的，话说得很明白，我苏世长自己知道这话说得既不是时候，也不是地方，惹您老人家不高兴了，做臣子的这样做是有点不着调，但对您一国之君来说，句句都是忠心诤言，您总该知道好赖吧。

还有一次，苏世长陪同李渊在宫中披香殿喝酒，喝到正高兴的时候，苏世长的牛脾气又来了，他问李渊："这个大殿是隋炀帝建造的吧？"李渊知道苏世长话中有话，也毫不客气地说："你小子说话表面上看着挺直率的，实际上拐弯抹角很虚伪。你明明知道这座大殿是我修建的，还明知故问，说是隋炀帝建造的，你什么意思？"而这苏世长还端着个架子，一本正经地说："我实在不知道这是您老人家建造的，我只看到这豪华奢侈的程度像商纣王建造的倾宫、鹿台，这样亡国的建筑只有隋炀帝才能造得出来，像现在您这样的新兴王朝是建不出来的，如果真是陛下您建的，可实在有点不合时宜。过去我在武功伺候陛下，您当时办公和住宿的地方，仅仅只能遮蔽风雨，从来没有什么讲究，而且也很满足。如今，您已经用上了隋室的宫殿，就够奢侈的了，但您还不满足，还要再增建新的更好的宫殿，这是没有接受隋朝亡国的教训哪！"这段话是在讽刺挖苦中真诚规劝，李渊还真听进去了，认为讲得很对很好。

这三段对话，体现了以下几个观点：一是对在群雄逐鹿中失败的人要讲政策，历史地看待当时一些人的所作所为，不能"成者为王，败者为寇"，认为参与"逐鹿"的人都是反对自己，是同自己过不去，执政了就应团结一切可以团结的人。当然这一点封建帝王很难办到，但理是对的，对所有的胜利者都当是有所启发的。二是要能听出好赖话，好话不一定好听，好听不一定是好话，做领导的要听真言、纳直言、容诤言，别净听那些奉承拍马、恭维顺溜的话，好听的话耳朵舒服了，面子好看了，但像邪风一样，吹得多了，就会嘴歪眼斜，耳朵也要聋的。三是要节俭朴实，防止铺张浪费，更不能追求豪华奢侈，亡国都是从奢侈腐败开始的。当然这是今天读史的理解。

"失鹿逐鹿"教训深刻，不仅仅是以上这三条。

将在外要敢于临阵决断

公元630年，也就是唐太宗贞观四年，突厥颉利可汗被俘，押送到长安。这年夏天的四月初三，唐太宗在顺天门楼召见颉利，对他进行了训诫。唐太宗说，你凭借父兄留下的业绩，荒淫暴虐，自取灭亡，这是第一项罪恶；数次与我结盟，却又背叛盟约，这是第二项罪恶；仗着兵强马壮，喜好掠夺战争，暴露骨骸如同草芥，这是第三项罪恶；蹂躏我国庄稼，掠夺我国子女，这是第四项罪恶；我宽恕你的罪行，保存你的国家，你却迁延时日不来归附，这是第五项罪恶。这五条基本上概括了唐初突厥屡屡侵略中原的恶行。唐太宗之所以能在登位之初短短几年时间内就解决这个边地大患，灭掉突厥，能在长安顺天门楼向突厥可汗宣扬国威，严厉训斥，与他的那些统兵大将能够以国事为重，敢于违背他的旨意，临阵随机应变、大胆决断有关。如果没有将领们临阵的大胆决断，就不会有上边这一载入史册的精彩章节。

公元629年，唐太宗贞观三年，突厥侵犯河西，唐太宗派李世勣为通汉道行军总管，李靖为定西道行军总管，紫绍为金河道行军总管，薛万彻为畅武道行军总管，会合兵力十多万人，统由李世勣节度调用，分道出击。这年的十一月底，几路大军分路出发。第二年的正月，李靖率骁骑三千自马邑进兵屯扎于恶阳岭，夜晚突袭定襄，给突厥可汗以突然打击。二月初八，李靖率兵在阴山打败突厥颉利可汗，取得了决定性胜利。在阴山这场关键性的战斗之前，突厥可汗的部队已被唐军打败，但颉利可汗率领数万兵众逃到了铁山。胜了就抢、就杀，败了就求饶、求和，等到兵强马壮了，又来侵略，这是多少年来突厥惯用的手法。这次突厥又故伎重演，颉利可汗派遣他的得力助手执失思力到长安去见唐太宗，承认错误，请求原谅，并说要率全部落归附唐朝，自己也要亲自入京朝见。自古以来，边境上打打和和不断，打也从未彻底过，和也从未永久过，既然上门求和，表示臣服，就当罢兵息战。唐太宗答应了颉利的请求，并派鸿胪卿唐俭等前去安抚，又下诏命令李靖停止追击，率领军队去迎接颉利。

这时的颉利是心中另有算盘，表面上装出谦恭卑下的样子，而实际用意是想等到草青马肥的时候，逃入漠北，然后伺机再来。在李靖打败颉利可汗的同时，李世勣一路也在云中出兵，在白道和另一支突厥军交战，把他们打得大败。李靖接到诏书后，就带领军队到白道与李世勣会师。他们两个认真谋划，认为颉利虽然失败了，但他们的兵众还很多，若逃跑越过碛北，依靠九姓部落，就会再度兴起。我们到漠北去，路途遥远，险阻很多，是追不上、赶不上的。现在持皇上诏书去安抚的使者已经到了他那里，皇上要召见他，他一定放松了警觉，如果挑选一万精骑，带二十天的粮草，突然袭击他，不交战就可把颉利擒获。这是一个消除边患的根本之策，李靖的副手张公谨却不赞成，他认为皇上已有诏书，允许他们投降，而且朝廷的使者唐俭已在他们那里，怎么能派兵去袭击呢？这话讲得也有道理，一是已有圣旨，令罢兵息战，接受投降，就不应该再打。二是朝廷已经派员去慰问，而且已经到了敌营，特使在人家手上，打了起来，不是把这些朝廷大员也给毁了吗？而李靖着眼大局，不为所动，也不怕担责任、落埋怨，甚至背负罪名。他对张公谨说，我们这个计策是韩信打败齐国的做法。当时韩信乘刘邦派郦食其游说齐国，齐没有防备，派兵攻齐得手，郦食其也被杀。为了边境长久安宁，唐俭之辈不足怜惜。没有宽广的眼光和无所畏惧的胆魄，这话是讲不出来的，也是不敢讲的。

这里交待一下张公谨。张公谨是代州都督，讨伐突厥还是他的主意。他曾向唐太宗上书，提出了讨伐突厥的六条理由：一是颉利可汗纵情欲，逞强暴，诛杀忠良，亲近奸佞；二是薛延陀诸部落都叛变了他；三是突厥内部有斗争，突利、拓没、欲谷都获了罪，没有自我容身之地；四是塞北霜冻干旱，粮草缺乏；五是颉利疏远他的同族，亲近委任诸胡族，胡人反复无常，大军一到必定内变；六是北方有众多汉人，大军一到必然响应。唐太宗采纳了这个建议，命令李靖为行军总管讨伐突厥，并任命张公谨为副总管。三个月以后，又下令李世勣、紫绍、薛万彻等，多路出兵，共同讨伐突厥。

既不请示，也不报告，李靖、李世勣两个人谋划好了以后，李靖立即率领精骑连夜出发，李世勣也随后出发。而这时的颉利正在接待唐太宗派去的使者，心里很高兴，认为自己的计谋实现了，没有做任何作战的防备。李靖派武邑人苏定方带领二百骑兵做先锋，乘着浓雾行军，离颉利住的幕帐七里，才被发觉。颉利急忙骑着千里马逃跑了。李靖军队赶到后，俘获突厥男女十多万人。颉利率领一万多人想越过沙漠，而李世勣率大军驻扎在大碛口，正等着他到来。颉利的大酋长都率部投降，李世勣俘虏五万余口而回。自此，从阴山北到大沙漠都归唐朝一统。颉利带数名骑兵连夜逃跑，藏匿在荒野的山谷中，准备逃亡吐谷浑，被唐军大同道行军总管任城王李道宗的行军副总管张宝相俘获，送往京师。据史书记载，这一仗以后，"漠南之地遂空"。

　　将在外君命有所不受，敢于根据战场形势，临阵决断，这是统兵为将者最基本的素质。在前线作战的指挥员敢于根据战争进展形势，随时对战略战术做出调整，不是什么太值得称道的事，也不是什么太难的事，难就难在指挥部、最高统帅已有明确指令，要怎么做，或不允许怎么做，而前线指挥人员却置这些指令于不顾，要去另搞一套，像李靖、李世勣这样，还是极其不容易的。唐太宗对李靖、李世勣的抗旨不遵并没有追究，也没有记恨在心里，认为他们藐视权威，不听话，给他们小鞋穿或秋后算账，不但不提这个茬儿，还大加奖赏。将要临阵决断，帅要宽宏大度，这才能上下一心，共图大业。如果互相猜疑，李靖、李世勣就非被杀头不可。由此可以得出一个结论，将要敢干，帅要大度，这才能真正做到实事求是，成就大业。

唐代一次民族政策的大讨论

公元630年，李靖、李世勣在阴山打败突厥颉利可汗，突厥基本被灭，其部落有的北附薛延陀，有的西奔西域，被俘和投降唐朝的有二十多万人。如何对待被俘和来降的突厥民众，唐太宗李世民发扬民主，集思广益，在朝廷召开了一个民族工作会议，倡导群臣畅所欲言，充分发表自己的意见。根据史书的简略记载，把这些意见摘录出来，看看一千多年前的政治家们是怎样处理这一当今世界仍然十分复杂的民族问题的。

在讨论中，朝中多数官员认为，北方戎狄自古以来就是中原边境上的大患，如今有幸把他们打败消灭，应全部把他们迁徙到河南兖、豫之间，分离他们的种族部落，使他们散居于内地州县，教他们学习耕织，转游猎为农耕，使塞北的土地永远空闲着。这是把少数民族内迁，同汉民族融合为一的观点。

中书侍郎颜师古认为，突厥、铁勒等民族是上古圣贤帝王都不能使他们臣服的人群，陛下您使他们臣服了，借用这个大好机会，应该将他们都安置在黄河以北，分立酋长来领导他们的部落，这就永远没有外患了。这是划出一定区域由朝廷集中安置，把他们固定在黄河以北地区，在中央统一领导下，实行民族自治的做法。

礼部侍郎李百药认为，突厥虽说是统一的民族，然而他们的种族有部落区分，各有酋长渠帅。如今应当趁他们乱离分散，各就本部族设立君长，使他们之间互不隶属。相互分离，力量就会削弱，而且容易控制，势均力敌就难于相互吞并消灭，他们既能各自保全，又不能与中原抗衡。可在定襄设置都护府，成为节制调度他们的机构，这是安定边境的长远策略。这是原地不动，使突厥各部落相互分离，形不成统一的政治和军事力量，以分而治之的办法。

夏州都督窦静认为，戎狄人的本性，不能用刑法威慑，不能用仁义教导，他们留恋故土，亡国思乡之情不易忘掉。把他们安置在中原一带，只有损害没有益处，一旦变乱发生，将对大唐政权构成威胁。应该借助当前的好时机，给他们施以意外的恩宠，封他们王侯的称号，以宗室的女子嫁给他们，划分他们的土地，分离他们的部落，可以使他们永为藩臣，使边塞永保平定。这同李百药的观点相近，就是希望给他们加恩，做到恩威并重，目的还是分而治之。

魏徵认为，突厥代代在边境上烧杀掠夺，是中原百姓的仇敌，如今有幸打败了他们，陛下因他们投降归附，不忍心将他们全部杀掉，就应释放他们归还故土，不可留他们在中原。戎狄衰弱就请求臣服，强盛就叛变作乱，这本来是他们的常性。如今投降来附的兵众接近十万人，数年之后，繁衍生息，一定成为心腹之患，后悔不及。晋朝初年，诸胡与民众杂居在中国，郭钦、江统，都劝晋武帝将诸胡驱逐出塞外，断绝动乱的根源，晋武帝没听从，后二十余年，伊、洛之间成为穿着毡裘的戎狄的区域，这是前事的一面明镜。魏徵的态度很明确，就是不同意将突厥内迁，而是让他们回到他们的故地去，而且指出了南北朝时期南北割据、胡人乱华的教训。

温彦博认为，帝王对于万物，像天盖覆，如地舆载，没有遗漏。如今突厥穷途末路前来归附于我，为何放弃他们而不接受呢！

孔子说"有教无类"，若将他们从死亡中拯救出来，将生存的事业教授给他们，教他们懂得礼义，数年之后，都会成为我们的臣民。选择他们的酋长，使他们进入值宿守卫，畏惧威势，怀念德泽，哪有什么后患！把他们迁徙到河南兖、豫之间，则违背物性，不是保全生养他们的办法。可参照东汉光武帝建武年间的做法，安置投降匈奴于塞下，保全他们的部落，顺从他们的风俗，让他们来填实空虚的土地，使他们成为中国边境防御的屏障，这才是最好的策略。这是华人一家、不分族类的观点，认为应该把他们放到北部边境整体安置，并要进行教育，向他们授业传道。

唐太宗最后采纳了温彦博的意见，把突厥降服的民众，安置在东起幽州西到灵州的地区，分划突利原来所统辖的土地，设置顺、祐、化、长四州都督府；又分颉利的土地为六州，左边设置定襄都督府，右边设置云中都督府，来统领他们的民众。突利被任命为顺州都督，统帅部落的官员。唐太宗告诫突利说："你祖父启民挺身奔附隋朝，隋朝把他立为大可汗，拥有全部北部地区。你父亲始毕相反成为隋朝外患，天道不容，因此使你到了今天这个地步。我不立你做可汗，是担心启民前事再发生。如今任命你做都督，你应该好好遵守中国的法令，不要相互侵犯掠夺，不只要想到中国长治久安，还要想到使你的宗族永远保全！"

唐太宗的这一决策是对是错，需要历史地看。好的一面是，这一民族政策维护了唐代早期的民族团结、政治稳定、经济繁荣，造就了大唐盛世的局面，并加速了中华多民族的文化融合，繁荣发展了伟大的中华文明。不利的一面是，中央政权衰败，失去有效的控制能力后，到唐中后期，爆发了"安史之乱"，一直发展到持续一百多年的藩镇割据，出现了一百多年的战乱，国家四分五裂，人民流离失所。

信则莫疑，慎处异论

《资治通鉴》记载，公元630年，唐太宗贞观四年，李世民让房玄龄、王珪负责朝廷内外官吏的考核，看来动静还不小，各方面都很重视。一个叫权万纪的治书侍御史，也就是负责审讯、纠劾的官员，所从事的工作也同官吏考核有关，但考核到他自己，可能评语不怎么的，就上书告状，说房玄龄、王珪考核干部不公平。李世民就命令侯君集来调查这件事情。

官吏考核是大事，涉及被考核者的工作评价，升迁去留、荣辱得失都在这里头。有人反映徇私舞弊，打击报复，当然需要重视，况且是专门负责纠劾检查的官员，真名实姓地反映，就更应该重视。至于反映的问题有多少是对的，有多少是错的，总得给告状人一个交待，派人调查应该说是正确的，也是很正常的。但魏徵不这么看，认为不应该去调查，他劝李世民说："房玄龄、王珪都是朝廷的旧臣，而且一直以来忠诚正直，这也是您信任重用的原因。他们这次考核的官吏很多，可能会有一两个的评价不那么妥当。认真体察他们实际的工作情况，肯定不是徇私舞弊。假如认为他们就是徇私舞弊，那这次的整个考核就不可相信了，不但考核不算数，他们现在所担任的职务也是不称职的，更不能再担当什么重任。认真分析就可以明白，这个权万纪近来也参与了考核工作，整天呆在考堂上，有意见不提，有问题不说，考核到他本人，没有得到一个好的结果，就写信告状，说考核不公，这是有意找事，就是想激起您的愤怒，而不是从大局出发，不是为国家利益考虑，只能说明您用人不当。我不赞同您派人查处，完全是从维护大好的政治局面和有利的政治体制出发，而不是同房玄龄和王珪有什么私情。"

魏徵这番话，李世民听进去了，没有再过问这件事，也就是不查了，而是放手让房玄龄和王珪去进行考核工作。

史书记载这件小事，给我们如何对待告状信有一些启发。对干部，特别是高级干部，加强监督是对的，也是十分必要的，要重视各方面的来信来访，特别是检举揭发领导干部的信件，认真查处所反映的问题，这是对事业负责，对人民负责，也是对干部本人负责。唐太宗对官员来信反映问题很重视，对自己宠信的大臣也不包庇，而是决定要派人去查，这个决定也是对的。魏徵经过认真分析，劝谏太宗不要去查，不但有胆量，而且有见识，太宗采纳了魏徵的意见，避免了一场官场高层骚动，是很英明的。魏徵在劝谏中把事情分析得很透彻：一是考核这么多干部，难免有一两个不那么准确，这是正常的，不能以偏概全，而否定整个考核工作；二是房玄龄、王珪是久经考验的好干部，这是上下有目共睹的，而且是经过历史检验的，应该充分信任这样的干部，不能谁说点什么就对他们产生怀疑；三是告状的人权万纪参与了这项工作，考核别人时不提意见，但一涉及自己，就认为有问题，这是真正的徇私，对他反映的问题不能信。

唐太宗听了魏徵的劝谏后，没有再派人去调查，一是认为魏徵说得对，二是基于对魏徵和对房玄龄的了解，知道他们正直忠诚。魏徵以敢于发表意见，坚持据理力谏，而受到太宗的信任，而且魏徵所谏从未有私情在里面，都是为国家、朝廷考虑。房玄龄当时被称为贤相，办事通达干练，处理政务不分白天黑夜，小心谨慎，尽心竭力，唯恐有什么事情办得不好，而且很会团结人，善于用人所长，对人也不求全责备。正是基于平时对他们的了解，唐太宗才听取了魏徵的意见，未轻易相信别人的告状。

要信任我们的干部，放手使用我们的干部，关键在于真正能熟悉干部、了解干部。不知人者，就难做决断，不论什么样的反映，好的还是坏的，对的还是错的，都很难辨别清楚，只能被告状信和他人的介绍牵着鼻子走，这样是用不好人的。

去食去兵不可去信

《资治通鉴》载：

　　周主将视学，以太傅燕国公于谨为三老。谨上表固辞，不许，仍赐以延年杖。戊午，帝幸太学。谨入门，帝迎拜于门屏之间，谨答拜。有司设三老席于中楹，南向。太师护升阶，设几。谨升席，南面凭几而坐。大司马豆卢宁升阶，正舄。帝升阶，立于斧扆之前，西面，有司进馔。帝跪设酱豆，亲为之袒割。谨食毕，帝亲跪授爵以酳。有司撤讫，帝北面立而访道。谨起，立于席后，对曰："木受绳则正，后从谏则圣。明王虚心纳谏以知得失，天下乃安。"又曰："去食去兵，信不可去；愿陛下守信勿失。"又曰："有功必赏，有罪必罚，则为善者日进，为恶者日止。"又曰："言行者，立身之基，愿陛下三思而言，九虑而行，勿使有过。天子之过，如日月之食，人莫不知，愿陛下慎之。"帝再拜受言，谨答拜。礼成而出。

　　这里记载了南北朝时期北周皇帝向太傅燕国公于谨行"三老五更"礼，请教治国之道的故事。

公元563年，按照史书纪年，陈文帝天嘉四年的四月，北周国主准备到太学去视察，特命太傅、燕国公于谨为三老。"三老五更"是古代对年老而有德行学问的官员的尊称，就是他们更知道三德五事，阅历丰富，经验多，人脉旺，地位高，受人尊崇。于谨是个谦虚谨慎的人，上表坚决推辞，认为自己享受不了这么高的名望。但北周的国主不同意，坚持把具有象征意义的延年杖赐给了他。

四月二十五日，北周国主视察太学。于谨进门，北周国主亲自到大门与屏风之间迎接，于谨回礼答拜。主管礼仪的官员在厅堂的正中央设下三老席，席位朝南。太师宇文护登上台阶，在三老席摆设一个小桌子。于谨升堂就席，面朝南靠着小桌子坐定。大司马豆卢宁登上台阶，把于谨的鞋子放正。然后，北周国主登上台阶，站立在画有斧子的屏风前，面朝西。这时，主管膳食的官员送上饭食，北周国主端着酱盘，跪着向于谨献食，又挽起袖子亲自替于谨割肉。于谨吃完饭，北周国主又跪着送上漱口的酒给他。主管膳食的官员撤去酒席之后，北周国主面朝北站立，向于谨请教治国之道。

从这些记载中可以看出北周朝廷给于谨的待遇之高、尊崇之重与当时场面之隆。宇文护在朝中是一手遮天、军政大权集于一身的人，而且又是个非常专横跋扈的主儿，但在于谨面前，也要充当一个摆放桌子的小伙计。大司马豆卢宁是位高权重之辈，也要上去给于谨摆放鞋子。连皇帝都要给于谨送吃送喝送漱口水，并且还要跪着，像儿子孝敬父亲那样，又像小学生对待老师那样来请教问题。于谨享受这个待遇也受之不虚。关于于谨对北周所作的贡献，我在另两篇文章中都有涉及，这里不再重复。周主视察太学向于谨行"三老五更"礼，是重视教育和尊老敬贤的一种表现形式，也是做给天下人看的，有一定的教育意义。在礼仪上很严肃，很庄重，是正常的，无太大意义。我感兴趣的是，北周作为鲜卑族政权，虽然北魏时期已主动接受了汉文化，但毕竟是马背民族，依靠武力来征天下、定天下，能如此重视汉文化，并坚持以德治国，确实很难得，也很有意义。我更感兴趣的是，于谨在这场活动中给周主讲的治国之道，言简意赅，甚有教益。

皇帝请教治国之道，于谨也就站了起来，回答说，木材被绳墨矫正，便能变得端正；帝王能接纳忠臣劝谏，就能达到圣明；圣明的帝王虚心纳谏，便可知道政务的得失，这样天下才能安定。又说，可以失去粮食，可以失去军备，但不能失去信用。希望陛下要守信用，不可失信于民。又说，对于有功的人，一定要奖赏，对于有罪的人，一定要处罚，这样做了，为善的人就会一天比一天多，作恶的人就会一天比一天少。又说，言和行是立身处世的根本，希望陛下凡事三思而后言，多考虑再实行，不要发生过错，天子的过错如同天上发生的日食、月食一样，没有人不知道，希望陛下要言行谨慎。北周国主对这番教诲"再拜受言"，真听进去了，也接受了。

于谨在这里一不是现场作秀，虚言应景，官场活动，说一些大话、原则话，放之四海而皆准，虽无可挑剔，却没有任何用处；二也不是借机高谈阔论，故弄玄虚，以示博学多才，出尽风头，而是实实在在地谈了治国理政的真知灼见。短短几句话，史书用了"对曰"和一连三个"又曰"，可见用心良苦，这是刻意加重于谨讲的内容，以引起后人注意。我们细品于谨的言论，不能说句句千钧，一句顶一万句，但完全可以说，句句实在，句句在理，而且十分深刻：一是希望周主能虚心纳谏，多听各方面的意见，真正了解情况，这才是圣明；二是要讲究诚信，取信于民，并把信誉提到最高的地位，可以没有粮食，可以没有军备，但不能没有信誉，失信于民，一切皆完；三是要赏罚分明，处事公正，有功者奖，有罪者罚，这才能树起正气、压住邪气；四是为人君者要谨言慎行，"三思而言，九虑而行"，要立得正，行得端，才能把国家治理好。

这四条，我们今天读来，不是仍有教育意义吗？

涎水吐在脸上也别擦

如果有人把涎水吐在你的脸上，你该怎么办？这个命题可能有点荒诞。

往人脸上吐涎水，大体有两种情况：一种是被吐者坏事做绝，民愤极大，一旦被除，民心大快，就会向他身上、脸上扔鸡蛋，甩垃圾，吐口水，以泄心中怨愤，这是罪有应得；另一种情况是吐涎水者道德低下，倚强凌弱，看到不顺自己心的人，就往人家脸上吐涎水来发泄不满，这是侮辱人、欺负人。前者是民愤，虽不雅观，但多能理解；后者是人辱，明摆着欺侮人，被辱者是难以接受的，肯定会奋起反击，这也合情合理。一般来说，若是前者，肯定得任人吐去，由不得自己，自作自受，无可奈何；若是后者，则难以忍受，不能任其欺侮，答案应该是明确的。我之所以还是把这个问题提出来，并冠以"涎水吐在脸上也别擦"，是因为在读书中看到一条官吏为求自保，如何对待诽谤攻击、说三道四的记载，略有所思，随手记下来，并发点议论。

《资治通鉴》记载，公元693年，周武则天长寿二年，正月初十，任命夏官侍郎娄师德为同平章事，也就是宰相。娄师德为人宽容厚道，廉明谨慎，而且很有涵养，从不计较人家对他的侵犯。别人尊重自己也好，不尊重自己也罢，甚至不给面子，使点绊子，给些难堪，他都能忍耐。他与另一个宰相李昭德同时上朝，由于娄师德身体肥胖，行动缓慢，李昭德要走走停停，来等娄师德，这的确有点烦人。李昭德心里不痛快，便骂娄师德："你真是个乡巴佬、土包子。"在朝堂之上，等级森严的社会里，骂人是"乡巴佬"，而且如此挖苦当朝宰相，确实是很伤人的。可娄师德并不往心里去，不但不用恶语回击，而且还笑着对李昭德说："谢谢你的夸奖，我要是不土，还有谁能更土呢。"以上这些，是我今译的戏言，原话是："师德徐笑曰：'师德不为田舍夫，谁当为之！'"同朝为官，可能因言差语错引起的不快甚至隔阂，就这样轻松地化解了。由此可以看出，娄师德、李昭德两人不同的道德修养和为官处世之道。

娄师德做了宰相，他的弟弟也被任命为代州刺史，成了执掌一方大权的地方官。弟弟上任前，娄师德问他说："我在相位充数，你又担任了刺史，我们家的恩荣太过了，人家会嫉恨的，你将如何来避免呢？"娄师德的弟弟也是个有教养的人，跪在地上听哥哥训话，听到问话，就直起身子说："从现在起，即使有人把涎水吐在我的脸上，我擦掉就是了，不去同人家计较，不让哥哥来为我分忧操心。"这话回答得是好的，表明要忍辱负重，宽宏大量，正确对待各种责难和议论。但娄师德对这个回答并不满意，十分严肃地说："这正是使我最担心的！人家把涎水吐在你的脸上，是对你有气，你把它擦掉，便是违逆了人家的意思，这会加重人家对你的不满。涎水吐在脸上，不擦也自然会干的，你应该带笑接受。"

按照正常的理解，如果这样做下去，这官干得也太窝囊了，何况还是宰相之家。"夫唾，不拭自干，当笑而受之"，这是任何一个人都难以接受的。但如果往深里想想，娄师德劝弟之言，确实入骨入髓。至于其弟在以后的从政道路上，有没有人往他脸上吐涎水，这在史书中没有记载，也不必去较真。娄师德这番话实际上是个比喻，就是告诫其弟要忍受世上一切难忍之事，特别是正常人所不能忍受的事情，这样才能把官做好，才能在宦海沉浮、险恶仕途中得以自保。"为官难，难为官"，这在中国历史上是被无数事例所证明了的至理名言。娄师德兄弟处在武则天执政时期，特务统治，严刑峻法，今日是官，明日是囚，官场处境十分险恶。娄师德以忍让来求自保，可见其为政之艰、用心之苦。

今天读到这段史料，也感到心酸。我佩服娄师德的宽容大度，受辱能忍，好涵养，好定力，但并不赞同"涎水吐在脸上也别擦"的观点。同在朝中为官，不能欺人太甚。但官场就是如此，明争暗斗，尔虞我诈，今天你整我，明天我告你，从来都没有消停过，这才会有娄师德的自保之法。记下这点历史小事，专门发点议论，是想让官场干净些，少点龌龊之事，特别是那些爱吐涎水的人，把嘴洗干净，别吐令人生厌的脏东西，污染政风。

内蕴神明，外当玄默

公元630年，唐太宗贞观四年，十一月十九日，唐太宗问给事中孔颖达说："《论语》上有一句话，说凭着自己有才能向没有才能的人请教，凭着自己众多的知识向知识贫乏的人请教，有知识好像没有知识，知识充实却像空虚，这说的是什么意思？"

孔颖达回答说，不只是一般人应该这样，作为帝王也应该是这样。帝王内心蕴藏神明，外表应当沉默（"内蕴神明，外当玄默"），因此，《易经》声称，以貌似蒙昧来修养纯正思想，以明智藏晦来面对民众。如果位居极尊的人君炫耀聪明，以才凌人，文过饰非，拒绝劝谏，则下情不能通达，就是自取灭亡。

唐太宗认为孔颖达讲得很好。

孔颖达并没有从字面上、语意上去更多地解释《论语》中"以能问于不能，以多问于寡，有若无，实若虚"这句话。它的意思，简单地说，就是每个人都各有所长，也各有所短，再能干的人也不可能成为全才、通才，不是什么都能干；知识再多的人，也不是百事通、千事明，什么都精通、都知道，总有不知道的事情。虚心向所有的人求教，这是学而后知不足、学海无涯的意思。这同孔子的"三人行，必有我师"、"择其善者而从之，其不善者而改之"是同一个道理。对这个并不复杂的道理，唐太宗这样绝顶聪明智慧的人，当然不会不明白，他就这个问题向孔颖达请教，看来绝不是去探讨学术问题，而是其中蕴含着政治意义。

孔颖达也是绝顶聪明的人，没有作为一个书呆子，去给唐太宗抖落孔子讲这段话的时间、背景、核心思想或深层意义是什么，也就是没有从学术上去论述，而是直奔帝王治国理政的根本。说平常人应该这样做，虚心使人进步，向一切人学习，向一切人求教，学自己不知的，求自己不懂的，帝王更应该如此。这里孔颖达没有讲，老百姓不这样做有什么不对或有什么坏处，而是就帝王这样做和不这样做的好坏进行了一番论述。作为帝王，心里什么都清楚，能洞察一切，但外表也要表示沉默。为什么呢？《易经》这本圣贤经典已经说得很明白了，就是要表示蒙昧来修养纠正自己的思想，以明智藏晦来面对你的民众。这样做的好处孔颖达没有说，但却指出不这样做的坏处，就是作为一个帝王，到处炫耀自己的聪明，以才凌人，文过饰非，拒绝听取不同的意见，这会堵塞言路，使下情不能上达，就是自取灭亡。这等于说明了为什么要貌似蒙昧、蕴藏神明的原因，同时也说明了有才的人要向没有才的人请教、知识多的人要向知识少的人请教的原因。

今天读这段对话，仍有教育意义。做领导的一定要谦虚谨慎，不要以为自己什么都懂、什么都行，官大了能力就强。官大了能力不一定就强，知识不一定就多。即使高人一等，出类拔萃，干什么都能干得很好、很出色，也要谦虚一些，谨慎一些。谦虚谨慎不仅仅是美德，是官德，更是政治的需要。你谦虚谨慎了，甘于向所有的人求教，就会广开言路，调动起各方面的积极性、创造性，他们就会贡献出聪明才智，努力把事情办好。

国家是人民的，社会是大众的，任何一个人的力量都是微不足道的。领导者就是带领、引导更多人为着一个共同的目标而奋斗。"内蕴神明，外当玄默"，当是高尚的领导素养和高超的领导艺术。

严谨执法又敢于死谏的人

中国历史上有许多以死相争、敢于犯颜直谏的人，如商末的比干、唐朝的魏徵等人，为史家所称道，成为后世诤臣的楷模。隋朝赵绰也应是一个，他不但敢于犯颜死谏，而且还是个严于执法、从不含糊的人。

从史书记载来看，隋文帝治理国家是比较重视法律的，而且自己也精于律令。隋文帝上台后，就让高颎、郑译、杨素、裴政等人重新修订刑律。裴政是当时的法律专家，熟悉典章故事，又通晓政事，认真研究了魏律、晋律、齐律、梁律等，各采所长，因循变革，宽严轻重，适中合宜，制定出了隋律（刑律），废除了前代斩首、枭首、车裂、鞭打等酷刑。规定如果不是犯了谋叛以上的重罪，便不收捕家族连坐治罪。新律规定死刑有两等：绞刑和斩刑；流刑三等：流放二千里至三千里；徒刑五种：服徒刑一至三年；杖刑五等：用大杖决打六十下至一百下；笞刑五等：用竹板子决打十下至五十下。又制定了八议、申请减罪、官品减罪、纳铜赎罪、官职抵罪的条款，以优待士大夫。废除了前代审讯囚犯使用的残酷刑法，规定刑讯拷打不得超过二百下，刑具枷杖的大小，也有一定的规定。还规定平民百姓如果有冤屈而县府不受理的，准许依次向郡、州提出上诉；如果郡、州仍不受理，准许到京师申诉。从这些规定中可以看出，修订后的刑律同前代相比有了进步：一是有了规范，二是比较宽松。当然这是相对于其他封建王朝来说的。

公元581年，隋文帝开皇元年十月十二日，隋文帝在全国颁行新律，并下了一道诏书，从诏书中可以看出隋律的一些法制思想。诏书中说："绞刑能致人死命，斩刑能使人身首异处，除奸去恶的刑法，这两项已经是严厉到极点了。前代的枭首、车裂等极刑，从道义上讲毫无可取，因为它们对惩恶肃纪并没有什么补益，只是表现了安于残忍的狠心。用鞭抽打的刑法，肆意摧残囚犯的体肤，侵损肌肉，痛入骨髓，其酷虐的程度跟刀切碎割并无差别。鞭刑虽说自古代就有，但它不是仁者所采用的刑法。因此，枭首、车裂及鞭刑，通令废除。同时，尊崇优礼功臣元勋，不对他们使用徒刑；扩大高官显贵的荫庇，旁及其他宗亲。前代流放六年，改为五年；前代徒刑五年，改为三年。其余以轻代重，变死刑为有期徒刑的条款很多，全都详细载在法典上。其余纷杂的律条、严酷的科禁，也当一律削除。"由此可以看出，较前代来说，以轻代重，除暴施仁，当是隋文帝的基本为政思想。据史书记载，公元583年，隋文帝审阅刑部奏章，发现断狱结案之数多达上万，认为律令还是过于严密，所以人们多触犯法律而获罪。于是又敕令纳言苏威、礼部尚书牛弘等人重新修订新律令，删除死罪八十一条，流刑一百五十四条，徒刑、杖刑一千余条，只确定保留五百条，共计十二卷。史家称隋朝法律简明切要，疏而不漏。

新律刚刚实行的时候，隋文帝还是能身体力行的。据史书记载，他曾生一位郎官的气，就在殿前用竹板打这位郎官。谏议大夫刘行本上前劝阻说："这个人一向清正廉洁，现在所犯的过错又小，希望陛下能宽恕他。"隋文帝不予理睬。刘行本就站到文帝的面前，很严肃地说："陛下不以我不肖，授我为谏议大夫，安置在您的左右，我说的话如果是对的，陛下就应该听从；我说的话如果不对，陛下可以将我送到大理寺治罪。"说完，就把笏板扔到地上，想要辞官。隋文帝马上认真地向刘行本道歉，并宽免了被打的郎官。但皇帝毕竟是皇帝，在皇权至上、出口就是法令的社会里，隋文帝还是经常会随心所欲的。

据史书记载，隋文帝性好猜忌，常常命令左右的人侦伺朝廷内外，只要有人犯了过失，就判处重罪。他忧虑身边的官吏（令史）贪赃枉法，便暗中派人拿金钱、丝帛赠送他们，抓到犯法的立刻斩杀。他常常在殿廷上捶打人，有时一天内发生好几次，还曾经因行杖的人挥动荆杖不重，而下令把行杖人杀死。对此，尚书左仆射高颎、治书侍御史柳彧等都曾劝谏，认为朝堂上不是杀人的地方，殿廷中也不是处罚行刑的场所。隋文帝听不进去，该怎么办还是怎么办。高颎等人也敢于力谏，带领众多大臣到朝堂之上请罪。隋文帝问都督田元："我刑杖太重了吗？"田元回答说："陛下的荆杖大如手指，捶打人三十下，等于一般荆杖一百下，有很多人被打死。"文帝听了很不高兴，但还是下令在殿内撤掉荆杖，并说不在殿廷上处罚人，需要处罚就交给主管部门依法来办。但时过不久，一个叫李君才的人上奏说文帝宠幸高颎过分了。这又惹他不高兴，命令在大殿上用刑杖处罚。但殿内没有荆杖，他就改用马鞭把李君才打死了。此后又在殿内设置荆杖，而且还在殿上杀人，兵部侍郎冯基出来劝谏，也被他一怒之下杀掉。史书记载，因为各地的下属官吏不敬畏他们的长官，什么事情都很难办成，隋文帝就下诏令允许官府各部门给属官定罪，允许在法律规定之外处以杖刑。结果造成了上下各部门官员都虐待他们的属官，经常拷打，把残酷暴虐当作能干。由于一段时间盗贼太多，隋文帝就下令凡偷窃一个钱以上的都要在闹市斩首，并暴尸街头。有三个人一起偷了一个瓜，便都被处死了，造成天下人心惶惶。

对于隋文帝的滥施刑法，主管刑事审判的大理寺少卿据理力争，起到了较好的效果。大理寺的一个属官来旷曾上奏说大理寺法官定罪判刑太宽，这是在投隋文帝所好，文帝就认为来旷有忠心，允许他每天早朝时可以站在五品官员的行列中来参见，等于提高了政治待遇和知名度。这个来旷得到好处忘乎所以，竟又控告大理寺少卿赵绰随便宽免囚犯。隋文帝派亲信近臣去调查，结果发现完全是诬告，赵绰根本没有徇私枉法之事。隋文帝大为恼火，要将来旷斩首。而赵绰坚持依法办事，极力谏争，认为来旷不应当处死。文帝不但不听，还拂袖起身进殿去了。赵绰也不退让，就大声说："臣不再谈来旷的事，还有其他事没有来得及奏报陛下。"隋文帝命人把赵绰带进后殿。赵绰说："臣有三条死罪：臣担任大理寺少卿，不能管束属下，使来旷触犯国法，这是第一条；囚犯罪不当死，而臣不能冒死力争，这是第二条；臣本来没有其他的事，而以谎言请求入见陛下，这是第三条。"在赵绰的力谏下，来旷才免除死罪，被流放到广州。刑部侍郎辛亶曾经穿了一条红色裤子，认为这有利于官运亨通。隋文帝认为这是蛊惑人心，要将辛亶斩首。赵绰说："按照法律他不应当处死，臣不能接受诏命。"文帝十分恼怒，说："你难道顾惜辛亶而不顾惜自己吗？"命人将赵绰拉出去斩首。赵绰说："陛下宁可杀臣，也不可杀辛亶。"走到朝堂，解下衣服，将要行刑，文帝派人再问赵绰说："你到底如何决定？"回答说："一心执法，决不怕死。"最后隋文帝还是释放了赵绰。第二天又向赵绰道歉，赏赐给赵绰三百段绢帛。隋文帝曾下令禁止假币流通，但有两个人以身试法，在市集上用假币兑换真币，负责巡察的官员抓住了他们，并奏报朝廷，隋文帝命令把这两个人都杀了。赵绰进谏说："这两个人所犯的罪，应当受杖刑，将他们斩首是不合法律条文规定的。"隋文帝说："这不关你的事。"赵绰说："陛下不因为臣愚暗不明，把臣安排在法官的位置上，现在您想随意杀人，怎能说不关臣的事！"隋文帝说："摇撼大树，如果摇不动就要赶快退下。"赵绰说："臣希望感动天子的圣心，岂止是摇撼大树！"隋文帝又说："喝汤的人，汤太热就先放一下，难道天子的神威，你还想冒犯吗！"赵绰拜伏在地，不但不退后，而且还往前移，隋文帝只好转身入阁，最后还是接受了劝谏。

据史书记载，隋文帝曾派亲卫大都督长安人屈突通前往陇西，复查畜牧情况，查出隐瞒马匹两万多。隋文帝大怒，要将太仆卿慕容悉达和其他监官一千五百人全部斩首。屈突通劝谏说："人命至为宝贵，陛下为什么为了几头牲畜，就要杀死一千多人！臣愿冒死请求收回成命！"隋文帝怒目圆睁，厉声呵责。屈突通又叩头说："臣一个人罪当处死，特向陛下哀求一千多条人命。"隋文帝深受感动，说："朕糊涂不明，竟然到如此地步！幸亏有你忠言相劝。"慕容悉达等都被减免死罪，另外量刑处罚。

摘录这些历史事例，是想说明两个问题：一个是制定法律一定要宽严适当，一旦制定，就要严格执行，不能变来变去，更不能随心所欲，想执行就执行，不想执行就不执行。特别是掌握大权、能影响法律的修订和执行的人，更应该秉公守法，严格执法。二是作为一名官员，要敢于主持公道，坚守正义，不论处于何等位置，对擅权行事、错误决策，都要敢于监督，竭力劝谏，不要害怕丢官，明哲保身。赵绰等人是值得学习和称赞的。

唐太宗的"露居亦无伤"

唐太宗善于纳谏，能做到从善如流，这在中国历史上是有名的，也是公认的。太宗纳谏的典型事例很多，这里仅说一件小事，来看一看他虚心纳谏的胸怀和决心。

公元630年，也就是唐太宗贞观四年，这年的六月二十二日，唐太宗决定征调军队去修筑洛阳的宫殿，为自己到洛阳巡视做准备。长时间以来，不少朝代将洛阳同长安并列为东西两京，不论是作为正都还是陪都，洛阳一直是政治、经济、文化中心。正是由于地位重要，自古就是兵家必争之地，多少次王朝更迭，要血洗洛阳，火焚全城；多少个朝代兴起，也都要大兴土木，再修再建。洛阳城就是在不停的毁毁建建中生存着、发展着。自唐以上，一部洛阳的城建史，就是一部中华民族的兴衰变迁史。李世民决定征调军队去重建洛阳宫殿，也不是一件什么大不了的事，而且用的是工程兵，并没有去征发民力。但就这么一个建筑工程，朝中有人反对，上书劝谏了。

上书劝谏的人叫张玄素，官任给事中。他在上书中说，皇上到洛阳巡视的日期还没有定下来，现在就预先去修筑宫殿，这不是什么太急的事情。从前汉高祖刘邦采纳娄敬的意见，从洛阳迁都到长安，并不是洛阳的地理形势没有关中的好。汉景帝采用晁错的意见，而吴楚等七国发生了祸乱。陛下您今日在中国处置突厥，与突厥的亲近程度难道能比汉景帝同七个诸侯国还亲吗？这些大事您不忧愁，而是急着先修宫室，即使修建好了，您能够离得开京城轻易出游吗？隋朝当初营建宫室，附近山里没有大木材，都从远方运来，两千人拉一根柱子。用木头做轮子，则刮磨起火，于是用铸铁做车毂，行走一两里路，铁车毂就破裂，另外用数百人供给铁毂跟随着更换，全天不过行走二三十里。算起来一柱的费用，已用去几十万个劳动力，那么其余的也就可想而知了。陛下您当初平定洛阳，凡隋朝宫室，宏伟奢华的，都下令焚毁，现在不到十年，就再去营建修缮，为什么当时您憎恶的东西而现在又去效法它呢？况且以今天的财力，怎能比得上隋代呢？陛下役使经受战乱满身疮痍的人民，因袭隋朝灭亡的弊病，恐怕比隋炀帝还要严重。

就因为修个宫殿，张玄素发了这么大一通言论，而且话说得尖刻又难听，还上纲上线。他先说，你什么时候到洛阳巡视都没有定下来，急着修建什么宫殿。这话表面看是站不住脚的，等定下来日期要出发，再去修建宫殿来得及吗？但张玄素意不在此，而是说这不是什么太急的事，太急的事是突厥的问题还没有处理好，关系国家安全的大事都等着去处理，哪有时间到洛阳去巡视，即使建了宫殿也用不上。他列举了刘邦从洛阳迁都长安，汉景帝听从晁错削藩的建议，而导致刘氏七王国的祸乱这些历史经验教训，劝谏唐太宗把心思放在处置内忧外患上，而不是外出巡视，修什么宫殿。他还讲了隋炀帝修建洛阳宫殿，耗费大量人力、物力、财力，一根柱子就要耗去几十万个劳动力的事例，并且指出李世民当时攻下洛阳后，下令把代表隋炀帝奢侈腐败的豪华宫殿拆掉，而现在又去效法炀帝，重修这些宫殿，说如果这样做了，就比隋炀帝还差劲。把唐太宗的这个做法上升到如此的高度，而且拿炀帝作比较，说是比炀帝还坏，没有胆量是不敢讲的，没有肚量也是绝对听不进去的。不就是修个宫殿吗，值得你又比喻又揭短，而且还把明君比作昏君吗？

李世民听着不是滋味，我们今天看着也感到张玄素的话有点过头。李世民就问张玄素，你说我不如隋炀帝，那比桀、纣如何？李世民提出的这两个人，一个是夏代的亡国之君，另一个是商代的亡国之君，都是暴虐残忍的帝王，被千古所唾骂。张玄素也是个硬脖根的人，话到了这个份上，不但不叩头领罪，而且还顶嘴说，如果你这个工程不停下来，就同夏桀和商纣一样，照样得亡国。面对忠臣诤言，话虽难听，但李世民还是接受了，感叹说，我考虑得不成熟，才出现今天这样的局面。他回过头来对房玄龄说，我原来认为洛阳土地适中，朝见进贡交通方便，东西南北来往的都能照顾到，用意也是方便臣民，所以才要营建它，而不是我要去享用。听玄素这么一说，应该立即停止这个工程，日后有事到洛阳去，就是居住到荒郊野外，也没有什么大不了的。李世民因此赏赐了张玄素二百匹彩帛。

"露天居无伤"，皇帝到洛阳不可能睡在露天的地方，但这句话表明了李世民诚心纳谏的决心和宽广的胸怀。只要你说得在理，不管话有多难听，照样采纳。正因为唐太宗有这样的胸怀和以身作则的作风，才出现了贞观年间诤臣辈出、政治清明的大好局面。

诤谏不易，纳谏更难

　　唐太宗以能虚心纳谏而成为有道明君，魏徵以能据理诤谏而成为历史名臣，他们君臣的历史佳话流传千古，至今仍被世人津津乐道。

　　力谏与纳谏从马克思唯物主义的观点来分析，并不是什么大不了的事，没有什么可赞颂的，不就是开展批评与自我批评吗！有问题，大家摆到桌面上来，对的就赞同，就表扬，不对的就反对，就批评，开诚布公，坦坦荡荡，有什么值得大惊小怪的，党内生活就应该如此。理是这个理，话也可以这么说，但对照一下实际生活，简单的道理，执行起来就不那么简单了，而是十分复杂。批评与自我批评，看似很简单的一个问题，但现在根本开展不起来。为什么开展不起来，也非三言两语能说得清楚的。以阶级斗争为纲，极左的整人方式，党内的无情斗争，使批评与自我批评变了味，治病救人成了借机整人，时至今日，人们一听到"运动"二字就反感，就心悸，总怕再出现"反右"、"文化大革命"那样的灾难。当然，"反右"、"文化大革命"的兴起和形成，并不是批评与自我批评的问题，但在一开始都是以批评与自我批评的形式出现的，由批评演变成了斗争。这是历史问题，而现实的问题是，开展批评很难，谁敢批评谁呀。上级批评下级倒是顺理成章，没有什么可畏惧的，但也很少，为什么呢？选票使然，口碑使然。来考核了，下级就有权说话了，平常你好、我好、哥们都好，到时候在评比栏内，多给你划几个称职优秀，多在考核组面前说你的好话，政治坚定、工作认真、勤政廉政、实心为民等等之类。反之就不同了，多划你几个不称职，选举投票时多打你几个叉叉。这就是批评与不批评的区别。以票取人，以言论取人，自然是批评越少越好，不批评更好，多恭维，多表扬，多点感情投资，哥们儿义气，更是好上加好。同事之间不怕这一套，但也批评不得，批评得多了、狠了，就说你为人不好搁伙计，不善于团结人，甚至给你扣个爱挑刺、爱整人的帽子。下级对上级更是批评不得，升迁罢黜、荣辱得失，一家老小的吃喝穿戴都在上级的印象里、感情里，他说你行你就行，说你不行你就不行，巴结还来不及呢，谁还去自讨没趣找苦吃。现在的人谁不想听好话，谁不想听赞歌，都认为自己是最优秀的，工作干得是最好的，你是下级，自然水平就比上级差，否则为什么让你在下边呢？你敢对上级提出批评，真是狂妄之极，不知道姓甚名谁了。大家都说拍马屁不好，但马感觉舒服，拍者也能得利，管他名声好听不好听。名是虚的，利是实的，只要有利就拍去。这是批评与自我批评开展不起来的现实原因。当然，若用马克思主义的观点来分析，这都不是马克思主义者，而是实用主义者。毛主席说过，我党真懂马列的不多。我想，世界观不过关，认识论不全面，大概也算是不懂马列的一个方面吧。

由诤谏到纳谏引申出来个批评与自我批评，东拉西扯地说了一堆，言不及义，并没有说诤谏怎么不易，纳谏怎么更难，而是说了一大堆批评难。现在批评少了，但自我批评并不少，引咎辞职也屡见不鲜。人贵有自知之明，都能开展自我批评了，自己已认识到了错误和不足，还要开展什么批评呢？自我批评确实

张大千·独钓图

是个好现象，经常解剖自己，查找工作不足，自警自省，是个美德。有了不足，在大庭广众面前做个检讨，老老实实地讲出来，是会得到大家的谅解的。这样的人和事确实不少，是历史进步的表现。现在开展自我批评还是能做到，但如果拿出生活会议记录看看，拿出重大责任事故的处理结果看看，真正触及矛盾和问题实质、痛心彻肺的自我批评是寥寥无几的。自我批评的态度是有的，话语也是有的，轻描淡写的事情也有几件，但大多言不由衷，隔靴搔痒，真诚而深刻的不多。有的自我批评看起来像在批评自己，细细品味总感到是在自我表扬，如工作要求太严，只知道让大家干活，不注意同大家交心了；要求工作多，关心生活少了；只知道埋头苦干，不知道协调疏通各方面的关系了，等等。换个角度来看，这就不是缺点，而是优点。现在以自我批评之名行自我表扬之实的事情还真不少。这也是开展自我批评难的原因。人人都在争着表现自己，有了一个位置都削尖了脑袋去争、去抢，都在精心打扮包装，而你还傻乎乎地自己找自己的毛病，不是有病是什么？你自己都承认有这毛病那不足，这也不称职，那也不合格，还怎么用你？

又说了半天，还是没回到正题上来。其实这些话说完了，正题也就无须再去解答了。这也是读书读到唐太宗纳谏的几件事，想到以上这些，随手记了下来，有感而发而已。这里把这几件事摘录下来，算是有个引发感慨的出处。

史书记载，交州都督遂安公李寿因贪污犯罪而被惩处，唐太宗因瀛州刺史卢祖尚既文武兼备，又清廉公平，就征召他入朝，告诉他说："交趾这个地方地处偏远，长期以来没有贤能的人去治理，必须要你去镇守安抚才行。"这是朝廷对卢祖尚的信任。卢祖尚当面答应了，过后又后悔，就用旧病发作来推辞。唐太宗派杜如晦等人告诉他说："平头老百姓还知道遵守诺言，而你作为一个高级干部已经当面接受了，过后又反悔，这是不对的。"但卢祖尚还是不接受，坚决推辞不干。唐太宗就再次召见他，进一步讲道理，做工作。卢祖尚还真是固执，同朝廷较上了劲，就是不服从。这下唐太宗可真火了，说："我派个人都派不动，还凭什么执政！"命令在朝堂上杀了他。过了些日子，唐太宗与大臣议论北齐文宣帝是个什么样的人，魏徵说："北齐文宣帝是个猖狂暴躁的人，然而有人与他争论，事情理屈就服从他人。前任青州长史魏恺出使梁朝回来，被任命为光州长史，他不肯去。文宣帝就发怒了，招来魏恺严肃批评。魏恺说：'臣先在大州任职，出使返回，有功劳无过错，而改派我到小州去任职，赏罚不分，所以我不去。'文宣帝认为他说得有道理，就赦免了他。"唐太宗说："你说得很对，从前卢祖尚虽然有失人臣之义，我杀掉他也太残暴，由此来看，我不如文宣帝了！"

皇帝说话，臣下不听，不愿到困难的地方去，不服从组织调动，这在现在也是不允许的，何况在封建社会，抗旨不遵，杀了头并不冤。但魏徵认为，你安排不当，人家不奉旨有情可原，并借古喻今，对唐太宗进行了巧妙的批评，而唐太宗也接受了。由此可以看出，唐太宗宽宏大量，能够纳谏，对什么话都能听进去。据史书记载，魏徵有胆识、有谋略，经常敢于冒犯唐太宗而苦苦规谏。有时唐太宗非常恼怒，但魏徵照样神色不变。魏徵敢于这样做，主要在于唐太宗能虚心纳谏。

还有一件事，唐太宗在一次闲暇的时候，同黄门侍郎王珪谈话，有一个美人在旁边侍候。唐太宗指着这个美人对王珪说："这是庐江王李瑗的小妾，李瑗杀了她的丈夫而把她收进房中。"王珪连忙起身，十分严肃地对唐太宗说："陛下您认为庐江王接纳她为妾是对的还是错的呢？"唐太宗说："杀了人还夺取人家的妻子，您怎么还问是对是错，这不是明摆着的吗！"王珪就说："从前齐桓公知道郭公之所以灭亡的原因，是由于喜欢善良的人而不能任用，然而他自己也抛弃他所称赞的人，管仲认为他同郭公没有什么差异。如今这位美人就在您的左右，臣认为您心中认为庐江王做的是对的。"唐太宗听了这话，立即把美人放出宫去，归还给她的亲族。这是劝谏劝到了皇家私事上，王珪胆子也够大的。李瑗是皇族，纳了一个小妾，后来这个美人又到了李世民的身边，这种宫闱之事一般人是不敢说三道四的，但王珪说了，李世民也听进去了，确实不容易。

王珪还有一件劝谏的事，也是很典型的。唐太宗曾派太常少卿祖孝孙教宫人学习音乐，没有教好，唐太宗很不满意，批评了祖孝孙。事情没有办好，皇帝批评几句，是很正常的，但温彦博、王珪认为唐太宗的做法不当，就对太宗说："祖孝孙是个高雅的人，你让他教授宫人本来就不妥当，而且还谴责他，我们认为这样做不对。"唐太宗很不高兴，就对温彦博、王珪说："我把你们放置在非常重要的地位，你们应当竭尽忠心来事奉我，而你们却迎合下面，欺罔上面，来为祖孝孙游说！"话说得如此严重，温彦博架不住了，连忙叩头谢罪。但王珪不但不叩头，而且还说："陛下用忠心正直来责备我，这是不对的。我今天所说的话，难道是私心曲庇吗？这是陛下您有负于我，而不是我有负于陛下！"这话把唐太宗噎住了，没有再说话。第二天，唐太宗对房玄龄说："从古帝王接纳劝谏实在困难，我昨天斥责温彦博、王珪，至今还后悔。你们不要因此而不尽力劝谏啊。"皇帝批评了一个人，大臣认为批评得不对，因此君臣之间闹了些不快，但第二天，唐太宗认识到了这个问题，并没有说自己批评祖孝孙对不对，而是说自己对温彦博、王珪的劝谏态度不好，给人家扣了一顶不忠心正直的大帽子。这顶帽子把温彦博吓坏了，赶忙跪下叩头认错。而王珪拒绝戴这顶帽子，认为自己是正直忠心的，不是我负于你，而是你负于我。这话说得是很刺耳的。但由此，唐太宗认识到了纳谏的困难。

由以上几件事情可以看出，诤谏不易，纳谏更难。诤谏需要胆量，纳谏需要胸怀，不论诤谏和纳谏，都要抛却私利，出以公心，一切以国事为重。做不到这些，诤谏纳谏都是很难的。

剖身藏珠与迁宅忘妻

　　唐太宗李世民对身边的大臣说："我听说西域一个做买卖的胡人得到了美丽的宝珠，剖开身子把它藏了起来，有这回事吗？"身边的侍臣回答说："有这回事。"李世民又说："人们都知道他爱惜宝珠而不爱惜他的身体，官吏接受贿赂抗拒法令与帝王穷奢极欲而亡国，与那个可笑的胡商相比有什么不同呢？"

　　唐太宗以胡商剖身藏珠来比喻违法乱纪、贪污受贿之人和骄奢淫逸而亡国的帝王，都是爱惜宝珠而毁掉身体的蠢笨之人，以此来教育大臣们要廉洁自律，同时也是警示自己，要勤俭持国，不要像历史上的亡国之君那样穷奢极欲。

　　魏徵这时也讲了话，举了两个事例来说明这个道理。魏徵说："从前鲁哀公对孔子说，有个健忘的人，迁徙住宅却忘了他的妻子。孔子说，还有比这更严重的，桀、纣忘掉了他们自身，也如同这样。"魏徵讲得更典型，一个人搬家，为了新宅而把妻子给忘了，这算爱的什么家呢。夏桀、商纣同这个忘了妻子的人一样，把自己都给忘了，骄奢淫逸害了自身。

　　唐太宗认为魏徵说得对，希望群臣同心协力，大家相辅相成，不要像剖身藏珠、迁宅忘妻的人那样被人耻笑。李世民是这样说的，也是坚持这样做的。他曾对公卿们说："从前夏禹凿山治水而民众没有诽谤怨恨的，这是所干的事情与民众利益相同的缘故。秦始皇营造宫室而民众怨恨叛离，这是因为损害了民众利益而只顾自己利益的缘故。奢侈华丽、珍贵奇异，本来是人所欲望的，假如纵情追求不停息，那危机灭亡就会立刻到来。我本想营建一座殿宇，材料用度都已具备，但以秦的灭亡为鉴而停止了。王公以下官员，都应体会我的良苦用心。"正因为唐太宗坚持并倡导勤俭办事，唐贞观年间，二十余年，举国风俗朴素，不着锦绣华服，公家私人富足充裕。

　　史书记载这件事情，是很值得世人思考的。细细想想，剖身藏珠、迁宅忘妻固然很可笑，但现实生活中这样的事例还真不少。争官夺利，贪污受贿，追求名利地位，讲究奢侈豪华，靠不正当手段去发财邀名，最终身败名裂、妻离子散，这不同样是剖身藏珠、迁宅忘妻吗？

号令不信则民不知所从

守信是为政之本，一个缺乏信誉的政府，人民是不会拥护的。话讲得不少，愿许得不少，就是不办实事，信誓旦旦的诺言兑现的不多，老百姓看不到实绩，得不到实惠，谁还会相信你？权居高位，能生杀予夺，可以想怎么说就怎么说，想怎么做就怎么做，平民百姓一时也无可奈何，但失去了民心，肯定是长久不了的，不用别人推倒，自己也会垮掉。所以古今中外，都把取信于民作为治国理政的首要大事来抓。待民以真，待民以诚，得到了人民的信任，有了困难，人民就能一同来承担，有了不足，人民也能够谅解。

唐太宗同魏徵留下了不少历史佳话，一个虚心纳谏，一个据理力谏，君臣同心，开创了名垂青史的贞观之治。当然，唐太宗时期不是只有魏徵一个谏臣，而是有一大批忠贞正直之士。唐太宗君臣纳谏与诤谏的生动事例很多，难以一一列举，这里仅就取信于民再谈一件事情，以说明信之重要。

史书记载，唐太宗励精图治，多次召魏徵到他的卧室征询治国理政的得失。魏徵知无不言，唐太宗欣然采纳，君臣配合得非常好。公元629年，贞观三年，冬天，唐太宗发布征兵命令，朝中大臣封德彝提出，中男（男十六岁以上至二十一岁）未满十八岁，但长得个头大、身体强壮的，也可以征一点，就是放宽服兵役的年龄限制。唐太宗认为这个建议不错，就同意了。征兵的命令起草好了，魏徵不同意，就是不在上面签字，反反复复折腾了四次，还是不同意签。唐太宗大动肝火，把魏徵叫来当面训斥："青年男子身体强壮高大的，就是狡诈虚报年龄来逃避服兵役，征用他们有什么害处，你却如此百般阻拦，是什么意思？"唐太宗认为小青年身强力壮是虚报年龄，想逃避服兵役，这话有点不讲理。

魏徵并不因为你是皇帝，发了雷霆之怒，就害怕屈服，而是照样据理力争。魏徵说："军队的治理在于有一套训练将士的方法，而不在人数众多。把那些身强力壮的足龄青年征召到队伍中来，精心训练，从严治理，足可以天下无敌了，何必要把那些不足龄的青年拉来凑数呢。您经常说，要以诚信来治理天下，对老百姓从不说虚话，可您即位不久，就已多次失信于民，怎么能以信治理天下？"魏徵没有过多去同唐太宗争论征兵的年龄问题，而是把这个问题看作不讲诚信的表现，违背了唐太宗自己讲的以诚信治理天下的原则。用现在的话来说，就是提到政治高度来看待这个问题。

提到信誉问题，唐太宗就问魏徵："你说我几次失信，都是哪些事，说来听听。"魏徵也不客气，就一件一件地给抖搂出来："您刚即位的时候，曾下了一道诏书，对拖欠官家赋税的，都予以免除。但一些具体的办事人认为，拖欠秦王府的不属于官家财物，不应免除，而是照样征收。您是由秦王晋升为天子的，不是官家又是什么？您曾说过，关中地区要免除两年的租调，关外免除一年的徭役，而后又发出敕令，说已服徭役、已纳税的，从来年再免除。本来已退还给百姓，结果又征收上来，老百姓没有多说什么。现在既征收老百姓的财物，又征召男子当兵，还谈什么从来年开始呢？这不是说话变来变去不算数吗？现在与您共同治理天下的，是那些掌握着权力的地方官，日常管理都由他们负责，结果在征召兵员上，反而怀疑他们虚而不实，这怎么能做到以诚信来治理天下呢？"

从魏徵举的这几件事来看，说唐太宗出尔反尔，说话不算数，有点不合事实。减免赋税从来年开始，不能算失信。免税与征兵是两码事，也不能拉到一块来说。唐太宗说身强体壮的青年是隐瞒实际年龄以逃避服兵役，并不是对地方官不信任。从这几件事说唐太宗不守信，还真有点诬赖好人。但问题的实质不在这里，魏徵是以此来劝谏唐太宗不要征收不满十八岁的青年入伍，以维护朝廷兵役制度的诚信。唐太宗心知肚明，没有计较魏徵举这几件事是在强词夺理："我原来以为您固执己见，不通达国政事务，现在才知道您坚持的是治理国家的原则。号令不信，民众就不知所从，天下怎么能治理得好呢？我的过错是深重的。"于是采纳了魏徵的意见，并赏赐给魏徵一瓮金子。

"夫号令不信，则民不知所从，天下何由而治乎！"唐太宗对于治国理政要诚信的理解和反思对后人是很有教育意义的。

所居不过容膝而已

　　《资治通鉴》记载，公元626年，唐高祖武德九年的冬天，前幽州记室参军、入直中书的张蕴古向唐太宗李世民（即位不久，尚未改元）奉上《大宝箴》，就是写了一篇文章送给皇帝。箴是当时的一种文体，是规劝告诫性质的文字。《大宝箴》，顾名思义，就是比宝贝还要重要的话语。这篇《大宝箴》的原文有多长，都讲了些什么，《资治通鉴》中没有抄录原文，我也腾不出功夫去查有关资料，只是对这件事的记载和有关内容略感兴趣，就随手记下来，并说点感想。

　　《资治通鉴》记载的是这篇文章的大概意思，用"其略曰"三字来概括："圣人受命，拯溺亨屯，故以一人治天下，不以天下奉一人。"又曰："壮九重于内，所居不过容膝，彼昏不知，瑶其台而琼其室；罗八珍于前，所食不过适口，惟狂罔念，丘其糟而池其酒。"又曰："勿没没而暗，勿察察而明，虽冕旒蔽目而视于未形，虽黈纩塞耳而听于无声。"

　　张蕴古当时是以庐江王李瑗幽州记室的身份进入到中书省值班的。记室是负责文字之类的官员，而且是皇族督幽州的记室，也就是地方上一个负责文字工作的官员，地位不可能太高。张蕴古在这篇上书中，讲了三件事：第一，说圣人承天受命，拯救陷溺的民众，被除时世的艰难，因此以一个人治理天下，不以天下侍奉一人。用现在的大白话来说，就是帝王承担了上天赋予的责任，来拯救处于水深火热中的民众，解决天下艰难困苦的事情，是让他尽心尽力地治理天下，而不是让天下人来为他服务。

"故以一人治天下，不以天下奉一人"，讲述了帝王的责任是为民造福，而不是让老百姓都来供他享福。在封建社会，认为天子就是上天之子，是最为尊贵的人，敢讲出如此道理和如此大胆的话，是要有相当大的理论勇气和政治勇气的。第二，说在内廷建筑壮丽重叠的宫室，供皇帝所居住的不过容下双膝，那昏庸无知的，才用瑶砌他的台榭，用琼筑他的宫室。在面前罗列八样珍贵食品，所吃的不过适合胃口的东西，只有狂妄的人才不加考虑，使酒糟堆成山丘，美酒装满池沼。这里着重讲了不要奢侈要俭朴的道理，说帝王的宫殿盖得再高再华丽，他所占用的不过是双膝那么大一点地方；美味佳肴再丰盛再珍贵，他所吃下去的不过是适合自己口味的食物。只有昏庸无知的人，才去大兴土木，挥霍浪费。第三，说作为一个帝王，只要不沉溺于酒色享乐就不会昏聩，只要不自以为是，在一些细小的事情上来显摆自己的洞察精明，即使冕冠前后垂的玉珠遮住眼睛，也能看到事物未成形的状态；即使用黄色的绵絮捂住耳朵，也能听到声音产生前的变化。这是说，作为一个帝王，只要不骄奢淫逸，不自以为是，就能够耳聪目明，洞察秋毫。

唐太宗看到这篇文章后，认为讲得很好，对张蕴古大加赞许，不但用束帛来奖赏他，而且还把他提拔为大理寺丞。

张蕴古所说的"故以一人治天下，不以天下奉一人"、"所居不过容膝"、"所食不过适口"、"勿没没而暗，勿察察而明"，今天读来，仍有教育意义。特别是"所居不过容膝"、"所食不过适口"，对每一个人来说，都是值得深思的。人类生活是为了追求幸福美好，我们共产党人的责任，也是为了让人民过得更好。完全彻底为人民服务，一切为了人民的幸福安康，这是我们应该努力去做的。为人民谋幸福，而不是为自己谋私利，人民还没有过上好日子，还住在棚户区、泥草房中，而我们有些人的房子是调了又调，换了又换，不但讲面积，讲楼层，讲设施，而且还要住别墅，住独门独院。人民仅仅是刚解决了温饱问题，能够吃饱肚子、避寒遮炎，我们有些同志就整天生猛海鲜地造，请一顿客动辄成千上万，相当于下岗职工一年的生活费，甚至全家一年的费用，穿一件衣服也是成千上万。用张蕴古的话说，这是最蠢笨无知的人才干的事情。房子再大，再豪华，也不过日坐一椅，日用一桌，晚卧一床，放下你这一身而已。好吃的东西冰箱冰柜盛得再多，天下名菜珍肴都摆上餐桌，你一个肚皮又能吃下几何？问题在于，你自己住没有住多大，吃没有吃多少，反而毁掉了党和政府的形象与威望，有的还走上了腐败之路，这不是最蠢的人是什么！

牢记："所居不过容膝"，"所食不过适口"。

家有贤妻是男人的福气

　　三国时期，吴国自从孙权死后，国势日益衰微，宫廷斗争始终不断，而且多是自家窝里斗。孙权传位于孙亮，孙亮年幼，不能理政，就由诸葛恪全权辅政。这个诸葛恪本事也有一些，就是太狂妄自大，刚愎自用，结果被孙峻所杀，吴国大权落在孙峻手中。孙峻病死后，把大权交给堂弟孙綝。这个孙綝胡作非为，根本不把国君孙亮放在眼里。孙亮年龄大了，要自己处理事情，对孙綝的所作所为十分不满，想除掉他，但由于虑事不周，机密外泄，结果被孙綝先下手为强，把小命丢掉了。孙亮死后，孙綝立琅邪王孙休为帝。

　　这个孙休在封地是不得意的，徒有琅邪王的虚名，而没有什么权势，谁也瞧不起。其中，丹阳太守李衡曾多次欺负他。李衡的妻子习氏，不断规劝李衡，告诉他不能这样做，但李衡根本听不进去，从不把老婆的话当回事。琅邪王为了免受李衡的欺负，就采取躲避的办法，上奏章请求把自己迁到其他郡去。朝廷答应了，把琅邪王迁到了会稽。一个王爷，被自己封地的地方官欺负跑了，可以想象，这位琅邪王的心情该是个什么样子。然而世事难料，天上真正掉了个馅饼，由于宫廷变故，琅邪王成了皇帝。李衡后悔了，也十分害怕，皇帝要收拾自己还不是一句话。

这时李衡想到了老婆的规劝之明，就向老婆说，过去不听你的话，结果搞到了今天这个地步，看来今后的日子是不好过了。咱干脆跑到魏国去吧，免得等着挨一刀，甚至灭族。这明摆着是叛国言行。李衡的妻子比他要聪明得多，而且明大义，懂规矩，也很讲政治。妻子坚决反对他这样做，说你本来就是个平民，先帝把你提拔到很高的职位，你却多次做出无礼的事情，现在又胡乱猜疑，还想逃跑叛变，谋求活命。你在这种情况下归附北方，不仁不义，不忠不孝，有什么脸去见中原人呢？琅邪王一向爱做善事，追求名声，现在正想向天下显示自己宽大的胸怀，绝不会因私人间的怨恨而杀死你，这是很清楚的道理。你最好的办法就是自己捆绑自己，前往监狱，上奏章列举往日的过失，请求治罪。这样，不但死不了，还会受到优待。这次李衡很听老婆的话，就照着老婆说的去做了。此事反映到当了皇帝的琅邪王那里，皇帝专门下了一道诏书，说丹阳太守李衡，因以往造成的嫌隙自动投入监狱，从前有管仲射中齐桓公的带钩、勃鞮斩断晋文公衣袖的事，那是在谁手下为谁人卖力，李衡也是这样。现遣送李衡回到郡中，不要自己怀疑自己。并加授李衡为威远将军，还授给他荣戟。

李衡听了老婆的话，还真是因祸得福，不但没被治罪，反而升了官，成了管仲式的人物。且不说李衡为人如何，这一举动，确实有智谋在里头，也有点投机，不是真正发自内心的自然之举。但通过这件事，可以看出李衡确实有个贤内助，李衡办错事，她多次规劝；李衡想叛国，她坚决阻止，这样的女人确实贤能，是值得为人妻者学习的。

敌逸劳之，饱使饥之

"敌逸能劳之，饱能饥之"，这两句话出自《孙子兵法》，三国时期魏国的尚书傅嘏对这两句话进行发挥，提出了一番军事理论，今天读起来，仍有学习意义。

据史书记载，三国时期的公元252年，魏齐王嘉平四年，魏国的镇东将军诸葛诞向大将军司马师建议，乘吴国派兵侵入魏国南部的机会，命令王文舒领兵进逼江陵，毌丘仲恭领兵进逼武昌，来牵制吴国上游的军队，然后挑选精锐兵士攻打东吴的两座城池，等他们的救兵赶到，我们已经大获全胜了。与此同时，征南大将军王昶、征东将军胡遵、镇南将军毌丘俭也都提出了征伐吴国的计策。由于他们提出的计策各不相同，魏齐王下诏征询尚书傅嘏的意见。傅嘏就依据《孙子兵法》中的"敌逸能劳之，饱能饥之"的理论，谈了自己的看法。

傅嘏首先分析了敌我双方的形势，说："议事的人，有的想要乘船直接渡江，打到长江以南；有的想要从四条路线同时推进，攻打吴国的城池壁垒；有的想要在边境大力屯田，等待时机再出动，这都是攻打贼寇的常用计策。然而，从集结军队以来，首尾已有三年，贼寇早有戒备，再也不是一支可偷袭的军队。贼寇成为祸患，将近六十年了，他们君臣相互保护，同甘苦、共患难，加之丧失主帅，上下忧虑，感受到危机。假使他们在渡口要地摆列船只，加固城池，占据险要地势，我们打到江南的计策，恐怕难以奏效。现在边界上的守卫部队，和贼寇相隔很远，贼寇设置观察哨所，又极其严密，我们的间谍不能进去，得不到情报。军队没有情报，侦察不详尽，就出动大军到有巨大危险的地方，这是想侥幸谋求成功，先交战然后考虑获胜的办法，不是保全实力的好计策。只有进军边境，大力屯田，最为完备可靠。可诏令王昶、胡遵等人选择地方，占据险要地势，审慎地加以规划，命令三个地方同时向前推进驻守。"

傅嘏先是分析了魏、吴双方的政治、军事形势，从整个大局着眼，提出了屯垦、强边的总体战略，并在这个前提下，提出了攻取吴国的七点策略：第一，夺取吴国肥沃的土地，把他们赶到贫瘠的地区；第二，军队驻扎在民众区域外，不能掳掠劫夺；第三，招徕附近的吴国百姓，使归附的人每日前来；第四，远远地设置观察哨所，使吴国的间谍不能过关；第五，贼寇退后防守，观察哨所必然收缩，我们马上屯垦新的土地；第六，就地使用积蓄的粮食，兵士不必参与运输；第七，一旦得知可乘之机，立即征讨偷袭，速战速决。傅嘏讲完这七点后指出，这七点都是军事行动中的紧要事务，做不到的话，贼寇就会占到便利的条件；做到了，利益就会归于我们。两军营垒互相逼近，阵势已经摆开，智慧、勇敢得以施展，计策得以运用，施展谋略就能知道计策的得失，较量实力就能知道力量的强弱。以小国对抗大国，就会劳役繁多，兵力衰竭；以贫国对抗富国，就会赋敛沉重，财力匮乏。所以，兵书上说，敌人安逸能使他疲劳，敌人饱足能使他饥饿，就是这个道理。

傅嘏的战略和战术，就是持久战，步步为营的消耗战，以大国的实力来消耗小国，逮住机会，一举摧垮歼灭，并要严明军纪，争取民心。这几条，都是有积极意义的，特别是就地取食，解决军队给养问题；高度重视情报工作，知己知彼；让敌人疲劳、饥饿，加重其国内民众负担，耗竭其民力、财力；安抚好百姓，争取民心归附，等等。历史上，司马氏灭吴不是采用傅嘏的军事策略，司马师当时也没有采纳这个建议，而是兵分三路攻打吴国，结果以死亡数万人而结束了这次进攻，这也说明没有听从傅嘏的意见是错误的。

　　让安逸的敌人疲劳，让饱足的敌人饥饿，削弱其国力、战斗力，使其内耗、内乱，这肯定是个好计谋。

丧礼为何守制三年

　　在中国传统文化中，丧礼制度以三年为限，广大农村仍然保持着这一习俗，如家中有了丧事，三年内不贴喜联、不举办喜庆活动等；三年之内，对去世的老人，每年到祭日都要去祭奠，三年后才真正除孝，一切恢复正常。这一礼制是好是坏，历史上多有争议，也多有修改，但时至今日，仍然作为一种文化传统世代延续下来，这不能不说，中华民族重礼仪、遵孝道、讲亲情的伟大仁爱胸怀源远流长。

　　没有时间去查证丧礼守制三年定于何时，但源之周礼该不会有大错。在中国历史上，一个王朝巩固稳定后，都要修订礼制，这是治国安邦的一个根本大计，其中丧礼制度是很重要的一个方面。古人也曾问过为什么把丧礼定为三年，但很少有很确定的答案，最明确的要算是孔子的回答了。一个叫宰我的人曾就此事求教于孔子，他认为三年之丧时间太长，应以一年为宜。孔子回答说："子生三年，然后免于父母之怀。夫三年之丧，天下之通丧也。"意思就是说，儿女生下来三年后才离开父母的怀抱。所以，父母去世，你守三年丧礼是在情理之中，天下都是这样做的。这个说法虽不是很圆满，但理是通的。以在父母怀抱中的时间来定守孝的时间，符合中华民族慈善仁爱的文化精神。

　　西汉时期的汉文帝曾对这一制度进行改革，把三年改为三天，一天算作一年，而且以身作则，从自己改起。公元157年，汉文帝在未央宫驾崩，他生前对如何办理自己的丧事曾留下遗诏说："朕听说：天下万物的生长，莫不有死；死，是天地间的规律，是万物的法则，怎么可以过分哀伤呢！当今之世，大家都赞美生而厌恶死，所以厚葬以至于家业破败，服丧以至于损害身体，朕非常不赞同。朕既缺乏品德，对百姓没有什么帮助，现在死了，再让臣下百姓长期服丧哭祭，忍受寒暑之苦，使天下父子哀痛，老人伤心，饮食减少，祭祀废止，加重朕的失德，朕怎么对得起天下呢！朕有幸获得保护宗庙的机会，以渺小之身即天子之位，到现在已经二十几年了。靠上天的神灵，社稷的福佑，四方安宁，少有战事。朕虽不聪明，但总是担心自己的行为给先帝的美德带来羞辱，惧怕年长日久，因失德而不得善终。现在幸而享尽天年，得以供奉在高庙，有什么值得悲哀的呢？朕诏令天下的官民：遗诏到达后，哭吊三天，就都换下丧服；不得禁止娶妻、嫁女、祭祀、饮酒、吃肉；应办理丧事而穿孝服的，不要光着脚；头系的麻巾，脚扎的麻绳，都不要超过三寸；不要把丧服套戴在车辆和兵器上；不要组织百姓到宫中哭吊；应到宫中哭祭的，在早、晚来，各哭十五声行礼完毕就退出；不是早、晚哭祭时间，不准擅自前来哭祭；下葬后，大功服十五日，小功服十四日，纤服七日，然后换下丧服。其他未在此诏令中规定的，都参照此诏令去做。布告天下，让人们明白朕的心意。霸陵山川都保留原状，不要有所改变。把宫中夫人以下直到少使都放回家。"

　　据史书记载，文帝在位二十三年，宫室、苑囿、车骑、服御都没有增加，有对百姓不便的，就废止以利于民。他曾想兴建一个露台，招来工匠计算，要花费一百斤黄金，于是说："一百斤黄金是十户中等人家财产的总和。我奉守先帝的宫室，常常害怕给先帝带来羞辱，修露台干什么呢！"平时只穿黑色的粗丝衣服，所宠爱的慎夫人，衣服长不及地面，所用帷帐不刺绣花纹，以表示简朴，做天下人的表率。修建霸陵，都用陶器，而不用金、银、铜、锡作装饰，依凭山势，不建高大坟堆。吴王刘濞托病不朝，赐给他几案手杖。朝臣袁盎等人劝谏往往言辞急切，文帝也常常采纳。文帝专心以德政教化百姓，所以天下安宁，家给人足，后世君王很少能比得上他。

汉文帝这一改革，使其后乃至东汉、三国时的丧礼制度基本上以简约为主，守孝时间很短。到了西晋武帝时期，在司马昭的丧礼上，经过朝中多次争论，又恢复到守孝三年上来。事情是这样的：司马昭死后，他的儿子司马炎继承王位，不久便迫使魏元帝曹奂将帝位禅让给自己，当上了皇帝，并追封司马昭为文皇帝。一开始，对司马昭的丧礼，朝臣和百姓都是依照汉文帝以来变通的规定，守孝三天，三天后除去丧服。葬礼结束后，皇帝也除去丧服，但依旧戴着无彩饰的帽子，吃着粗食。由于司马炎哀伤过度，加上吃得不好，不久就形容消瘦，衣食、精神仍同居丧守礼的人一样，打不起精神来。这年的秋天，农历八月，司马炎要去拜谒崇阳陵，群臣进言劝阻，说现在虽然入秋，但暑气还没有降下来，皇帝再到陵地去，悲恸不已会损伤身体。司马炎说，我能够去瞻仰陵墓，体质自然会好的，又下诏说，汉文帝不让天下臣民服完丧服，是帝王谦和的心意，我要去拜见陵墓，不穿丧服怎么能安心？当时商议仅晋文帝着丧服前往，群臣衣着照旧。尚书裴秀为此上奏说，陛下已经除去丧服，而又重新穿上，义理上没有依据。如果君主穿丧服，而臣子们不穿，是不敢心安的。司马炎为此又下诏书说，我现在最忧虑的是情感上不能时刻想念先人，何必在乎穿什么衣服？各位臣子十分诚挚的心意，哪能随便相违背呢？关于丧服的争论也就停止了，但关于丧制的讨论仍在继续。中将军羊祜对傅玄说，三年的丧服，即使是尊贵的人也应该服完，这是礼制。现在主上十分孝顺，虽然勉强让他除去丧服，实际上还在实行丧礼。如果能因此而恢复先代圣王的礼法，不也是很好吗？提出借此机会恢复守孝三年的制度。傅玄说，以天数来代替年数的做法，已有几百年了，现在忽然之间恢复古代礼法，难以行得通。羊祜又说，为能使天下所有人都依礼制行事，姑且让主上遂其心愿服完三年，不也强过现在的丧制吗？傅玄说，如果皇帝不除去丧服而天下臣民却除去丧服，这是只顾及到父子的礼法而忽视君臣的礼法。到了这个月二十二日，群臣又上奏，请求皇帝改换常服，恢复平日饮食。司马炎又下诏说，每每怀念冥间先人，却不能服完居丧之服，心中因此十分沉重。何况又要吃精制的稻米，穿华美的衣服，这更激发心中的悲哀。我本出生在儒生家庭，传述礼法时间长久，怎么会忽然间就改变哀思父亲的孝心？听从各位的话已经够多了，你们可以体会孔子回答宰我的话，不要再议论纷纷了。晋武帝坚持以素服守孝三年。

对于这段历史，司马光也有评论，他认为，守孝三年，从天子通行到平民百姓，这是先代圣王制定的礼法，千秋万代是不能改变的。汉文帝不恪守成规，不虚心向学，改变古制，毁坏礼法，这是断绝父子间的恩爱，损害君臣间的道义。后代的帝王不能深切地表达伤悼的情感，臣子们谄媚阿谀，不肯加以更正。直到晋武帝，独能以其天性加以矫正，实行古代礼法，可以说是罕见的贤明君主。而裴秀、傅玄这一伙人，只是些见识短浅、才能平庸的臣子，习于旧惯，玩弄典故，不能承顺君主的美意，可惜啊。

司马光始终坚持以礼治国，所以十分赞赏晋武帝的这一做法。倡导礼制是没有错的，为去世的父母守孝是应该的，至于三年还是一年，都不是最本质的东西，而是在生前能真正孝顺，死后能尽到哀思。司马光以三天来抨击汉文帝,以三年来赞扬晋武帝,这个观点是站不住的。汉文帝开创了"文景之治",是个有良好口碑的皇帝,这是不能抹杀的。晋武帝一登基就大封司马氏诸王,为西晋灭亡埋下祸根,这也是历史上有定论的。把国家搞乱了,人民遭殃了,单有守孝三年这样形式上的孝心是不可取的。

怨结于下，威玩于上

　　公元267年，晋武帝泰始三年，司隶校尉上党人李憙弹劾曾任过立进县令的刘友、曾任过尚书的山涛、中山王司马睦、尚书仆射武陔几个人侵占官府的稻田，掠公为私，请求免去山涛、司马睦等人的官职。这时武陔已经死了，李憙就请求贬黜他的谥号。在李憙举报的这四个人中，司马睦是皇族，是皇帝家里人；山涛是名人，是世称"竹林七贤"中的一个，以文章才华、率意逍遥而天下闻名；武陔是朝中高官，属于权贵阶层；只有刘友是个芝麻小官，没权没势。对这个举报，晋武帝司马炎处理的结果是，武陔人都死了，也就算了；司马睦、山涛只要不再重犯过错，也不再追究了；只有这个刘友，侵吞百姓财产，迷惑朝中官员，要拷问穷究，以此来惩治奸邪不正的小人。一个案件中四个贪官，都是侵占官田，性质是一样的，但皇族、大官、名人不究，唯独官小势微者被追查，还把这个罪名全部担起来：侵占官田都是这个小小的县令造成的，是他为了侵吞百姓财产，拿官田送给朝中官员，以此来迷惑朝廷。司马炎对举报此事的李憙表扬奖赏了一番，以表示政治开明，提倡直言，能广泛采纳各种意见。他说，李憙刚正耿直，尽心于公事，按照职责办事，是个敢于言事的诤臣。同时借助这个事例，司马炎对群臣、亲属也训诫了一番，并且引用了汉光武帝的一句话："贵戚且敛手以避二鲍。"意思就是内外亲族要特别注意不要随便伸手，以避开鲍永、鲍恢这两个人。鲍永是东汉的司隶校尉，鲍恢是都官从事，这两个人都是认法不认人，从不害怕权贵，谁犯法了都敢收拾。司马炎借此告诫百官，要谨慎地履行自己的职责，认认真真干事，不要腐败胡来，像这样的宽贷，是不能多次遇到的。

这个结果看似非常圆满，皆大欢喜，该保的保住了，该惩的惩处了，举报的表彰了，对皇亲国戚和大臣们也教育警示了，也显得皇帝英明大度，保护干部，爱惜人才，又能广开言论，鼓励检举揭发坏人坏事。表面上看，确实如此，处理得很好，很有政治智慧和策略技巧。但司马光不这么看，他在这个故事之后评论道：

> 政之大本，在于刑赏。刑赏不明，政何以成？晋武帝赦山涛而褒李憙，其于刑赏两失之。使憙所言为是，则涛不可赦；所言为非，则憙不足褒。褒之使言，言而不用，怨结于下，威玩于上，将安用之？且四臣同罪，刘友伏诛而涛等不问，避贵施贱，可谓政乎？创业之初而政本不立，将以垂统后世，不亦难乎？

意思很明白，在司马光看来，政治的根本，在于惩罚和奖赏，惩罚奖赏不分明，政治怎么能见效？你晋武帝赦免山涛同时又嘉奖李憙，这在惩罚与奖赏两方面都有错失。如果李憙说的是事实，山涛就不应该赦免；如果说的不合事实，李憙就不应该受到嘉奖。嘉奖臣下让他进言，进言后却不采纳，使得臣子间结下怨仇，君主在上面玩弄权威，这将使人如何适从呢？而且四个臣子罪过相同，刘友遭到诛杀，山涛等人却不问罪，惩罚避开权贵而施加到低级官员身上，能说是为政之道吗？创业之初就不树立起政治的根本，想以此把基业留传给后世，不也是很困难的吗？

司马光的这段评论，抓住了要害，讲出了实质。晋武帝赏罚不明，办事不公，而且在上面玩弄权术，致下面臣僚间结怨，袒护权贵，欺负弱小，这是政本不立，难以垂统。结果也正是如此，以后出现的司马氏家族"八王之乱"毁掉了短命的西晋王朝。当然，原因不止这一个。

"刑赏不明，政何以成？""避贵施贱，可谓政乎？""政本不立，将以垂统后世，不亦难乎？""怨结于下，威玩于上。"这些话，道理都是很深刻的，为政者应时时警示。

射幸数跌，不如审发

　　魏、蜀、吴三国争雄几十年，在中国历史上留下了重笔浓彩。这个时代也是人才辈出的时代，政治、军事、文学方面的杰出人物数不胜数。曹操、刘备、孙权、诸葛亮、周瑜、关羽、张飞、赵云、鲁肃、司马懿等，在文艺作品中表现得已经很多很充分了。这里再谈两个不太知名的人物的言论，以便来了解这个时代的人才状况和政治局势。

　　一个是张悌，襄阳人。史书上没有记载张悌有多少智谋，或对吴国有多大贡献，但他的一段话被记录下来，从中可以看出其见识之深远。公元263年，魏国派遣征西将军邓艾、雍州刺史诸葛绪、镇西将军钟会带兵，多路大规模征伐蜀汉。这时候，魏、蜀、吴三国的军事实力都不强，治内政治局势也都不太稳定，谁主动攻击都不会捞到多大便宜。在伐蜀的决策上，魏国朝中官员大多数认为不能取胜，提出此举不可行，只有钟会一人赞同出兵。决策者司马昭有自己的看法，认为部队已经休养了六年，如果同时攻打吴、蜀两国，肯定难以成功；如果先平定巴蜀，然后顺江而下，水陆并发，就可以平定吴国，天下统一了。现在蜀地的兵力总共只有九万人，守卫成都和驻守其他地方就占去了四万人，剩下的军队不过五万人，姜维又被牵制在沓中，不能向东出兵，派兵直接袭击汉中，蜀国的灭亡是可以得知的。司马昭从军事角度对大举伐蜀做出了准确判断。而这时远在吴国的张悌从政治角度对蜀国的灭亡和吴国的危境也做出了十分准确的判断。当时有人问张悌，司马氏在魏国掌权以来，大难多次爆发，百姓没有顺从，而现在又劳师动众，远出征伐，失败后连逃跑都来不及，怎么能够取胜呢？而张悌的看法是，曹操虽然功盖中原，民众畏惧他的声威，但不怀念他的恩德。曹丕、曹睿继承他的基业，刑罚繁杂，劳役沉重，东征西讨，没有一年安宁过。司马氏父子多次建立大功，废除苛刻的法令，广泛施予恩惠，为民众着想，解救他们的疾苦，民众的心归向司马氏，也已经很久了。所以淮南三次反叛，而腹心地带没有骚扰。曹髦死后，四方没有动荡。司马氏任用贤明能干的人，使他们各尽忠心，根基已经牢固，奸计已经得逞了。现在蜀汉宦官当权，国家没有适当的政令，却动用所有兵力，肆意发动战争，民众辛劳，兵士疲惫，到境外谋求利益，内部不加强戒备。司马氏和他们相比，力量远为强大，智谋方面也超出一等，利用他们的危难加以征伐，恐怕没有不取胜的。司马氏的愿望实现，就是吴国的忧患了。

张悌当时说这番话，还被吴国人所取笑，认为不懂时势，是瞎说。等到魏伐蜀取胜，后主刘禅投降，并对吴国构成威胁时，吴国人才信服。能够见事于未成之时，而不是事后评头论足，这才是真正的有识之士。虽然张悌并没有开出治理蜀、吴毛病的良方，当时也是无药可治，但能事前看到形势的发展方向，就是有眼光的。张悌这番话，实际上分析了魏、蜀两国的政治状况，对司马氏当时的一些政策也进行了分析，在分析比较中得出结论，通过政治局面来判断军事得失及政权的兴亡，这样的分析判断是有道理的，也是准确的。他没有分析吴国的政治形势，肯定是有所忌讳的，但预言已经说了，一旦司马氏灭蜀的愿望实现，吴国的忧患也就来了。吴国也挡不住司马氏的进攻，灭亡是肯定的。

第二个是谯周，这是一个大一点的人物，蜀国的中散大夫。诸葛亮去世后，蜀国的军事大权基本在姜维手里。姜维也有统一中原的志向，但却没有统一中原的军事实力，包括国力、民力都不具备。姜维强力为之，多次出兵伐魏，均以失败而结束。针对这种局面，谯周写了一篇文章，名为《仇国论》，以温和委婉的方式来规劝姜维。在这篇文章中，谯周也十分客观而巧妙地分析了当时天下的形势，特别是弱小蜀国的形势，提出了如何在这样的形势下生存的策略。谯周在文中说："有人问，古代弱国打败强国，用的是什么策略？回答是：我听说，处于大国地位而没有忧患意识，总是傲慢，就会发生变乱；处于小国地位而常有忧患意识，多行善事，就会社会安定，这是很自然的道理。所以周文王养育民众，以少胜多；勾践体恤民众，以弱胜强，这就是他们的策略。有人说：从前，项羽强大，汉国弱小，互相争斗，项羽和汉国约定以鸿沟为界瓜分天下，各自返回，让民众休养生息，张良认为民心一安定下来，就难以再发动，率领军队追击项羽，终于消灭项氏。难道一定要像周文王那样行事吗？回答是：在商、周之际，王侯世代尊贵，君臣关系早已牢固，民众习惯于这种社会秩序，根底深厚得难以拔除，基础稳固得难以迁移，在这个时候，即使是汉高祖，又怎能手持长剑、跃马扬鞭而夺取天下呢？等到秦朝废除诸侯，设置郡县之后，民众不堪忍受秦朝的劳役，天下土崩瓦解，有时一年换一个君王，有时一月换一个主宰，连鸟兽都惊恐不安，不知道何去何从，在这时，英雄豪杰群起争夺天下，如同虎狼一般地瓜分土地，凶猛迅速的获得的土地多，行动迟缓的被吞并。现在，蜀国、魏国都经历几代人了，已经不是秦朝末年那种天下沸腾的时代，实际上是六国并立称雄的形势，所以可以效法周文王，难以走汉高祖的道路。民众困苦穷乏，骚动扰乱的征兆就会发生；君主傲慢臣下暴虐，土崩瓦解的局面就会形成。谚语说："多次发射都射偏，不如瞄准再放箭。"所以明智的人不为小利而转移视线，不为似乎可行的计划改变步骤，时机成熟后再行动，形势适合后再起事。因此，商汤、周武王的军队不用第二次交战就取胜，实在是因爱惜民力、善于把握时机的缘故。如果无限制地使用武力，一旦土崩瓦解的局面出现，不幸遇上祸难，即使再有智谋的人，也不能挽回局势了。"

谯周在这里讲了一个很重要的观点，就是政治、经济和军事形势是在不断变化的，做任何事情都要因时、因势而动，不能不顾客观实际，去干根本不可能的事。他特别指出，以弱胜强，必须先固好根本，使社会安宁，休养生息，把力量聚集起来，然后才能起事。而且还要找准时机，使用武力不能太频繁，应做到不用则已，用则必胜。当然，这些话说起来容易，真正做起来是很难的。但作为一个文官，这个分析是很有见地的。"射幸数跌，不如审发"，"智者不为小利移目，不为意似改步，时可而后动，数合而后举"，"诚重民劳而度时审也"，这些话无疑都是很深刻的，就是今天读起来，也还是很受启发的。

冰炭不言，冷热自明

三国时期的公元260年，魏元帝景元元年，魏国尚书王沈担任豫州刺史，刚刚到任，就向所属郡县官吏民众下了一道命令。命令中说，有能够陈述官员过失、诉说百姓忧患的人，赐给粮食五百斛；如果能够指出刺史行政得失、朝廷政事宽严的人，赐给粮食一千斛。这道命令，是用奖励的手段来征求民众意见，让老百姓检举贪赃枉法的官吏，指出政府工作中的失误，借以了解广大人民的诉求。应该说，这是个不错的办法。

对于用奖赏的办法来征求意见，府内官员有不同的看法。主簿陈廙、褚䂮就不赞同，当面向王沈提出，说您下这样的命令的本意，是想听到人们的肺腑之言，并加以鼓励奖赏，是让人们敢讲话、讲真话。我们担心，廉洁自守的人会害怕别人议论是为了得奖才说话、提意见，所以能说也就不说了。而那些贪财昧利的人会为了贪图钱财而胡说八道，随意议论。你听到的意见如果不合事宜，不够真实，这个奖赏不是白瞎了吗？如果不给奖赏，远方的人并不知道为什么不给，只知道提了意见没有用，连赏赐都没有，就会得出一个政府说话不算数、空设条令而不实行的结论。所以，这样的命令还是暂缓实行为好。

针对这些意见，王沈又下了一道命令，说进言有益于上司，下属受到应得的赏赐，这是君子的操行，有什么不能进言的？这是针对那些为人正派、爱惜名誉的人说的，就是明确告诉大家，你提出意见，有益于上级全面了解情况，做出正确决策，及时纠正失误，得到应有的奖赏，这是合情合理的事，也是君子的一种美好德行，没有什么不可以说的，不要有什么顾虑。他还是竭力倡导大家出来说话。

对王沈的做法，褚髟还是不赞同，又当面向王沈建议说，尧、舜、周公之所以能使别人忠心规劝，是因为他们诚恳的心情很明显。冰和炭不说话，但冷热的性质自然出来，这是因为它们有内在的本质。如果喜爱忠实正直，像冰炭那样自然，忠实正直的言论不用征求，自然就会出现。如果德行比不上唐尧、虞舜，贤明不能与周公相提并论，内在的本质不能像冰炭一样，即使高悬厚重的奖赏，忠实正直的言论也不能得到。褚髟这次讲到了问题的实质，就是人们说不说真话、实话，不是取决于悬赏这种物质刺激，而是要看你干什么、说什么，喜欢什么、不喜欢什么。你公道正派，一心一意为老百姓办事，正确的意见不用悬赏，自然就会来的。否则，即使用再高的奖金，你还是听不到真话、实话、有用的话。王沈对这些话听进去了，停止了用奖赏来征求意见的做法。

"冰炭不言而冷热之质自明者，以其有实也"，这话说得好。为官者，不要包装打扮自己，应该像冰炭那样自然，冷就是冷，热就是热，想什么干什么，都坦坦荡荡、公公正正，不要去搞那些花里胡哨形式上的东西，好与坏、对与错，人们都会有公论的。

决策不当民遭殃

西汉成帝年间，清河郡都尉冯逡向朝廷写了一个报告，提出治理黄河以防水患的建议。报告说：清河郡位于黄河下游，土壤松脆，容易崩塌，最近之所以没有遭到大小的祸害，是因为在武帝时，黄河曾在馆陶决口，另开一条屯氏河，于是变成两条河，分流了河水，减小了水势。黄河后来又在清河郡灵县的鸣犊口决堤，改向鸣犊口流出，现在屯氏河渐渐淤塞不通，仅剩下一条黄河河身，却要容纳几条河流的流量，即令把堤防加高，也无法使它顺利宣泄。如果遇有大雨，十天不停，河水就会涨满。夏禹疏通的九河遗址，现在无法找出它们的位置。屯氏河淤塞的时间不久，如果加以疏通，还不困难。又因黄河分口处地势较高，对于分减黄河水流的冲击力，可立见功效，可以再加疏浚，帮助分担黄河的水量，并宣泄暴涨的洪水，防范非常的情况发生。如果不预先加以修治，一旦在北岸决口，将危害四五个郡；在南岸决口，将危害十余个郡，到那时才担忧、操心，就太迟了。

冯逡官不大，也就是个副地级的地方官，却很有责任心，很有见解，经过实地考察提出了这个切实可行的建议。建议的要求不是很高，也是能够办得到的。一是疏通被淤塞的屯氏河，便于分洪泄水；二是疏浚黄河分口处，加快水流下泄的速度。这两条都是防治水害的良策。报告送上去后，到了丞相匡衡、御史大夫张谭那里，由他们研究提出意见，还派遣博士许商下去调查。这个许商不是不深入，就是外行不懂，回来报告说："用度不足，可且勿浚。"就是说现在国家经费困难，暂时不必去疏通它。这件事也就搁置起来了。水无常势，洪涝无情，黄河发水是肯定的，不防备肯定是要受灾的，至于什么时候发，哪个年头发，那是老天爷的事，谁也说不准。运气好了，在你当政时期没有发，平安无事，没有防备，也没有出事，那是大幸，但为官者侥幸心理是不可有的。匡衡、张谭两位高级官僚，身居高位却不解实情，不是官僚主义，就是心存侥幸，看到黄河几年安澜无事，也就不愿花钱费力去修。结果三年后的公元前29年，汉成帝建始四年的秋天，连降大雨十多天，黄河在馆陶和东郡的金堤决口，大水泛滥兖州、豫州以及平原郡、千乘郡、济南郡，共淹四郡、三十二县、耕地十五万余顷，严重的地方，水深达三丈多，官府和民间房屋冲毁四万多间。

决策不当，老百姓遭殃，这是典型的官僚主义失职行为。如果听取地方官的建议，花些钱疏浚了河道，不但不会有这样的灾害，而且还不用花更多的钱去救灾。我们的一些官僚，在花钱修建水利基础设施上抠得很，若搞些防洪工程，就这也没钱，那也没钱，但一旦成了灾害，不花也得花，而且是大把大把地花，不心痛了，也不叫穷了，这个问题至今还没有解决。这样的官僚主义者本当被惩处，但在发水的前一年，即公元前30年，丞相匡衡被举报在侯爵的封邑中侵占四百顷土地，管辖下的主管官员盗取的东西价值超过了十金，因贪污多占罪，已被依法免职，成为平民。御史大夫张谭因推荐人才不真实，也被免官。这两个人已早一年免职，也就没再追究。但皇帝另找了个"出气筒"：御史大夫尹忠提出了一个救灾方案，但此人也是个官僚主义者，不知灾民在水患中的煎熬，简单应付，结果被皇帝逮住，痛责不尽职尽责，最后以自杀了结。皇帝派大司农去统筹救灾，征发了五百艘船去抢救灾民，共救出九万七千多人，看来死的人数肯定也少不了。

偏听生奸，独任成乱

西汉时期，有个叫邹阳的人，在狱中写了一篇文章《狱中上梁王书》。文中列举了众多的历史故事，向梁王讲述了"偏听生奸，独任成乱"的道理，认真读读很有意义。邹阳曾经在吴王刘濞的手下为官，吴王想谋反，邹阳曾上书劝阻，吴王没有采纳，他便离开吴王，来到梁孝王这里。但他不但没有得到梁孝王的重用，而且还遭到梁孝王身边宠臣羊胜等人的陷害，被逮捕下狱。在将被处死前，他向梁孝王写了这封上书。梁孝王读后深受感动，便赦免了他，使他成为自己的座上嘉宾。

邹阳在这篇文章中，谈到了五十多个历史人物和发生在这些人物身上的历史事件，以史为证，来论述国家兴亡的道理，虽然其目的是为自己申冤，但后人读来，还是很受启发的。"忠无不报，信不见疑"、"女无美恶，入宫见妒"、"士无贤不肖，入朝见嫉"、"偏听生奸，独任成乱"、"众口铄金，积毁销骨"、"晋文亲其仇，强伯诸侯；齐桓用其仇，而一匡天下"、"慈仁殷勤，诚加于心"、"去骄傲之心，怀可报之意，披心腹，见情素，堕肝胆，施德厚"、"不牵乎卑乱之语，不夺乎众多之口"、"秦信左右而亡，周用乌集而王"、"越拘挛之语，驰域外之议"、"盛饰入朝者，不以私污义；底厉名号者，不以利伤行"等，都有很丰富的哲理在里面。

> 臣闻"忠无不报，信不见疑"，臣常以为然，徒虚语耳。昔荆轲慕燕丹之义，白虹贯日，太子畏之；卫先生为秦画长平之事，太白食昴，昭王疑之。夫精变天地，而信不谕两主，岂不哀哉！今臣尽忠竭诚，毕议愿知，左右不明，卒从吏讯，为世所疑。是使荆轲、卫先生复起，而燕、秦不寤也。愿大王孰察之。昔玉人献宝，楚王诛之；李斯竭忠，胡亥极刑。是以箕子阳狂，接舆避世，恐遭此患也。愿大王察玉人、李斯之意，而后楚王、胡亥之听，毋使臣为箕子、接舆所笑。臣闻比干剖心，子胥鸱夷，臣始不信，乃今知之。愿大王孰察，少加怜焉！

文章的开头，先提出了一个观点，意思就是忠心不会得不到报答，诚实不会受到怀疑，但发生在自己身上的事情，却使自己感到这是两句空话。然后列举荆轲、卫先生、卞和、李斯、箕子、接舆、比干、伍子胥八个历史人物，述说了他们赤胆忠心而受怀疑遭迫害的悲惨命运，并以此来形容自己。荆轲为燕太子丹去刺杀秦王政，出发以后出现了白虹穿日而过的天象，太子丹认为这是对自己不吉利的征兆，而感到害怕。长平之战后，秦国大将白起制定了乘胜灭掉赵国的计划，派卫先生去请秦昭王增兵，结果遭到秦相应侯范雎的破坏，昭王产生怀疑，没有出兵，以致未能灭掉赵国。玉人就是玉工卞和，他得到一块还没有被剖开的玉石，两次献给楚王，楚王不识宝玉，认为是假的，砍去了卞和的双脚。李斯是帮助秦国统一六国的重要智囊人士，建立了赫赫功勋，并与赵高合手杀了公子扶苏，立胡亥为二世皇帝，后来反而被秦二世腰斩于市。箕子是商纣王的叔父，纣王淫乱，诛杀敢于进言的人，箕子害怕，装疯卖傻做奴隶，但纣王照样囚禁了他。接舆也是为避祸害，而隐居不仕的隐士。比干是商朝的贤臣，因力劝纣王而被剖腹挖心。伍子胥是春秋时吴国的大臣，曾帮助吴国强大称霸。吴王夫差打败越国后，伍子胥建议不要去攻打齐国，而要乘机灭掉越国。夫差不听，逼伍子胥自杀，并将尸体装进皮袋，抛入江中。邹阳举出这八个历史人物，是想让梁王能辨别忠奸，来体察自己的冤情，并深刻论说了忠心应该得到报答、诚实不应受到怀疑的道理。同时，也揭示了一个道理，这些历史人物忠心没有得到报答，诚实受到怀疑，遭到了残害，却成就了英名，而那些疑心的君王都留下了千古骂名。

　　语曰："有白头如新，倾盖如故。"何则？知与不知也。故樊於期逃秦之燕，藉荆轲首以奉丹事；王奢去齐之魏，临城自刭，以却齐而存魏。夫王奢、樊於期非新于齐、秦而故于燕、魏也，所以去二国死两君者，行合于志，慕义无穷也。是以苏秦不信于天下，为燕尾生；白圭战亡六城，为魏取中山。何则？诚有以相知也。苏秦相燕，人恶之于燕王，燕王按剑而怒，食以𬳵骒；白圭显于中山，人恶之于魏文侯，文侯赐以夜光之璧。何则？两主二臣剖心析肝相信，岂移于浮辞哉！

　　在谈了沉痛的历史教训之后，邹阳又提出四个历史人物，从正面进一步来论述君臣一心、肝胆相照、忠诚之士愿为君王尽忠的道理。一个是樊於期，他从秦国逃亡到燕国，秦王灭了他全家，并用重金悬赏购买他的脑袋，他甘愿把自己的脑袋借给荆轲，以换取秦王的信任，帮助荆轲去完成刺杀秦王的任务。第二个是王奢，是齐国人，逃亡到了魏国。齐国进攻魏国，王奢为报答魏王收留之恩，就登上城墙对齐国的将士说，你们来攻打魏国不就是为了我吗，我不愿连累魏国，便在城墙上自刎而死。苏秦，是春秋战国时的纵横家，先连横，后合纵，游说各国，朝秦暮楚，被认为是个反复无常的人，但最后却做了燕国的尾生，为燕国守信而死。尾生也是个人物，是古代守信的一个典范，传说他和一个女子在桥下约会，女子失约没有来，河水涨了他也不肯离去，死死相等，最后抱着桥柱子被淹死。白圭是春秋时期中山国的将领，曾丢掉六座城池，中山国的君主要杀掉他，因而逃到魏国。魏文侯待他很好，他便帮助魏国灭掉了中山国。这里专门提到苏秦做了燕国的相国之后，有人在燕王面前说苏秦的坏话，燕王不但不信，而且还手按宝剑发怒，并把千里马杀掉给苏秦吃，以示绝对信任。白圭投靠魏国后，也有人在魏文侯面前说白圭的坏话，魏文侯反而把夜光璧赠送给白圭，以表示不信流言蜚语。

　　故女无美恶，入宫见妒；士无贤不肖，入朝见嫉。昔司马喜膑脚于宋，卒相中山；范雎拉胁折齿于魏，卒为应侯。此二人者，皆信尽然之画，捐朋党之私，挟孤独之交，故不能自免于嫉妒之人也。是以申徒狄蹈雍之河，徐衍负石入海。不容于世，义不苟取比周于朝，以移主上之心。故百里奚乞食于道路，缪公委之以政，宁戚饭牛车下，桓公任之以国。此二人者，岂素宦于朝，借誉于左右，然后二主用之哉？感于心，合于行，坚如胶漆，昆弟不能离，岂惑于众口哉？故偏听生奸，独任成乱。昔鲁听季孙之说逐孔子，宋任子冉之计囚墨翟。夫以孔、墨之辩，不能自免于谗谀，而二国以危。何则？众口铄金，积毁销骨也。秦用戎人由余而伯中国，齐用越人子臧而强威、宣。此二国岂系于俗，牵于世，系奇偏之浮辞哉？公听并观，垂明当世。故意合则吴、

越为兄弟，由余、子臧是矣；不合则骨肉为仇敌，朱、象、
管、蔡是矣。今人主诚能用齐、秦之明，后宋、鲁之听，则
五伯不足侔，而三王易为也。

这里一下子提出了司马喜、范雎等十六七个人物，来深刻论
述"入宫见妒"、"入朝见嫉"、"偏听生奸，独任成乱"的道理。
这一段的开头首先指出，女子不论是美还是丑，只要一进入宫中
就会遭到妒忌；士人不论是贤还是愚，一旦进入朝廷就会遭到妒
忌，然后拉出一串历史人物来论说这个道理。宋国人司马喜因
遭嫉妒，被宋国砍去膝盖骨，结果做了中山国的相。范雎是魏国
人，因为须贾的陷害，遭到魏国的毒打，肋骨被打断，牙齿被敲
掉，扔到了厕所里，被人在身上撒尿。后来范雎逃到秦国，受到
秦昭王重用，做了应侯。申徒狄，商朝末年人，因进谏不听，负
石投水而死。徐衍是周朝末年人，受人妒忌陷害，背着石头跳海
而死。百里奚，春秋时的虞国大夫，后来逃到秦国，又逃到宛，
秦穆公听说他贤能，用五张羊皮赎他回来，委以重任。宁戚是卫
国人，到齐国经商，呆在城门外，见齐桓公出来，就敲着牛角唱
起生不逢时的歌，齐桓公听到后，便任命他为大夫。季孙，鲁国
的大夫，齐国送女乐给鲁国，季孙接受了，从此三日不上朝，并
诋毁孔子，使鲁国国君驱逐了孔子。子冉设计谋害墨子，使宋国
把墨子囚禁起来。由余，晋国人，后到了西戎做官，奉命到秦国
来打听情况。秦穆公听说他贤能，便离间他和戎王的关系，使他
投奔秦国，帮助秦国强大起来。子臧，战国时的越国人，被齐国
所用，也帮助齐国强盛起来。丹朱是尧的儿子，尧看到丹朱不成
器，所以没把帝位传给他，而传给了舜。象是舜的弟弟，为人骄
傲，常常想杀掉舜。管叔和蔡叔都是周武王的弟弟，武王死后，
成王即位，因年纪幼小，由周公摄政。管叔、蔡叔就伙同武庚作

乱，被周公伐诛。邹阳列举这些人物，是借以说明朝中臣子不能结党营私，不能相互猜忌，君主不能偏听偏信，任用奸邪之人。如果朝中小人作乱，形成气候，正人君子受到诬陷中伤，众口的谗言能使金属熔化，积起来的毁谤可使骨头销毁，骨肉之亲也会成为仇敌。只要君臣之间心心相印、意气相投，四面八方的人就会尽忠效力，连亲兄弟都无法离间他们。

> 是以圣王觉寤，捐子之之心，而不说田常之贤，封比干之后，修孕妇之墓，故功业覆于天下。何则？欲善无厌也。夫晋文亲其仇，强伯诸侯；齐桓用其仇，而一匡天下。何则？慈仁殷勤，诚加于心，不可以虚辞借也。至夫秦用商鞅之法，东弱韩、魏，立强天下，卒车裂之；越用大夫种之谋，禽劲吴而伯中国，遂诛其身。是以孙叔敖三去相而不悔，於陵子仲辞三公为人灌园。今人主诚能去骄傲之心，怀可报之意，披心腹，见情素，堕肝胆，施德厚，终与之穷达，无爱于士，则桀之犬可使吠尧，跖之客可使刺由，何况因万乘之权，假圣王之资乎！然则荆轲湛七族，要离燔妻子，岂足为大王道哉！

这里又提出了十多个人物，来进一步说明君王只要圣明、慈善仁爱，待人殷切诚恳，就能做到天下归心，并从正反两个方面来进行论述。子之是燕王哙的相国，燕王让位给他，结果引起燕国内乱，燕王哙和子之均被杀死。田常是春秋时齐简公的相国，反而把齐简公杀死，夺取了姜氏的齐国政权。这是君王不明，反遭其祸。在这里又引出了比干和纣王，说圣明的君主如果封赏比干的后代，为被纣王剖腹察看婴儿性别的孕妇修庙，就能表示与暴君相反而得到民心。晋文公接见曾刺杀他未遂的履鞮，得知吕省、郤芮正密谋反叛，因而粉碎了吕、郤的阴谋，并最终成为"春秋五伯"之一。齐桓公任用曾经箭射自己的管仲和刺杀过自己的寺人披这两个仇人，不计前嫌，而成就大业。秦国任用商鞅之法而强盛起来，称霸争雄天下，但最后反而把商鞅给车裂了。越王勾践在大夫文种和范蠡的帮助下，卧薪尝胆，在失败中又强大起来，最终消灭了仇敌吴国，胜利了，反而把文种给诛杀了。楚国的处士孙叔敖三次被任命为令尹而不高兴，三次被免职也不生气。楚国的另一个人於陵子仲听说楚王想用他做相，便和妻子一起逃走，去替人浇菜园了。这是以此来说明君对臣不诚，臣也就无法尽忠。如果君主能够去掉骄傲蛮横的心态，怀着关心爱护忠臣的意愿，对臣下厚施恩德，袒露真情，就可以让夏桀的狗去咬尧帝，可以使盗跖的食客去刺杀许由。盗跖，古代传说中的大盗。许由，古代传说中的高士，尧要把天下让给他，他不接受，还到河里去洗耳。秦亡燕后，灭了荆轲七族，以复他行刺秦王之仇。要离是春秋时期著名的刺客，他为了替吴王阖闾去刺杀公子庆忌，让吴王加罪于他，烧死他的妻子儿女，刺杀庆忌后，他也自杀了。

　　臣闻明月之珠，夜光之璧，以暗投人于道，众莫不按剑相眄者。何则？无因而至前也。蟠木根柢，轮囷离奇，而为万乘器者，以左右先为之容也。故无因而至前，虽出隋珠、和璧，只怨结而不见德；有人先游，则枯木朽株，树功而不忘。今夫天下布衣穷居之士，身在贫羸，虽蒙尧、舜之术，挟伊、管之辩，怀龙逢、比干之意，而素无根柢之容，虽竭精神，欲开忠于当世之君，则人主必袭按剑相眄之迹矣。是使布衣之士，不得为枯木朽株之资也。是以圣王制世御俗，独化于陶钧之上，而不牵乎卑乱之语，不夺乎众多之口。故秦皇帝任中庶子蒙嘉之言以信荆轲，而匕首窃发；周文王猎泾、渭，载吕尚归，以王天下。秦信左右而亡，周用乌集而王。何则？以其能越牵拘之语，驰域外之议，独观乎昭旷之道也。今人主沉谄谀之辞，牵帷廧之制，使不羁之士与牛骥同皂，此鲍焦所以愤于世也。

在这一段话里，用明月珠、夜光璧和弯曲的树根来比喻人才的被遗弃。明月珠、夜光璧是宝，但无缘无故地来到人的面前，人们都会按剑斜视。而弯曲的树根既不成材，也不成器，但有人事先打扮装饰它，无用的东西反而成了君主身边珍爱的器物。现在天下穿着布衣生活、身处贫贱地位的人中，通晓尧舜治国之术的人很多，即使他们有伊尹、管仲的口才，龙逢、比干的忠心，但没有人像为树根美容那样为他们包装打扮，他们想贡献自己的才智，可惜投靠无门，就如同人们对待路上的明月珠、夜光璧那样，君主对他们也会按剑斜视，不会正眼相看。这里提到的伊尹也是古代有名的贤臣，龙逢是夏桀时的忠臣，也因进谏被杀害。由此，邹阳进一步指出，圣明的君主治理国家，独自在上运筹帷幄，就像陶工用转轮制造陶器一样，不为见识低下的言辞所牵制，不因七嘴八舌的议论所改变。就是不要听信身边的一些小人胡说八道，今天捣鼓这个，明天陷害那个。秦始皇听信中庶子蒙嘉的话，相信了荆轲，差点丧命于荆轲的匕首之下。蒙嘉是秦王的宠臣，荆轲到秦后先给蒙嘉送去厚礼，经蒙嘉介绍，才得以见到秦王。秦二世相信宠臣赵高而亡国，周文王任用吕尚而称王，原因是周文王能摆脱世俗束缚人的言论，独自看到光明大道。吕尚就是姜子牙，相传周文王在渭水之滨偶然遇见他，携回委以重任，由此帮助文王成就了大业。同时也指出，现在的君主，沉醉于阿谀奉承的言辞之中，受到妻妾近臣的牵制，使得不受约束的有才之士和牛马同槽，这就是鲍焦之所以愤世嫉俗，而不留恋富贵之乐的原因。鲍焦也是古代传说中的一个高士，不满当时的现实，既不愿做周天子的臣子，也不愿做诸侯的朋友，抱木而死。

> 臣闻盛饰入朝者，不以私污义；底厉名号者，不以利伤行。故里名"胜母"，曾子不入；邑号"朝歌"，墨子回车。今欲使天下寥廓之士，笼于威重之权，胁于位势之贵，回面污行，以事谄谀之人，而求亲近于左右，则士有伏死堀穴岩薮之中耳，安有尽忠信而趋阙下者哉！

在这篇文章的最后，邹阳对正直坦荡的士人作了一个结论，就是重视品行修养的人，不会因为私事去玷污道义；磨练名声的人，不会因为私利去伤害品行。所以，有个巷名叫胜母，曾子就不进去；纣王的都邑名叫朝歌，墨子就回车而归。曾子即曾参，孔子的学生，有名的孝子，不愿到胜母里去，是表示对母亲的尊重；墨子的主张是"非乐"，不愿去朝歌，是表示不违背自己的志向。邹阳在讲了正面的典型后，更进一步表明了自己的立场，说想使胸怀远大的士人，受到威重权势的引诱，遭到位势显贵的胁迫，改换脸面，污损操行，去侍奉阿谀奉承的人，以求亲近于君王的左右近臣，那么士人就只有藏在岩穴草泽之中死掉了。

邹阳的这篇《狱中上梁王书》用典之多，比物连类，世所罕见；用典之巧，据史类义，援古证今，也是不多见的，读来生动感人，受益甚多。今天摘录解读这篇文章，除文学欣赏之外，更是为了从这些历史典故中学些经验，长些教训。

官场积弊由来已久

官场积弊由来已久，这就如同风俗习惯一样，一代传给一代，世世代代相传下来，成了官场文化。如何做官，在中国的经史子集中，有关这方面的论述汗牛充栋，但真正作为教科书，作出系统化规范化的规定，至今没有。倒是代代身教相传的这些东西，积习成弊而不觉其弊，成为一代又一代为官者的行为规范。魏晋时期一个叫嵇康的人写了一篇文章，叫《与山巨源绝交书》，就讽刺了几种官场积弊。

嵇康是中国历史上的名人，是"竹林七贤"之一，魏晋时期有名的思想家、文学家、音乐家。后人评论他"天资聪颖，学不师授"，是个自学成才的人。他"博洽多闻，著述尤能为精深之类，常出人意表之外"，看来嵇康知识面很宽，而且常有独到见解。还说他精通音律，擅长琴艺；很会作文章，文辞壮丽，风格清峻，说明文学艺术造诣是很深的。嵇康在思想理论上推崇老子、庄子，属于黄老学派，反对名教世俗，不满当时政治，不与统治者合作。加上他的老婆是曹氏宗室的女子，他又做过曹魏政权的中散大夫，既是曹家的女婿，又是曹魏的官，所以，司马氏代魏后，就坚持不出来做官，以远离政治的方法来消极抵抗，结果被司马昭杀害。《与山巨源绝交书》表达了嵇康当时的思想观念和政治态度。

"竹林七贤"之一的山涛，同嵇康是很好的朋友，年龄比嵇康稍大一些。"竹林七贤"（嵇康、山涛、阮籍、向秀、阮咸、王戎、刘伶）彼此都是好朋友，习性相近，意气相投，经常结伴出游，饮酒抚琴，吟诗作赋。在这七个人中，嵇康、阮籍、山涛三人之间结交更多些，情感更深厚些。司马氏政权在政治上拉拢名人为其装潢门面，阮籍、山涛、王戎都出来做官，而嵇康始终硬着个脖子，不论是高官的利诱，还是杀头的威胁，皆不为所动，而且还利用各种方式来讽刺抨击司马氏政权。这封《与山巨源绝交书》，一方面表示了对山涛出来做官、投靠司马氏的不满，要同他断绝关系；另一方面，也是更主要的，就是以这种方式来表明自己的思想观点、立场态度，死也不与司马氏政权合作。嵇康在这篇文章中深刻地批判了封建礼教，揭露了官场做派，而且是以诙谐讽刺的手法来写的，我们今天读来，仍能从中看出当时的官场恶习。这封绝交书中涉及的思想内容较多，我这里仅就官场弊行来略加评析。

嵇康在书中说："人伦有礼，朝廷有法，自惟至熟，有必不堪者七，甚不可者二：卧喜晚起，而当关呼之不置，一不堪也；抱琴行吟，弋钓草野，而吏卒守之，不得妄动，二不堪也；危坐一时，痹不得摇，性复多虱，把搔无已，而当裹以章服，揖拜上官，三不堪也；素不便书，不喜作书，而人间多事，堆案盈几，不相酬答，则犯教伤义，欲自勉强，则不能久，四不堪也；不喜吊丧，而人道以此为重，已为未见恕者所怨，至欲见中伤者，虽瞿然自责，然性不可化，欲降心顺俗，则诡故不情，亦终不能获无咎无誉如此，五不堪也；不喜俗人，而当与之共事，或宾客盈坐，鸣声聒耳，嚣尘臭处，千变百伎，在人目前，六不堪也；心不耐烦，而官事鞅掌，机务缠其心，世故繁其虑，七不堪也；又每非汤、武而薄周、孔，在人间不止，此事会显，世教所不容，此甚不可一也；刚肠疾恶，轻肆直言，遇事便发，此甚不可二也。以促中小心之性，统此九患，不有外难，当有内病，宁可久处人间耶？"

稽康在这里从人间礼教和朝廷法规的角度来说明自己不适应做官。明的看，是说自己的言行既不合人间礼教，也不合朝廷法规，是在自我贬损，而真正的含义是在毫不留情地揭露和批判封建名教和官场恶习，表明自己不愿与这腐教恶习同流合污。稽康在这里说了自己的性格习惯与官场行为所矛盾，而自己无法忍受的七件事情，以及两件"甚不可"之事。

第一件不能忍受的事情是，自己喜欢晚睡晚起，日上三竿还起不了床，而官衙守门的人天一亮就喊个不停，这叫人受不了。这件事看起来不算个事，不能成为一个理由。但从封建礼教的官场规矩来看，就是个大问题。封建礼教要求人要早睡早起，"闻鸡起舞"是美德，提灯上朝是官规，而且这个规矩以后一直延续千年之久，仍被后人津津乐道。我没有去考证魏晋时期要求为官者早上几时上班，但从稽康文中"当关呼之不置"来看，也不会太晚。人正睡得香的时候，你在那里不停地喊叫，硬把人叫醒，是什么感受？而且天天如此，你说烦不烦。如果在考核的时候，再给你写上一句，该同志爱睡懒觉，麻烦肯定小不了。

第二件不能忍受的事情是，自己喜欢弹个琴、唱个曲，还爱钓个鱼、打个猎，而那些吏卒牢牢地守在身边，像看贼似的盯着，使自己不能随意行动，想玩都玩不痛快，也挺烦人的。这个理由现在看来，好像也不能成立。但如果从封建礼教和官场的规矩去看，就能看出是无法忍受的。弹琴、唱曲、打猎、钓鱼，这是个人爱好，也是乐趣，且并不庸俗。为官者有这些爱好，不是什么坏毛病。但封建礼教要求的是儒家道德，正人君子，一个做官的，整天抱着个琴，哼着个曲，是个什么样子？而且还骑马打猎，垂钩钓鱼，这是标准的花花公子做派，哪像个当官的样子？唱歌有人跟着，钓鱼有人看着，那心里是个啥滋味，连个人兴趣爱好都在监督之下，能好受吗？

第三件不能忍受的事情是，为官要端端正正地跪坐着，坐得腿脚麻木，而不能摇动。而自己身上生来就长满虱子，需要不停地抓痒痒，抓了就得动，不动就抓不成。还要经常穿着官服去拜见上司，"西装、领带、皮鞋"都得规规矩矩，让人受不了，自己也习惯不了。正襟危坐，坐有坐相，站有站相，连吃饭也得有吃相，这在封建社会是官德官风的重要内容，没有一个好的形象，也是很难做好官的。自己喜爱搔痒，还要穿戴整整齐齐去拜见上司，官服把自己束缚得死死的，确实受不了。明说了，就是不习惯你官场的那一套臭规矩，也看不惯衣冠楚楚、道貌岸然的官场摆样子那一套。

第四件不能忍受的事情是，自己平素不喜欢写字，也不喜欢写信，而人世间的事情又多，案卷堆得桌满几盈的，如果不作批复，这就伤了礼教，想勉强批复，自己又不能长期坚持。表面上看，这是说自己应付不了繁杂的政务，实际上是在对繁琐的政务进行批判。看来当时的衙门作风，整天都是在处理婆婆妈妈的琐碎事务，进行没完没了的公文旅行。"人间多事，堆案盈几"，可以理解为人间的事情很多，衙门的公文堆积如山。但要看到，嵇康是学老庄的，持无为而治的为政思想。"人间多事"，这个事是谁造成的？是执政者造成的，是没事找事的政治造成了人间多事，文案如山。

第五件不能忍受的事情是，不喜欢去人家吊丧，而世道人情很看重这个，现在自己的行为已经有很多人挑毛病，而且还有一些人借此来陷害自己。虽然自己也感到很害怕，经常自责，很想改掉这个毛病，想随波逐流去赶赶时尚，无奈本性难移，违心的事实在做不来，这就免不了要被人找出差错了。这看似说的是自己讨厌世俗活动的性格问题，实际上是在抨击官场的庸俗活动，就是你当官的整天不干正事，今天去吊个丧，明天去道个喜，净干些迎来送往、握手照像，给世人做样子的事。这样做了，就说你亲民爱民，官做得好；不这样做，就说你不关心人，不尊重人，大逆不道。

第六件不能忍受的事情是，自己不喜欢俗人，但还得同他们共事，有时候宾客满座，喧闹之声刺耳，弄得尘土飞扬，气味难闻，各种各样的花招伎俩在人面前表演，自己受不了这种带味的官风熏染。这件事讲得很明确，就是你们不要自认为当官的都很高贵，高人一等，什么都行，实际上也俗得很。嵇康为官场绘了一幅画，"宾客盈坐，鸣声聒耳，嚣尘臭处，千变百伎"，发言一个比一个积极，而且都头头是道，但在嵇康看来，就如乌鸦聒噪，不堪入耳。官场活动车来人往，搞得尘土飞扬，臭气熏天，而且都在利用各种场合和机会表演作秀。"在人目前"，四个字极其深刻，刻画了为官者做样子给人看的虚伪丑态。

第七件不能忍受的事情是，自己心里不耐烦，而官场的事情非常忙乱，那么多公务缠绕在心头，世俗应酬又颇费思虑，自己真是应付不了。这话说得是有意思的，"官事鞅掌"，就是官场或公务羁绊忙碌。这是说明政令之多之繁，条条框框之多，是什么事情也干不成的，都是在自己画圈下套。看起来整天忙忙碌碌，劳心费神，实际上无所事事，屁事难成。"世故繁其虑"，世俗之事颇费心计，这是什么样的"世故"？是官场的勾心斗角、尔虞我诈，哪一方面照顾不到，就不知道哪里有个套子在等着你，真是太难干了。

除了这七个不能忍受外，还有两个方面证明自己不能当官：

一个方面是，自己总是说商汤王、周武王的不是，也看不起周公和孔子，而且还老是发表不赞同甚至批评他们的言论，这是礼教所不能允许的。这可是个大问题，嵇康明确提出不赞成儒家的意识形态，不尊奉孔老夫子的思想理论，这怎么能做官呢？第二个方面是说自己为人坦荡率真，说话直截了当，而且十分憎恨邪恶，办起事来又无所顾忌，这是无法适应官场那些你好我好大家都好，表面互相吹捧、说好，私下里使绊子、挖坑的做派的。把话说白了，就是官场邪恶的东西太多，公道正派的人是没有好下场的。

七个不能忍受，两个"甚不可"，表明自己做不了官，如果做了官，即使没有外来的灾难，也会生出内病来，要让官场给害死的。

不难看出，嵇康在这里，以自喻的手法，嬉笑怒骂，连抓带挠，淋漓尽致地揭露了司马氏政权的官场丑态，发泄出了心中的不快。但可能也就是因为这篇文章，招致了杀身之祸。司马昭从曹氏家族夺取政权，行的是周礼，用的是"禅让"的办法，做给世人看的是，不是我司马昭要做皇帝，而是你姓曹的干不了，选贤任能让给我的。汤、武、周、孔是封建王朝的理论支撑，你要砍掉这个理论支撑，不是在拆司马政权的台吗？不合作、不做官可以，但拆台毁柱，司马昭肯定就不能容许了。

隋朝短命原因浅析

　　商纣王、周幽王、秦二世、隋炀帝，在中国历史上，都是以昏庸、残暴、荒淫而闻名的亡国之君。这四个人中，商纣王、周幽王是在祖宗创建的基业，经历了几百年风霜雨雪之后而走上败亡之路的，他们只不过是摔盆送终者。这是由于一代不如一代、逐步退化而形成的。而秦二世和隋炀帝则是从父辈手中接过江山，处于刚刚结束长达上百年、数百年之久的战乱纷争，人民渴望休养生息、和平安宁，国势正当蒸蒸日上之时，可以说是处于天时、地利、人和俱备的历史条件下，他们是由于统治者自身瞎折腾，而把锦绣江山玩儿完的。秦、隋短命的历史原因很多，而最根本的原因，是这两个执政者驾驭不了这艘在惊涛骇浪中行驶的巨轮，不但把握不住舵轮风帆，而且还在船上玩火，最终船毁人亡。他们荒淫无道的亡国丑事和教训，史书中、文学作品中多有记录和评论，在这一篇小文中不再去复述。这里，只提出一个问题，他们的老子都还算是大英雄，为什么会选出如此笨蛋的儿子来继承皇位，让他们去败家毁祖？

　　这里专说隋炀帝。

　　隋朝的开国皇帝隋文帝杨坚是通过禅让（逼迫让位）而夺取北周政权的。杨坚的文治武功还算是可圈可点，虽不能说他是中国封建社会历史上最优秀的皇帝，但也不是差的，算比较有政绩的一位。杨坚有五个儿子：大儿子叫杨勇，二儿子叫杨广，三儿子叫杨俊，四儿子叫杨秀，五儿子叫杨谅。杨坚登帝位后，即把大儿子杨勇立为太子，封杨广为晋王、杨俊为秦王、杨秀为蜀王、杨谅为汉王。公元581年，按史书纪年，陈宣帝太建十三年，二月十四日，北周静帝把皇位禅让给杨坚。十五日，杨坚追尊其父杨忠为武元皇帝，庙号太祖；母亲吕氏为元明皇后。十六日，封自己的老婆独孤氏为皇后，大儿子杨勇为皇太子。祭祖、封妻、立子，这是杨坚上台三天中干的三件大事。从这个安排中可以看出，杨坚一开始是要把皇位传给大儿子杨勇的。以后杨勇被废而改立杨广，是由多种原因促成的，诸如皇后独孤氏从中挑拨、杨勇自己不争气、杨广精心进行策划、朝中权威人士捣鼓等等，但最根本的原因还是杨广的权术，导致文帝对杨勇失去了信任。

这里先说独孤皇后的从中挑拨。据史书记载，独孤皇后的家族世代贵显，她喜欢读书学习，也能谦恭待人，而且还很节俭，也很有参政议政能力，议论政事大多与文帝的意见相合。文帝很宠信她，也很敬畏她，宫中称他们二人为"二圣"。杨坚每天上朝，独孤皇后都并辇前往，一直送到阁门而止。她还派遣宦官伺察文帝的行为，只要朝政有什么缺失，她就立即劝谏纠正。文帝退朝后，她又陪文帝一起回寝宫。官员们曾上奏说："按《周礼》规定，百官妻子的封号，应由王后任命。请求依循古代的制度。"独孤皇后反而说："妇人干政，或许从此逐渐盛行，我不能带这个头。"大都督崔长仁是独孤皇后的表兄，犯法应当斩首，文帝因为他是皇后的亲戚，准备赦免。独孤皇后却说："严格执法是国家大事，怎么能顾惜私亲呢？"崔长仁终于被依法处死。文帝曾经要配制一剂泻药，需要用胡粉一两，但皇后宫中从不用这些化妆品，多方搜求，最后还是没有在宫中找到。有一次，杨坚想赏赐给柱国刘嵩妻子一件织成的衣领，宫中也没有这种东西。从这些记载来看，独孤皇后当是一个不错的皇后，也是一个"贤内助"。但在对待太子的问题上，由于偏心，却犯了糊涂。

史书在肯定独孤皇后较贤惠的一面的同时，也记载了她邪恶的一面，说她生性嫉妒，嫉妒到宫里的女子都没有人敢去侍候皇帝。尉迟迥的孙女，长得很漂亮，因祖父有罪被没入宫。文帝在仁寿宫看见她，非常喜爱，因而得到宠幸。独孤皇后知道后，乘杨坚上朝听政的时候，偷偷派人杀了她。杨坚对此非常愤怒，独自一个人骑着马跑出宫去，沿偏僻小路深入山谷二十多里。高颎、杨素等大臣从后面追了上来，拉住马头苦苦劝谏，文帝叹息说："我贵为天子，却没有一点自由！"看来也是对老婆无可奈何。

独孤皇后喜欢杨广，讨厌杨勇，杨广也正是利用这一点，使独孤皇后在文帝面前吹枕头风，怂恿废掉杨勇而改立杨广。杨广担任扬州总管的时候，到京师来朝见，返回镇所之前，入内宫向独孤皇后辞行，跪在地上痛哭流涕地说："臣生性愚笨，才识低下，常维护平时兄弟间的情意，但不知是什么罪过使太子不喜欢我，总是怒火中烧，一心想诬陷杀害我。我常常害怕受到连亲人也信以为真的谗言陷害，也担心在酒杯汤勺之中有毒药，因此日夜忧虑，事事留意，生怕陷于危亡的境地。"独孤皇后跟着流泪说："我也看他不顺眼，我为他娶了元家女儿，他竟不以夫妇之礼对待，而只宠爱阿云，使她生下这么多猪狗。以前新娶的媳妇遭到毒害而死，我没有彻底追究，为什么又在你的身上动这个念头！我活着尚且如此，我死了之后，他就要把你们当作鱼肉一样对待！我常常想到太子竟然没有正妻生的嫡子，皇上千秋万世之后，让你们兄弟向阿云的儿子叩头问安，这是多么痛苦啊！"
独狐氏对杨广所说的这番话，是指太子杨勇好色，内宫中有很多
宠爱的姬妾，其中昭训云氏尤其受到宠幸，而她为杨勇所娶的太
子妃元氏得不到宠爱，又突然发了心脏病，两天就死了。独孤皇
后认为太子妃的死别有原因，就严厉责怪杨勇，并开始对杨勇不
满。太子妃元氏死后，东宫内政归云昭训掌管，这就更使独孤皇
后不满。这个云昭训挺能生，相继为杨勇生下了长宁王杨俨、平
原王杨裕、安成王杨筠。杨勇的其他妃子也不错，高良娣生了安
平王杨嶷、襄城王杨恪；王良媛生了高阳王杨该、建安王杨韶；
成姬生了颍川王杨煚；另有宫女生了杨孝实、杨孝范。杨勇多
子，对皇家来说是好事，却使独孤皇后更加愤愤不平，经常派人
窥伺察看，要找杨勇的过错。

再说太子杨勇，也确实不争气。当初，杨坚立杨勇为太子，
还是真心让他接班的。为了培养他，杨坚经常让杨勇参与决策军
国大事，杨勇也能提出一些批评或建议，杨坚全都采纳了，目的
当然是逐渐树立杨勇的威信。史书上说，杨勇性情宽厚，直率坦
诚，从不虚假伪装，本质还是不错的。但在生活小事上，杨坚对
杨勇产生了很不好的看法。杨坚生活比较简单，注意节俭。有一
次，杨勇穿着蜀人制造的精美铠甲，还另加上一些雕饰，杨坚看
见后很不高兴，批评杨勇说："自古以来的帝王，没有喜欢奢侈
而能江山坐得久的。你身为储君，应以俭约为先，这才能够奉承
宗庙。我往日的衣服，每种留下一件，时常再拿出来看看，用
来警戒自己。恐怕你今天以皇太子之心，而忘记了过去之事，特
赐给你我以前用的佩刀一把，以及腌菜一盒，这是你从前做北周
上士时经常吃的食物。你如果能记住以前的事，应该知道我的意
思。"

文帝节俭，皇后也节俭，这确实是美德，也是治国的大策，

但杨勇不懂这一点，没把文帝的告诫当回事。有一年的冬至，百官都到杨勇那里去，杨勇陈设乐队接受祝贺。杨坚知道后非常不高兴，就问朝臣："最近听说冬至日朝廷内外百官都去朝见东宫，这是什么礼呀？"太常少卿辛亶回答说："前往东宫，是祝贺，不能说是朝见。"也是赶紧替杨勇说话。但文帝却说："如果是祝贺的话，只可三五人或数十人随来随去，怎么由有关部门召集，大家同时到齐呢？太子身穿礼服陈设乐队来接待百官，可以这样吗？"文帝认为这是越礼违规之举，为此事专门下了一道诏书说："礼仪有等级差别，君王与臣属是不能混杂不分的。皇太子虽然是皇位继承人，但在大义上他既是臣属，又是儿子，可是各地方长官冬至日前去朝贺，各自进贡土产送给东宫。此事不合乎礼法规章，应立即停止。"也就是从这件事开始，杨坚对杨勇的恩宠开始衰减，并逐渐产生了猜疑。

晋王杨广看到杨勇逐渐失宠，知道自己的机会来了，就刻意伪装和表现，以博取文帝和皇后的青睐。在夫妻生活上，他表面上只和萧妃生活在一起，后宫姬妾有了身孕都不让生育，因此讨得了独孤皇后的赞赏，说他贤德。与朝中掌权的大臣交往，杨广总是请客送礼。文帝和皇后派遣左右侍从到杨广那里去的时候，来者不论贵贱，杨广一定和萧妃一起在门口迎接，还特备盛宴，摆设美食佳肴款待，另外还赠送一份厚礼。来往的婢女仆人，没有一个不称赞杨广的仁德和孝顺的。有一次，文帝和皇后驾临杨广的宅第，杨广屏退所有美姬，把她们藏在别的房间里，只留下年老貌丑的，穿上朴素无华的衣服，在左右服侍；房间陈设的屏帐改用素色的丝绢；故意断绝乐器上的弦，不让抹去上面的灰。文帝见后，认为杨广知道节俭，不喜欢音乐女色，回到宫中，讲给侍臣们听，心里非常高兴，侍臣们也都称赞祝贺。也就是从这些事情开始，文帝特别看重杨广起来。加上杨广仪表堂堂，聪慧机敏，又爱好学习，很会写文章，能恭敬地接待朝中官员，表面上非常礼貌谦卑，他的声名也就远在诸王之上。同时，杨广还有赫赫战功，这也是他夺嫡的资本。他带兵平定了陈国，得到陈国三十个州，一百个郡，四百个县。这个战绩是其他诸王所不具备的。更为关键的是，他带兵进入陈国国都建康后，杀掉几个祸国殃民的官吏，赢得了人心：陈国中书舍人施文庆接受委命而未能尽忠，极尽谄谀邪佞之能事，使天子受到蒙蔽；中书舍人沈客卿加重赋税，极力搜刮盘剥，以取悦陈后主；太市令阳慧朗、刑法监徐析、尚书都令史暨慧等人也都是误国误民的祸害，杨广将他们斩于右阙下，以向三吴人民谢罪，一下子得到了江南人民的拥护。他又派遣高颎和元帅府记室裴矩一起收集陈国的档案图书，并封存了国库，钱财一文不取，因此天下人都称赞他贤能圣明。

但仅靠以上这些手段和功劳，他还难以撼动杨勇的太子地位，需要有人从中串联造势才能成事。杨广首先拉住好朋友安州总管宇文述，奏请让宇文述担任寿州刺史。杨广亲信总管司马张衡，专门为杨广拟订了一个夺取太子地位的计划。杨广曾向宇文述请教，宇文述给他出主意，说废黜太子另立储君，是国家大事，能够改变皇上心意的，只有杨素，而能和杨素一起商量的，只有他的弟弟杨约。宇文述愿意进京趁朝见皇上的机会请杨约从中帮忙。杨广送给宇文述很多金银财宝，作为宇文述进京的费用。杨素是朝中举足轻重的人物，他的弟弟杨约当时担任大理寺少卿，杨素想要做什么事，都要先和杨约商议后再行动。宇文述到京后就约请杨约，拿出了很多珍宝古玩，和他一起畅饮，并设局赌博，而且每次都假装不能赢，把所带的金银财宝全都输给杨约。杨约赢得了宇文述的金银财宝，感到不好意思，向宇文述略表歉意。宇文述就告诉他，说这都是晋王的赏赐，让我宇文述陪您玩乐。杨约受宠若惊，答应从中帮忙，便告诉了哥哥杨素。杨素听了以后，大喜过望，拍着手说："我的思考谋划，还没有想到这太子废立之事，全靠你提醒我。"杨约对杨素说："现在皇后的话，皇上没有不听的，应当利用机会早一点依托皇后，便能长保荣华富贵，把福禄传给子孙后代。"几天以后，杨素进宫陪侍酒宴，婉转地对皇后说："晋王孝顺友爱，恭敬节俭，有些像皇上。"借此来揣摩皇后的心意。皇后哭泣着说："您的话很对！"杨素明白了皇后的心意，便极力说太子不成才，皇后于是馈赠杨素很多金银财宝，让他促使皇上做出废黜太子的决定。

与此同时，杨广又命督王府军事姑臧人段达暗中贿赂东宫宠臣姬威，要他监视太子动静，秘密报告杨素，并大造太子不是的舆论，一时间朝廷内外喧闹，诽谤太子的言论天天都可以听到。段达胁迫姬威说："太子的过失，皇上都知道了，已经接到密诏，决定要废立太子，你如果能抢先告发，那么一定能大富大贵！"姬威答应马上上书告发。

对这些阴谋，太子杨勇也有觉察，时常忧愁恐惧，却拿不出有效的应对措施，只是让新丰人王辅贤造设了许多巫术诅咒之物来压伏。又在后园建了一个平民村，房屋低矮简陋，他常常穿着粗布衣服，铺上草席在里面睡觉休息，想以这种方法来抵挡谗言。杨坚也知道杨勇内心不安，派杨素去观察杨勇的动静。这杨素就是坏杨勇的始作俑者，结果可想而知。杨勇衣冠整齐地恭候，杨素只坐下休息，故意在外逗留很久不进东宫，以激怒杨勇。杨勇当然不高兴，在接见杨素时，便在言辞和脸色上表现出来。杨素于是回报杨坚说："杨勇满怀怨恨，恐怕要有其他变故，希望严加防备！"杨坚听了杨素的诽谤，更加猜疑杨勇。这时皇后也派人暗中监视杨勇，任何细小琐事都随时奏报文帝，并添油加醋，以构成杨勇的罪状。皇后派人监视杨勇，文帝也派人监视，由疏远杨勇发展到疑忌杨勇——在玄武门到至德门之间，按一定距离设置密探，侦察杨勇的一举一动，随时向他奏报。另外，在东宫侍卫的人，凡是侍官以上的，名册全部划归十二禁军府，勇武健壮的，全都调走。

杨坚还有一个毛病，信神鬼，信天命，喜欢祈求鬼神占卜吉凶之事。下面的臣子也就投其所好，净拣好听的来恭维他。上仪同三司萧吉上了一份奏书说："甲寅、乙卯是天地相合之时。今年是甲寅年，辛酉日初一那天是冬至，明年是乙卯年，甲子日那天是夏至。冬至日阳气始生，是到南郊祭天的日子，恰是皇上的本命日；夏至日阴气始生，是祭地的时候，也恰好是皇后的本命日。皇上的恩德如同苍天覆育众生，皇后的仁爱如同大地载养万物，所以天地阴阳二气都在这个时辰会合。"这一通胡扯八道杨坚听了还真高兴，就赏给萧吉绢帛五百段。员外散骑侍郎王劭也跟着拍马屁，说杨坚颜面如龙，头部有肉突起如角，相貌奇异，并要群臣注意看。真要按王劭说的画下来，岂不成了怪物？但文帝特别高兴，拜授王劭为著作郎。王劭又采集民间歌谣，引用谶纬图书，从佛经中寻章摘句，篡改文字，加以附会，写成《皇隋灵感志》三十卷呈献给文帝，文帝下令将此书宣示天下。王劭就召集全国各州派往京师呈报治绩考课的朝集使，要他们洗手焚香，通读此书，声调抑扬顿挫，如同唱歌一般，经过十多天，从头到尾诵读完之后才作罢。文帝更加高兴，不断给他赏赐，非常丰厚。太史令袁充也是个见风使舵的人，看到杨勇失势，杨广得宠，就对杨坚说，他夜观天象，应该废黜太子。杨坚回答说，天象已经出现很久了，只是大家都不敢说罢了。由此可以看出，杨坚废杨勇、立杨广的决心已下，只是在寻找茬口罢了。文帝还命令善于看相的来和暗中给他所有的儿子看了相，来和报告说："晋王（杨广）眉上双骨隆起，富贵无法形容。"文帝又问上仪同三司韦鼎："在我的几个儿子当中，哪个能够继承帝位？"韦鼎回答说："皇上、皇后所最喜爱的儿子，就应当把帝位传给他，这不是臣敢预先测知的。"从舆论到天命，看来废立的时机已经成熟了。

公元600年，隋文帝开皇二十年，九月二十六日，杨坚从仁寿宫回来。第二天，登上大兴殿，他对左右侍臣说："我刚刚回到京城，应当胸襟开朗情绪欢乐，不知为什么反而郁闷愁苦！"吏部尚书牛弘不知道文帝的言外之意，回答说："臣等没有尽到职责，所以使皇上忧心劳神。"文帝已经不断听到对太子的谗言诽谤，猜想朝中大臣都已知道，所以在大庭广众之中故意发问，希望听到有人讲太子的过失。听到牛弘的回答牛头不对马嘴，就立刻变了脸色，斥责东宫官属说："仁寿宫离这里不远，而我每次返回京城，都要严密设置兵仗警卫，好像进入敌境。由此我得了拉肚子的病，不能脱衣安睡。昨晚，为了上厕所，只得住在后房；因为担心有紧急事变，只得又搬回前殿，这难道不是你们这些人想要破坏我的家国吗！"于是逮捕太子左庶子唐令则等数人，交付司法部门审讯，并命杨素陈述东宫种种情况，让近臣了解。

杨素这时就公开站出来指控说："臣从仁寿宫奉敕令到长安，命令皇太子追查刘居士余党。太子接到诏令，脸色大变，怒气冲冲地对臣说：'刘居士同党都已受到制裁，我到哪里再去穷追？你担任尚书右仆射，责任不轻，你自己去追查吧，和我有什么相干？'又说：'禅让之事如果不成功，我就会先被诛杀，现在父亲做了天子，竟然使我不如几个弟弟，任何一件事，我都不能自主！'他还长长叹息说：'我觉得行动受到很多限制。'"文帝立刻接着说："我很早就觉得这个儿子不能继承帝位，皇后也常常劝我废黜他。他是我还是平民的时候所生的，又是长子，总希望他能逐渐改过，所以一直克制忍耐到今天。杨勇曾指着皇后的侍女告诉别人：'这些都是我的人。'这句话说得太怪了！他的妻子刚死时，我很怀疑是被毒害的，曾经责备他，他却满腹怨恨地说：'到时候还要杀元孝矩！'这是想害我而迁怒到他岳父头上罢了。长宁王刚出生的时候，我和皇后一起抱过来抚养他，杨勇自己怀有分别彼此的生分心理，接连派人来要回。而且云定兴的女儿，是云定兴在外面同别人私通所生，一想起这样的由来，怎么可以断定是他家的血统！从前晋朝太子娶了屠户的女儿，生的儿子就喜欢杀猪。现在倘若传嗣不伦不类，便会乱了皇家宗祠。我虽然德行自愧不如尧、舜，但绝不会把兆民百姓、天下江山交给这不肖之子！我常常怕他会害我，就像防敌人似的；现在想要废黜他，以使天下安定！"就靠这些不伦不类的理由要废掉太子，隋朝短命的祸根，实际上就是文帝种下的。

朝中正直的人还是有的，左卫大将军五原公元旻站出来劝谏说："废立太子是件重大的事，诏旨一旦颁行，就不能后悔了。谗言无孔不入，希望陛下明察。"杨坚根本不理睬元旻的话，命姬威详细陈述杨勇的罪恶。姬威说："太子和臣讲话，从来都是一心只在骄纵奢侈。他还说：'如果有人劝我，应当斩首，只要杀一百多人，劝谏自然会永远停止。'他一年中不断营建亭台楼阁。前些时苏孝慈被罢免了左卫率职务，太子气得瞪眼睛吹胡子，不停地挥动手臂，说：'大丈夫终归有扬眉吐气的一天，我永远都会记得这件事，一定要报仇解恨！'此外东宫所需的东西，尚书大多按法规制度拒绝发给，太子就发怒说：'尚书仆射以下，我要杀一两个人，使大家知道怠慢我的下场。'他还常常说：'皇上讨厌我多侧室庶子，高纬、陈叔宝难道是庶子吗？'他还命令巫婆占卜，告诉臣说：'皇上开皇十八年要死，这个日子不久就到了。'"杨坚听到这里泪流满面，说："谁人不是父母所生，他竟做出这样的事！我最近阅读《齐书》，读到高欢放纵儿子的事，真是令人气愤难忍，我怎么可以像他一样？"便下旨拘禁杨勇和他的几个儿子，派人逮捕他的僚属，并让杨素舞文弄墨，捏造罪名以构成杨勇的狱案。因为元旻反对废除杨勇，司法官吏就按照杨素的旨意，向文帝奏告说元旻常曲意事奉杨勇，一心攀附，并说皇上在仁寿宫时，杨勇曾派亲信裴弘送一封信给元旻，信上题写"不要给别人看见"。文帝说："我在仁寿宫，有一点点小事，东宫都知道，速度比驿马传信还快，很久以来我一直觉得奇怪，肯定是这个家伙泄露的！"便派武士到左卫禁军行列中逮捕了元旻。

十月初九，文帝全副武装，集合军队，登上武德殿，让文武百官站立在东面，皇室宗亲站立在西面，杨勇和他的几个儿子站在殿庭中间，命令内吏侍郎薛道衡宣读诏书，诏命废杨勇及其有封号的儿女为庶人。十月十三日，文帝下诏说："元旻、唐令则以及太子家令邹文腾、左卫率司马夏侯福、典膳监元淹、前吏部侍郎萧子宝、前主玺下士何竦，全部处斩，其妻妾子孙都没入官府为奴。车骑将军林阎毗、东郡公崔君绰、游骑尉沈福宝、瀛州术士章仇太翼，特赦免死罪，各处以杖刑一百，他们几个及妻子儿女、家产田地房屋都没入官府。副将作大匠高龙叉、率更令晋文建、通直散骑侍郎元衡，赐其自尽。"他召集所有官员一起到广阳门外，然后宣读诏书，执行了死刑，并对审讯杨勇一案的人大加赏赐。

十一月初三，册立晋王杨广为皇太子。

文帝把前太子杨勇囚禁于东宫，交由太子杨广负责掌管。杨勇自认为无罪而被废黜，屡次请求见皇上申诉冤屈，但杨广总是从中阻拦，不让隋文帝知道。杨勇没办法便爬到树上大喊大叫，想让声音传到父亲那里，希望能够被召见。杨素便说杨勇神志已经错乱，被疯癫鬼魂附身，治不好了。文帝信以为真，始终不召见杨勇。

　　涉及国家安危的如此重大的废立之事就这样完成了，隋朝其亡也忽的结局也就定了，这不是历史发生后才知道的，当时就有人说了出来。隋文帝平定陈国以后，人们都认为从此天下太平了，监察御史房彦谦却私下对亲信说："主上猜忌刻薄，而又凶狠残酷，太子卑微懦弱，诸王各据一方手握兵权，天下目前表面上虽然安定，我却正担忧会有危急祸乱发生。"他的儿子房玄龄暗中讲得更透彻："主上本来没有什么功德，而用诈术夺取了天下，几个儿子都骄纵奢侈没有仁德，必定互相残杀，现在虽然暂时太平，它的灭亡很快就可以见到。"

　　翻看一下这段历史可以看出，隋朝亡国的一个重要原因就在于选人不准。杨广会包装自己，上下活动，得到了上至皇帝皇后，下至平民百姓、朝中官僚的信任，都认为他是最好的。亡国了，都说他是最坏的皇帝，而当时呢？

律设大法，礼顺人情

公元25年，即东汉光武帝建武元年，光武帝刘秀立足未稳，天下尚未统一，军事斗争还十分激烈，在紧张的战争之余，刘秀十分重视治国理政的思想理论建设和干部队伍建设。他在大力封赏奖励奋勇杀敌的有功将士的同时，还大力选拔能勤于政事、治理郡县的官吏，并推行礼治教化，表彰廉洁奉公、知礼守法的德高望重之人，以正吏风和社会风气。

建武元年的九月十九日，刘秀下诏，任命卓茂为太傅，封为褒德侯，并在诏书中说，名誉满天下的人，应当受最重的奖赏。这时卓茂已七十多岁。

卓茂是宛城人，在西汉哀帝、平帝时曾任过密县县令。史书说他为人宽厚仁义，恭谦慈爱，性情安恬坦荡，乐守圣贤之道，行为雅正朴实，从成年到白发苍苍的老年，从没有跟别人争执过，家乡的人都很敬慕他。他在为官期间，爱民如子，推行善言善行来教化百姓，从来不口出恶言，官吏和百姓对他很敬爱。曾有人到卓茂这里来告状，说卓茂属下的亭长接受了告状人馈赠的粮食和肉类等礼物。用现在的话说，就是收受了礼品或接受了贿赂。卓茂就问告状者："是亭长向你要的呢？还是你有事托他而送的呢？或平时就有恩惠情感而赠送他的呢？"卓茂没有盲目立案，而是要先把收受礼物的性质搞清楚，弄清是索要，还是行贿，或是赠送，这三者性质是不一样的。那个人说："是我自己主动送给他的。"这一点倒还挺诚实，没有再编造情节，说是亭长暗示索要的。卓茂又问他："既然是你自己主动送去的，为什么还要上告呢？"这个告状者讲了一番道理出来："我听说贤明的国君在位，使老百姓不怕官吏，而官吏也不向老百姓索取财物；现在我怕官吏，所以才送财物给他，那个官吏最后还是接受了我送的财物，所以我要告他。"卓茂听到这番话后很生气，就对告状者说："你真是个缺德的人。人之所以能聚集在一起而不混乱，同禽兽有所区别，就在于人类有仁爱礼义，懂得互相尊重，而你却不遵循这些。官吏不应该凭借权力去向老百姓索取财物，这个亭长平素表现很好，是个好官，百姓每年送他一点礼物，这正是礼的体现。"告状者不服气，就问卓茂："如果按照你所说的，那法律为什么还要禁止官员收受礼物呢？"卓茂告诉他："法律是就行为而立下的规范，而礼义是顺应人情。我用礼义开导你，你就不会怨恨厌恶；如果我用法律惩办你，你就不知道该怎么办了。同是一类事情，小的可以论罪，大的可以杀头，你好好想想吧。"

就这件事情，卓茂在这里讲了礼和法的问题。从法律角度讲，这个亭长收受老百姓的礼物是违法的；从礼义方面讲，老百姓给好官送礼，表达的是人情礼义，为官的收下，也是符合人情礼义的。而这个告状的送礼人，说是因为害怕官吏才送礼，送了礼又去告官吏的状，实质是有意整人。对这种人，还不能说他诬告，他有确凿事实，就只能在礼和义上来评判。现实生活中这样的事例也不少，只是表现形式不同罢了。为官者要清正廉洁，不索贿，不受贿，也不要收礼，免得贿礼不分，到时说不清。纪检监察部门遇到这类问题，也要注意分清礼和贿的性质，是礼就是礼，是贿就是贿，不要一概而论。人类社会是有礼的，也是讲情的。没有法的社会，肯定是混乱的；没有礼的社会，也肯定是混乱的。以法治国和以礼治国是统一的，不是矛盾的，而且是具体的，不是抽象的。

糟糠之妻不下堂

　　"糟糠之妻不下堂"这句话，大家都耳熟能详，也是人前人后常讲的一句话，以表明丈夫对妻子的敬重，夫妻关系的稳固，对爱情的专一。"糟糠"是谷米的外壳，而且是发了酵的糠皮，当是又酸又臭。把结发妻子称为"糟糠"实在不雅，也有点看不起人的味道。当然这只是一个比喻，"糟糠"之妻并不是说自己的老婆都是又老又丑，可能年轻貌美、妖艳无比的妻子，对外人说起时，仍称为"糟糠"。所以"糟糠"用于妻子身上，不是贬低，而是爱昵，是爱之深、爱之坚的表现。老婆不管是美是丑，都要在堂上敬着，不允许再有第三者来取代她的位置。说这样话的人，多是事业有成的男人，能够坚守道德底线，不为权势和美色所动，不抛弃结发妻子。以上是另一种解释，而"糟糠之妻"的原意应为和自己一同吃过糟糠的妻子，也就是一同度过贫苦生活的妻子。我这里再引申出来一些意思，可能会更有现实意义。

　　这句话最早出于东汉初年朝中高官宋弘之口。当时宋弘在朝中任大司空。汉光武帝刘秀的姐姐湖阳公主丈夫死了，年轻守寡，日子难过。刘秀对这个姐姐很好，就想再给她找一个丈夫。他专门同湖阳公主谈论朝中的大臣，看她对谁有意。在评论群臣时，湖阳公主说宋弘的威仪、容貌、道德、气度，所有大臣都赶不上。刘秀看出她对宋弘有好感，就想促成此事。为此他专门召见宋弘，并让湖阳公主在屏风后面偷听。刘秀对宋弘说："俗话常说，地位高了换朋友，钱财多了换老婆，这都合乎人情世故吧。"宋弘大概也知道皇帝想干什么，直截了当地回答说："我听说过，贫贱之知不可忘，糟糠之妻不下堂。"明明确确告诉汉光武帝，贫贱时候交下的朋友，永远不能忘掉，同我一块吃过糠、咽过菜、受过苦的妻子，我是不会休掉的，你就别打这个主意了。刘秀是个明白人，也清楚宋弘的为人，就回过头来对湖阳公主说："事不谐矣。"就是没有戏了。

这是一段历史佳话，一直作为为人夫者的美德被世人所推崇。

"纲纪之首是婚姻"，在中国的传统文化中，认为婚姻在维护社会秩序的法制礼教中是最大的事情。西汉成帝刘骜刚刚即位的时候，宰相匡衡曾上书成帝，说夫妻的配合，是人生的开始，千万幸福的源头。婚姻的礼仪端正，然后事物全备，天命完成。他认为，孔子研究《诗经》是从《关雎》着手的，这说明古代圣贤都十分重视婚姻，都把婚姻作为圣王礼教的开端。自古以来，夏、商、周三代的兴亡，没有一个不由此而起。婚姻稳固，礼仪端庄，社会就能稳固，否则就会纲常紊乱，礼崩乐坏，政权就会败亡。匡衡把婚姻问题放在礼教的首位，并引用孔子的做法来劝谏汉成帝戒除女色和靡靡之音，事事克制，恭慎小心，任用贤德正直的人，为万民做出榜样，为国家奠定基础。我们在欣赏《诗经·关雎》这篇诗歌时，都认为这是描写爱情的，是中国爱情诗歌的开山鼻祖，而且多以此诗来为一些追求爱情欢娱、甚至喜爱美色的人辩解，说圣人也知道情爱，欣赏男女情娱。匡衡从孔子研究《诗经》从《关雎》入手的角度，指出圣人是把婚姻作为治国立身的头等大事，作为礼教纲常的首要问题来看待的，其寓意就更为深刻。至于《诗经》这本上古诗歌总汇的编纂有没有这个用意，孔子研究《诗经》是不是这个目的，如果不是深入搞学术研究，大可不必去追究。仅就伦理道德来说，家庭作为社会最基本的细胞，这个细胞稳定和谐，整个社会就有了稳定和谐的基础，这是应该肯定的。作为一个官员，如果能够注重维护家庭关系，做到家风端正、家庭和睦、夫妻恩爱，那他在管理社会中也会充满爱心，致力于维护人际关系和谐与社会有序安定。由此也可以说，家庭美德是民德、公德中最基础的德，而在家庭美德中，孝顺父母、关爱子女、夫妻和睦，是必不可少的，是最基本的德，其中夫妻和睦又是至关重要的。

由"糟糠之妻不下堂"引出来"纲纪之首是婚姻"，东拉西扯讲了一大篇，核心的问题只是一个，领导干部要重视自己的品行，而且这个品行的表现之一，就是不要官做大了，钱挣多了，就喜新厌旧，拈花惹草。领导干部过不了婚姻这道关，很难说能真心实意为人民谋事。

天子无愁人民愁

　　南北朝时期，北齐的后主高纬被民间称为"无愁天子"。史书记载他说话口吃，所以不喜欢接见朝廷官员，如果不是宠爱亲近的，他从不和他们交谈。还说他生性怯懦，忍受不住别人注视，即使是三公、尚书令、录尚书事等这些高官，向他奏报事情，也没有谁敢抬头看他，都是把大致情况简要说一说，就赶快低头退出。

　　这个"无愁天子"别的本事没有，奢侈华靡的生活享受却样样精通。他的后宫妃嫔个个锦衣玉食。他要为他的老婆穆皇后做一件珍珠裙裤，就专门派出胡人商贩运载三万匹彩色丝绸到北周去采购珍珠。为后妃做一条裙子，要花费一万匹锦帛的钱。他身边的人竞相攀比衣着的新奇精巧，早上刚穿的衣服，到晚上就被当作旧衣服丢掉。他还大规模修建宫室园林，建造得雄壮华丽到了极点。他性格反复无常，在宫室建筑上，今天认为这样好，就让这样建，明天认为那样好，就又让那样建。今天建，明天扒，扒扒建建，不停折腾，搞得从事土木建筑的工匠们，经常忙得没有时间休息，夜里点起火把照明，天冷时用热水拌和泥浆。为雕凿晋阳西山石壁的巨大佛像，仅照明油脂一夜间要燃烧一万盆，光亮可以照到晋阳宫中。他这个人有点音乐细胞，喜欢自弹琵琶，并谱成了名叫《无愁》的乐曲，跟着他唱的左右侍从有上百人。玩高兴了，他就变换花样，在华林园设立贫儿村，自己穿上破烂衣服，装扮成乞丐在村中乞讨，以此为乐。他还仿造西部边境城市，命人穿上黑色戎装，假扮成北周士兵攻城，他自己率领宫中的太监在城里抵御格斗。

齐国定州刺史、南阳王高绰，生性残暴，为所欲为。一次外出，在路上看到一个妇女抱着婴儿，便夺下婴儿喂狗。妇女悲痛哭喊，高绰大怒，便把婴儿的鲜血涂到妇人身上，放狗去咬妇人。高纬听到了这件事，就让人把高绰锁住送到宫里来。高纬问高绰："你在定州都玩些什么？什么事使你最快乐。"高绰说："我最快乐的事是捕捉许多蝎子放在一个大容器里，然后再放一只猴子进去，看蝎子蜇猴子。"高纬就命人连夜去抓一斗蝎子，这些人抓了一夜，才捉到两三升。高纬命人把蝎子放到澡盆里，找了个人来，逼他脱光了衣服，睡在澡盆里，看那人被蜇得辗转翻滚，痛哭号叫，而高纬和高绰在一旁观看，拍手大笑，乐不可支。高纬对高绰说："你有这样快乐的事，怎么不派驿使赶快报告我呢。"从此以后，高绰得到宠信，拜为大将军，从早到晚和齐主在一起玩耍娱乐。

高纬为了自己高兴，拿人命取乐还嫌不够，在两军对垒的战场上也照样"无愁"，乐趣不减。公元576年，周、齐开战，北齐军队包围了平阳城，昼夜不停地攻城，并在城垣外向城里挖掘地道，城垣崩坍了十多步宽。将士们准备乘势攻入，高纬亲临战场，看到热闹有趣，就下令暂停攻城，派人去请自己最喜爱的妃子冯淑妃来看。这个冯淑妃也把打仗看成好玩的事，还要精细梳妆打扮一番，等梳妆打扮完了，北周军队也把崩坍的城墙给堵上了，北齐失去了进攻的大好机会。

这样的"无愁天子"，结局不说大家都能知道。天子无愁人民愁，戏国虐民国必亡。天怒人怨，灭亡是肯定的。

有利百姓可自专

南北朝北周政权所管辖的西南地区，信州蛮冉令贤、向五子王等占据巴峡起兵造反，攻下了白帝城，跟随的人数不少，势力遍及两千多里。

北周朝廷先后派元契、赵刚、陆腾等前去讨伐。在这期间，朝廷派小吏部（官名，掌管官吏）陇西人辛昂出使梁州、益州，并负责为平叛的军队督运军粮。当时，临、信、楚、合等西南诸州很多民众跟着造反，辛昂一路招抚，向当地百姓讲明利害关系，造反的民众纷纷归附。辛昂就让年龄大、体力弱的人到运送军粮的队伍中来，把年轻力壮的人招收到平叛的军队中来，民众都愿意听从辛昂的指挥。辛昂出使和督运军粮的任务完成后，在回朝的路上，又遇上了巴州万荣郡（今四川达县西北）的民众造反，围攻郡城，阻断交通。辛昂就对随行的人说："乱民凶恶猖獗，等到奏报朝廷，再派兵来征讨，郡城孤立无援肯定会陷落，损失可就大了。做事只要有利于百姓，自作主张是完全可以的。"辛昂在没有朝廷授权的情况下，在通州（今四川达县）和开州（今四川开县）两地招募士兵，组成了三千人的军队，昼夜兼程，出其不意，直冲叛军营垒。叛军以为朝廷平叛的大军来了，便望风而逃，顷刻瓦解，整个万荣郡得以保全，城中百姓得以免受刀兵之灾。

辛昂干了职责范围以外的事情，而且不请示，不报告，不经批准，还招兵买马，组建军队，这该是灭族的罪。但好在北周当时政治还算清明，朝廷没有降罪，而是给以嘉奖，任命辛昂为渠州刺史。

从这一历史事件中，可以看出辛昂是个敢作敢为、敢于负责、有决断的人。受命出使，兼管运粮，虽然没有直接参与平叛，但他能从大局出发，一路招收安抚跟着叛乱的人，并为平叛提供兵源，这在明哲保身的为政词典里，是找不到出处的，但他做了。这种顺势而为的做法，或"正使"以外又捎带干了"副使"的任务，还不足为奇，更奇的是任务完成了，途中遇到地方发生事变，就擅自做主，招募军队，带着打仗去了。这在今天看来也是不可思议的，是不容易做到的。不用上纲上线，这也是"目无君王、目无朝廷"之举。好在当时北周有个好皇帝，朝中奸佞小人也不得势，没有人去参他一本，而且还得了奖赏。从道理上和效果上来看，辛昂干的确实是大事，是好事，不论在当时还是在今天，都是值得称道的。但在官场中，干得对不对是一回事，该不该干又是一回事。应该干的事情很多，但不是你职责范围内的事，就不能干，干了就是越位、擅权，轻则罢官，重则杀头。干了有事，不干没事；干好了也落不得好，不干反而能落得个好，这种积弊由来已久，且代代相传，习为经验。还没有人说这个经验不好，而是都认为理当如此，应该这样，这就造成了遇事多请示、多汇报，大小事情都没人主动做主的局面。不请示、不汇报就去干，就是目无组织纪律，胆大妄为，不合程序，不守规矩。有许多事情都坏在这所谓的讲程序、守规矩上。程序和规矩耽误了多少事，难以统计，造成的损失和危害也是无法估量的。程序要讲，规矩要守，这是社会管理所必须的，如果都各行其是，社会肯定乱套。问题在于有了紧急情况，为政者的第一反应不是问题怎样解决，赶紧采取什么措施，而是赶快向上请示汇报，等"圣旨"来了再干，虽然把事耽误了，但还没有责任，是因为你上边没有指令，我没法干。不负责任还有理，负了责任会有错，所以也就没有人愿意去负责。

拿古人辛昂敢作敢为这件事发点议论，是希望我们的为政者，不论是上级还是下级，都要一切从国家、民族和人民的利益出发，不论在哪个岗位，都要勇于负责、敢于负责，并支持下级放手工作。"有利百姓可自专"，这应作为判断是非的原则，而不是其他。

十羊九牧百姓苦

隋朝初建时，接受的是北周的摊子，当时南方还有陈朝并立，国家分裂，衙门很多。就在统治的范围内，也是政权林立，官如牛毛。河南道行台兵部尚书杨尚希向隋文帝杨坚上了一道奏疏，说："当今郡县，比古代增多一倍，有的地方，方圆不到百里，境内却设置数县；有的地方，人家不满千户，却设置两个郡管辖。现在白吃俸禄而不理朝事的官吏很多，资财费用的开支日益增加，各衙门的差役吏卒成倍增长，而租调收入却逐年减少。人民少，官吏多，十只羊有九个牧人。应该保留重要的官职而裁减闲散的冗员，把小的郡县合并为大的郡县。这样，国家就不会浪费冗员的俸禄，选拔官吏也容易得到贤才。"

这是一个机构改革的建议，隋文帝采纳了这个建议，下诏令废除天下诸郡，郡并为州。这次机构改革，归并了多少郡，撤掉了多少衙门，裁掉了多少吃皇粮不干皇差的官，我没有去考证，想必废除的职位不少，下岗的官吏也很多。

机构改革历朝历代都有，官位、爵位作为一种激励机制，在各个历史时期都发挥着重大作用，但同时带来的是官多爵滥，朝廷负担沉重。等到社会稳定下来以后，就要进行改革，裁撤并减，重新规范。但往往时间不长，会再次出现机构增多、官员泛滥的局面，还要再进行改革。自人类社会有了国家形式，出现政权以后，机构改革循环往复，从来就没有停止过。这同政权更迭周期率一样，大概也属于社会发展规律的一种，令人难以把握。相信有一天会找到这个规律，把握这个规律，拿出个好办法来。

今天读史读出这个题目，只想说明一个问题，什么样的机构设置是合理的，行政区域如何划分是恰当的，官吏设置多少是科学的，现在还说不出个所以然来。需要的就是合理的，这当是放之古今都正确的道理。按照社会发展的需要，来调整区划、设置机构、配备官吏，这肯定是对的。问题在于这个"需要"有很大的伸缩性、不确定性，是怎样定义都可以的。因此，为政者在机构的设置和官吏的配备上，不论出于何种考虑，都应该牢记"十羊九牧"的危害，机构要尽量精简，官吏也是越精越好。

文笔日繁，其政日乱

　　据史书记载，隋文帝杨坚不喜欢词章华丽，曾诏令天下公私文书都要据实撰录，严禁浮夸。泗州刺史司马幼之所上的表章浮华艳丽，隋文帝下令把他交付有关部门治罪。因文字华丽而获罪，这在中国历史上还真是极其罕见的，但隋文帝这样做了，而且还在历史上留下了好的记录，不像秦始皇焚书，以及以后的清代文字狱，被当作恶行载入史册。

　　在隋文帝整顿文风的倡导下，治书侍御史赵郡人李谔向隋文帝上书，提出要在整治官场文风的同时，整治一下社会上的文风。李谔在奏书中说："以前曹魏时期，太祖曹操、高祖曹丕、烈祖曹睿，都崇尚文笔词章，忽略治民的大道，喜欢雕琢词句的小技，结果上行下效，形成了一种社会风气。到了东晋、齐、梁时代，这种文风流弊更深，人们竞逐一韵的新奇，争比一字的巧妙。文章连篇累牍，不外乎刻画月华初露之形；作品积案盈箱，也只是描写风起云涌之状。世俗以此比试高下，朝廷据此选拔官吏。以雕虫小技获取功名利禄的道路既然由此开通，人们偏爱华丽崇尚轻浮的情绪更加高昂。因此，不论是乡间孩童，还是王公贵族子弟，六十甲子还不会数，便先学作五言诗。至于那些伏羲、虞舜、夏禹的典籍，伊尹、傅说、周公、孔子的学说，全都不再关心，何尝能够入耳。把傲慢怪诞当作清静高雅，把缘情体物当作丰功伟绩，把有德的硕儒看作古板迂腐之人，把擅长辞赋之士当成君子大人。所以文翰日益繁盛，政治却日益紊乱。这都是由于人们抛弃了上古圣贤制定的法式规则，竞相撰拟无益于治道的华文艳词，把无用当作有用的缘故。如今朝廷虽然颁布了禁止浮华艳丽文风的诏令，但一些边远州县，仍然袭用旧日弊风。躬行仁义孝悌的人，被权势之家摈弃而不加录用；擅长写作轻薄浮华之辞的人，却被选拔为官，荐举到朝廷。这都是由于刺史、县令没有执行朝廷的诏令。请求派人下去普遍查访，如发现不执行诏令的，送交御史台查劾问罪，以矫正社会风气。"隋文帝诏令把李谔的奏书（前后两次）颁示天下，说明采纳了这个建议。

由此可见，隋文帝整顿文风的决心之坚，力度之大。

主要谈谈李谔这篇奏书。这里有许多观点是站不住脚的。首先是对曹操祖孙三代的评价不公。曹氏家族喜好文学，而且成就很高，带动了魏晋南北朝文学的兴旺发达，这是历史贡献，应当赞赏，而不应当否定。说曹氏只会为文不会治民，也不符合历史事实。其次奏书中对文学作品完全持排斥态度，认为全是刻月弄风、败坏风气，也是不对的，不能对文学作品不论好坏全盘否定，也不能对人类丰富多彩的精神需求予以扼制。其三是整个奏书中，只提倡正统的儒家学说，而不允许诗词等文学的存在，更是不可取的。摘录这篇奏书，并加以评论，主要是在意其中有两句话很深刻："文笔日繁，其政日乱。"李谔在这里说的"文繁"是包括文学作品的，而且主要是指文学作品，这是不可取的。隋文帝整治官场文风，杜绝浮华虚言，提倡据实撰录，从这个角度来理解"文繁"，"文笔日繁，其政日乱"这个论点还是站得住的，而且应当是正确的，要不隋文帝也不会下诏颁示天下。

"文笔日繁，其政日乱"，放到今天来理解，对照一下日益泛滥的文山会海，就可看出繁乱到什么程度。各级部门每天有多少人在制造文件，搜索枯肠地编词造句，把大量时间和精力都用在了写文章上。有时为一句话、一个词、一个提法，翻来覆去地讨论，不知道耗费了多少心血。如果说"文繁"，恐怕历史上没有比现在更"繁"的了。过去书写、印刷都很困难，再繁能繁到哪里？而现在书写、印刷都数字化了，洋洋万言也就是半天的事情，所以，也就见繁而不觉其繁了。文繁了，政未乱，这也是事实，说明我们还有很强的抗病能力。但"文繁政乱"不是杞人忧天，确实需要引起我们警惕，千万不可出现"文笔日繁，其政日乱"的局面。最好的办法就是文要精练，政要精简，唯实求真，少说多干。

文风是政风的现实表现，文风简，政风实，要从抓文风开始，来带动政风的改变。

天命难知，人道易守

东汉建立之前，刘秀、刘玄都是起兵讨伐王莽的将领，为便于整合力量，统一指挥，大家曾推刘玄为头。以后刘玄、刘秀分别在长安和洛阳称帝，两人反目成仇，刀兵相向。公元25年，刘玄被赤眉军所杀。

据史书记载，刘玄的部将鲍永、冯衍领兵在外，刘玄被杀，他们并不知道，仍在忠实执行着刘玄的作战计划。刘玄被杀以后，刘秀曾派谏议大夫储大伯持符节去征召鲍永。鲍永这时还不知道刘玄已死，不但不听招呼，没有归顺，而且还囚禁了储大伯。后经多方打听，得知刘玄确实死了，就在军中为刘玄开了个追悼会，举办了丧礼，然后放出储大伯，把领军的印玺绶带都封好交给储大伯，让他带给刘秀，表示愿意归顺。鲍永、冯衍前去归顺刘秀，只表示是个人行为，不但没有带部队去，反而把队伍遣散了。

刘秀对鲍永、冯衍前来归顺很高兴，但对他们遣散部队很不满意。刘秀在召见鲍永时就问他："你的部队在哪里？"鲍永回答说："我效忠刘玄，却不能保全他，如果再把他的部队作为企望得到富贵的资本，我就更感到惭愧，所以，全部把他们遣散了。"刘秀赞赏鲍永对刘玄的忠心，但对他归顺太晚并遣散部队是不满的。

好在鲍永是个能打仗的人，而且屡立战功，还是受到了重用。而冯衍则完全废弃不用。在这个问题上，鲍永和冯衍有一次对话，很有意思，值得思考。

鲍永对冯衍说："从前汉高祖奖赏有罪的季布，而诛杀有功的丁固。现在我们遇到了圣明的国君，还有什么好忧虑的呢？"冯衍没有直接回答鲍永的话，而是讲了一个故事。冯衍说："从前，有人挑逗邻居的两位妻子，年长的那位妻子骂他流氓、无赖，而那位年轻的妻子同他眉来眼去。后来这家的男人死了，他娶了那个骂他的年龄大的为妻。有人问他：'对你好的不娶，骂你的反而娶之为妻，这是为什么？'他说：'她是别人的妻子，我希望她能跟我好；她是我的妻子，我希望她不要跟别人好。'"讲完这个故事后，冯衍表明了自己的立场："夫天命难知，人道易守。守道之臣，何患死亡！"冯衍这段话突出强调了一个"忠"字，妻子要忠于丈夫，臣子要忠于主上。"天道难知"，世事的变化难以预料，非个人能够把握，但"人道易守"，做人的道德还是可以守住的。堂堂正正做人，哪管他什么功名利禄、生死荣辱。这当不是冯衍的牢骚话，是不后悔自己所作所为的表白。

和刘秀相比，刘玄确实不怎么的，文治武功都相差甚远。鲍永、冯衍在刘玄死后归顺刘秀，也是深明大义之举。冯衍不被重用，对忠于刘玄不后悔，坦然处之，这样的品德还是值得赞赏的。尽管这是愚忠，但忠得可敬。在冯衍看来，"天命难知，人道易守"，能守住忠心为主这个道德底线，功名利禄、生死荣辱算得了什么，而这也不是什么很难的事。对有德的人来说，这的确不是难事，但对另一些人来说，这人道却是很难守的，只要有名利心，就会见风使舵了。

从鲍永和冯衍的这段对话来看，好像冯衍更忠于刘玄，德行更好些，但从史实来看，不是这样，所以还要做些补充。鲍永对新主刘秀忠，但对刘玄照样旧恩不忘。以后鲍永奉命巡视各县，来到霸陵县，途经刘玄的坟墓，下车跪拜行礼，痛哭竭尽哀思才离开。刘秀知道了这件事，心里很不高兴，就问公卿："鲍永奉命出使，做出这样的事，该怎么办？"意思是要治罪。太中大夫张湛回答说："仁德是行动的主旨，忠孝是伦理的根本。仁德的人不忘旧交，忠孝的人不忘君王，这是最高尚的情操。"刘秀就没有再说什么。

据史书记载，鲍永还是个刚正不阿、不畏权贵的人。赵王刘良是皇亲，地位尊贵，声名显赫，没人敢惹。一次刘良跟随刘秀从城外回来，在进城门时，同中郎将张邯争夺道路，倚仗权势让张邯退回去，并惩罚守城门的官吏。鲍永时任司隶校尉，就弹劾刘良，说他没有诸侯礼节，犯了大不敬之罪。鲍永还征召扶风人鲍恢为都官从事。这个鲍恢也是个认法不认人的人，不畏权贵，刚直不屈。刘秀曾告诫他的皇亲国戚"且敛手以避二鲍"，要他们都注意点，躲着"二鲍"，别让"二鲍"逮住把柄。

才能来自于自信与勤奋

"天才出于勤奋"，这是古今中外为无数事例所证明了的真理，是颠扑不破的、人人皆知的。但在现实生活中，"天资聪明"说，"生来愚笨"说，仍很有市场，现代更有许多人喜欢以智商高低为评价、褒贬，甚至取弃他人的标准。这就使一些所谓聪明的人，过分自信而不刻苦，结果大事难成；一些不那么聪明的人，缺乏自信，甚至产生自卑心理，不敢拼搏争先，始终跟在人后。天公造物，各有奇巧。"天生我材必有用"，只看逢时不逢时，这个时不是等来的，而是靠自己去努力奋斗争取来的。聪明人要勤奋，迟钝人要自信，只要都去发愤努力，充分挖掘自己的潜能，都会有各得其所、发挥才能的机会。这里也说一个历史故事，来证明这个道理。

三国时期，魏国有一个叫魏舒的人，年幼时头脑迟钝，都认为是个很笨的人，成不了什么大器，连亲戚和乡里人都瞧不起他。他的一个堂叔在朝中做官，是个吏部郎，名叫魏衡。吏部是管官员的，魏衡又是个郎官，当时很有权势，也很有名望。可以说，管官的官，看人应该是比较有眼力的，但魏衡也不看好自己这个侄子，他让魏舒去看守水碓，只分派他干点死活儿。魏衡也为这个侄子叹息，经常对其他人或当着侄子的面说，将来魏舒若能胜任管理几百户的一个小头头，我也就心满意足了。

乡亲、亲友对自己的看法、说法，魏舒毫不在意，从不放在心上，也从不做刻意表现自己以图改变名声的事，而是该干什么，就去认真干什么。也有人慧眼识英才，一个叫王乂的太原人对魏舒说，你将来肯定会做三公宰辅，是个大才，并且常常在魏舒生活困难的时候接济他。魏舒到四十岁的时候，郡中选拔他为上计掾，并举荐为孝廉。宗族乡亲认为魏舒没有学问，劝他不要就任，免得丢人现眼。大家也是出于好意，告诉魏舒，人要有自知之明，吃酒要量家当，你能吃几个馒头、喝几碗汤，自己心里要有数。自己辞任了，还能落得个好名声，显示出清高谦恭。而魏舒自己确实心里有数，首先是有志气，不受舆论左右，对乡亲们说，如果考试考不上，责任在我自己，怎么能窃取不就任的高名来作为自己的荣耀呢？在这样一种情况下，魏舒发愤读书，一百天学习一部经书。最后在上殿回答策问时，取得了很好的成绩，并被提升等级，尔后开始不断升迁，做到后将军钟毓的长史。

钟毓也是个有名望的人，时常和参谋僚属比赛射箭。魏舒在钟毓这里只是默默无闻地做事，从不显山露水。钟毓组织人进行射箭比赛，魏舒为他们做计分员，负责计算成绩。后来，遇到射箭比赛的人数不够，就把魏舒拉出来凑数，好赖算个人，顶个数吧。魏舒并不感到让来凑数是什么耻辱，而是非常镇定、自然，射箭的姿势非常儒雅、优美，而且没有一箭不射中的。在座的人都大为惊讶，没有一个人能比得上他。钟毓十分感叹，向魏舒道歉说，实在对不起，我没能充分发现你的才能，就好像这次射箭。哪里只是这一件事呢？实践证明，魏舒不但能把书读好，而且武功也不错，是个文武兼备之人。

以后魏舒被司马昭看中，聘为相国参军，成了替司马昭管事的人。相府中各项烦琐事务，他都处理得及时而得当，从没有出过任何差错。对于一些要兴办或革除的大事，众人都不能决断的，魏舒从容地加以规划，往往出于众人的意料之外，很受司马昭的器重。

坚韧意志和刻苦勤奋成就了魏舒。笨人不笨，人人有才，魏舒就是一个证明。

国家安全在德厚不在城坚

公元427年，也就是南北朝时期宋文帝元嘉四年，魏国君主拓跋焘亲率大军攻打夏国。据史书记载，拓跋焘壮健勇猛，无论攻打城池，还是两军对阵，他都敢于亲身冒着乱箭飞石冲锋陷阵，即使身边的人死伤接连不断，他仍神色自若。将士既畏惧又佩服他，个个拼死力作战。他生性节俭，穿用吃喝，够了就行，从不多求。用现在的话说，吃饱穿暖就行，从不求奢侈排场。他很爱惜国力民力，认为财力是军事国事的根本，不可轻率使用。他从不滥加封赏，财物都是赏给那些为国捐躯、功勋卓著的家庭，而对于皇亲国戚、贵族宠幸，却从不曾随意给予。每逢任命将领出动军队，他都亲自指挥调度，违反他命令的人都会失败。他善于发现人才，只看重人的才能而用其所长，从不计较这个人的出身背景。经常把有才能的士兵从卒伍中提拔起来，从不论资排辈，看年头阅历。他精明敏锐，善于调查研究、观察了解，手下的人没有敢隐瞒什么的。史书还说他赏罚严明，赏赐不会遗漏低贱之人，惩罚也不会避忌权贵之士，即使非常喜爱的人，也决不会得到宽恕。这个评价是不低的，称得上是个有雄才大略、能征善战，又善于治国理政的英明君主。

我们还从拓跋焘领兵攻夏这一仗来说。

这年的五月，拓跋焘从平城出发，到达拔邻山（在今内蒙古准格尔旗境内）后，便舍弃辎重，只率轻骑兵三万以急行军的速度向夏国的都城统万进发。群臣都来劝阻他，说统万城墙坚固，不是一朝一夕可以攻克的。用轻兵去讨伐它，前进不能攻克，后退无所依靠，这是在冒险，应该步兵和攻城器械一起前进才行。拓跋焘有自己的用兵方略，告诉这些劝阻的人说，用兵的方法，攻城是最下策，迫不得已时才用这一招。现在如果步兵和攻城器械一同前进，敌方必然害怕而坚守城池。如果攻城不能及时攻克，粮食吃光，兵士疲惫，外面没有可掠夺的东西，进退都无立脚之地。现在我用轻骑兵直抵统万城下，敌方看到我方步兵未到，思想必然松懈。我以弱兵来引诱他，他们出城作战，我们就可以打败他们了。这叫做用轻兵攻城则不足，但用来决战则有余。

战事正如拓跋焘设想的那样发展。拓跋焘到达统万后，分兵埋伏在深谷中，只以少数兵士到城下。夏国大将狄子玉投降魏军，献上了军事情报，说夏国的君主赫连昌听说魏军来攻，就召平原公赫连定回来增援。赫连定说，统万城坚固峻拔，不易攻克，等我活捉奚斤，然后再慢慢回来内外攻击魏军，一定能打败他们。赫连定也是一个很会打仗的人。魏国的大将奚斤率兵同夏国的平原公赫连定已在长安的战场上相持着，所以，赫连定才提出先打败奚斤，然后再回兵内外夹击的战略。拓跋焘也担心赫连定回军使自己处于内外夹击之中，就采取退军示弱之计，引诱夏兵出城决战。这时魏军中也有人因获罪而投奔夏国，向夏国送去了情报，说魏军只带了轻骑兵来，步兵未到，辎重都留在了后方，现在军中粮食已经吃光，士兵靠吃青菜度日。这一情报还真帮了拓跋焘的忙，夏国君主就率轻骑兵三万出城来应战。这时魏军将领看到夏军阵势齐整，士气旺盛，一时难以攻破，就劝拓跋焘避开夏军的锋芒。而拓跋焘却说，我率轻兵远道而来，就怕他们不出城，现在出来了，正是决战的好机会，就聚集军队假装逃走，以引诱夏军进入伏击圈中。

夏军不知拓跋焘的计谋，把军队分为两翼，擂鼓呐喊追击魏军。这时天公也来凑热闹，风起云涌，雨从天降，战场上飞沙走石，天昏地暗。这样的天气对双方都不利。魏军中宦官赵倪是个精通方术的人，就对拓跋焘说，现在风雨从贼兵方向刮过来，敌军顺风，我是逆风，天公不助我们，将士又饥又饿，应躲避一下，等日后再打。大臣崔浩大声呵斥赵倪说，你这是什么话，不能改变计划，刮风下雨在于人们如何运用，岂有一成不变的道理。敌军贪图进击，不知停止，后续的军队已经断绝，我们应该分头出击，出其不意地攻击。拓跋焘赞同崔浩的看法，就将骑兵分为左右两队来夹击敌军。这时，拓跋焘因马失前蹄而落于马下，几乎被夏军活捉，在拓跋齐的奋力掩护下，才腾身上马继续杀敌。拓跋焘一连杀了夏国尚书斛黎文和骑兵十几人，虽然自己也中了流箭，但仍然奋战不止。统帅身先士卒，将士勇气倍增，夏军大溃败。魏军乘胜追击夏国君主赫连昌，直到统万城北，杀了赫连昌的弟弟河南公赫连满和他哥哥的儿子赫连蒙逊，并以下将卒一万多人。赫连昌来不及进城，逃向了上邽（今甘肃天水）。拓跋焘胆子很大，追逐逃跑的夏兵，跟着进了统万城。夏军发现魏国君主进了城，就把各个城门全部关闭，要在城中活捉他。拓跋焘和拓跋齐等人毫不畏惧，直奔夏国王宫，弄到一些女人的裙子，拧成绳子绑在铁槊上，利用它爬上城墙才得以逃脱。

六月初三，拓跋焘攻克统万城，进入城中，俘获夏国的王、公、卿、将、校以及夏国君主的母后、皇后、嫔妃、姊妹、宫女多达万人，马三十万匹，牛羊数千万头，国库中的珍宝、车骑、器物等不可胜数。拓跋焘把这些财物分别赐给魏军将士和留守京城的百官，各有等级，多少不一。统万城是夏国开国君主夏世祖赫连勃勃所建，城高十仞，城基厚三十步，上宽十步，宫城城墙高五仞。筑城的土都是蒸过的，非常坚固。城墙坚硬到可以磨砺刀斧。城内亭台楼阁雄伟壮观，都雕镂图画，披上绮罗锦绣，文饰精致，色彩华丽，无以复加。拓跋焘进城后很有感触地说，一个弹丸小国，如此过分地奴役百姓，能不亡吗？这一仗结束回到平城后，看到统万城的雄伟坚固，魏国群臣纷纷请求增高京都城墙和修筑皇宫，并拿《易经》中的"王公设险，以守其国"来做根据，还搬出西汉丞相萧何的话："天子以四海为家，（皇宫）不壮不丽，无以重威。"拓跋焘告诫这些臣子们说，古人有这么一句话，叫做"在德不在险"，赫连勃勃这个乞丐把统万城修筑得很坚固，但我却灭了他。夏国不是城不坚，而是德不行。现在天下还没有平定，正需要民众的力量，土木修筑之事，是我所不能做的，西汉萧何的话，也不是什么真理而一定要听的。

国家安全"在德不在险"，这话说得确实很好。以德治国，众志成城，再强大的敌人也不害怕，再难过的险关也能渡过。如果恶吏横行，施以暴政，耗竭民力，人心离散，再坚固的城池防御、再残忍的统治手段，都无济于事，终是要灭亡的。一个封建帝王，能有如此胸怀，实属不易。这也是北魏能够在群雄中称霸一方，最终统一大半个中国的重要因素之一。

人情不尽，难知世事

　　公元429年，宋文帝元嘉六年，宋国皇帝刘义隆任命他的弟弟江夏王刘义恭为荆湘八州诸军事、荆州刺史，还专门给刘义恭写了封信，告诫他居安思危，谨慎为政，节用爱人。史书所载信文不长，照录如下：

　　天下艰难，家国事重，虽曰守成，实亦未易。隆替安危，在吾曹耳，岂可不感寻王业，大惧负荷！汝性褊急，志之所滞，其欲必行；意所不存，从物回改。此最弊事，宜念裁抑。卫青遇士大夫以礼，与小人有恩；西门、安于，矫性齐美；关羽、张飞，任偏同弊。行己举事，深宜鉴此！若事异今日，嗣子幼蒙，司徒当周公之事，汝不可不尽祗顺之理。尔时天下安危，决汝二人耳。汝一月自用钱不可过三十万，若能省此，益美。西楚府舍，略所谙究，计当不须改作，日求新异。凡讯狱多决当时，难可逆虑，此实为难；至讯日，虚怀博尽，慎无以喜怒加人。能择善者而从之，美自归己；不可专意自决，以矜独断之明也！名器深宜慎惜，不可妄以假人；昵近爵赐，尤应裁量。吾于左右虽为少恩，如闻外论不以为非也。以贵凌物，物不服；以威加人，人不厌，此易达事耳。声乐嬉游，不宜令过；蒲酒渔猎，一切勿为。供用奉身，皆有节度；奇服异器，不宜兴长。又宜数引见佐史。相见不数，则彼我不亲；不亲，无因得尽人情；人情不尽，复何由知众事也！

信的开头就抓住实质，告诫这个手握重权的弟弟，要他牢固树立忧患意识。宋文帝之所以把这个问题看得很重，是有血的教训的。南北朝时期，南朝刘宋政权的开国皇帝刘裕在宋武帝永初三年（公元422年）五月病逝，年仅十七岁的太子刘义符即皇帝位。这个刘义符行为放荡，在守丧期间举止行为都违背礼仪，爱和左右侍从亲近玩笑，游玩没有限度。登基后不问政事，只知道玩耍，还在华林园开设了一排店铺，亲自去做买卖。又和左右亲近的小弟兄们拉船取乐，晚上到天渊池游玩，就睡在龙舟上。这样一个皇帝，终于被朝中的权臣徐羡之、傅亮、谢晦等人合谋杀死，弟弟庐陵王刘义真被同时杀死，另一个弟弟刘义隆则被逼迫登上帝位。刘义隆上台后，也毫不留情，诛杀了这些权臣。正因为有此惊心动魄、血腥恐怖的皇位更迭，刘义隆才千叮咛万嘱咐地告诫刘义恭，治理国家非常艰难，国家事务非常沉重，虽说是守成，实也不易。国家兴隆衰败安危，都在我们弟兄手上，怎可不感念帝王大业来之不易，并寻思为之治理，对肩负的重担大为惶惧呢！

针对刘义恭的性格特点，刘义隆告诫他，要注意克制褊狭急躁，心里想到什么，就一定要达到目的的坏毛病。告诉他，这个毛病使他有时心里虽没有什么欲望，却会因外界的影响而滋生邪念，这是要坏事的，并举了历史上的一些例子来教导他。卫青，西汉名将，屡立战功，被封为长平侯，还是汉武帝的小舅子，他对官员们以礼相待，对下层人员施恩。战国时，魏国人西门豹，为人性急，为纠正自己，经常佩带柔皮以缓抑自己的性情。还有一个叫董安于的人，性格比较缓慢，就常佩带弓弦来自警。他们自觉地矫正自己性格上的不足，都留下了美名被后人传颂。而三国时的名将关羽和张飞，任性偏激，结果双双被害，性命不保。你要审视自己，深刻借鉴历史上的这些经验教训。

刘义隆的这段话说的是刘义恭偏执急躁的性子，但深层的含义是告诫他不要在别人的撺掇下有什么非分之想、越位之举。因为徐羡之等人谋害刘义符后，要推举刘义隆上台，也曾有人提出立刘义恭为帝。刘义隆当时在社会上名声较好，就没有立刘义恭。对这件事情，刘义隆、刘义恭都该是清楚的，所以，刘义隆拿刘义恭的性格毛病来敲打一下，并先打上预防针。紧接着，在信中就告诉他，如果以后发生与现在不同的事，嗣位的皇子年幼，司徒刘义康要担当周公的角色，你可不能不尽敬顺辅弼的责任。那时的天下安危，就取决于你们两人了。明确告诉刘义恭，如果自己发生什么不测，小皇帝即位，刘义康要像周朝的周公旦那样来辅佐自己的侄子，你这个叔父应尽到敬顺辅弼的责任，而不能有非分之想。

接下来，又告诫他，处于皇族，又权居高位，不可张扬铺张，一个月所花费的钱不可超过三十万，若能节省到这个数以下就更好。并明确指出，你在西楚荆州的官府房舍，我还是比较熟悉的，条件还不错，应当不需要改建，不要追求什么新异。还告诫他，凡是审讯狱讼这类事大多应当时裁决，不要积压。审理案件应胸怀宽广，小心谨慎，广泛听取各方面的意见。希望他要谦虚待人，不要以自己的喜怒爱好来对待别人。要能够选择听从好的意见，这样美德就会归于自己。千万不要什么事都独断专行而自以为是，自骄自傲。

信中还要求这个弟弟及其亲属要珍惜自己的名位，所得到的相应的车服仪制等待遇一定要格外爱惜，不可轻易给予别人，不能封官许愿，滥加赏赐。对自己亲近的人封赐爵位，尤其应该认真估量斟酌。并拿自己作比较，言传身教，说自己对身边的人虽然很少恩惠，但听听外面的议论，也没有人认为这样做不对。还告诫他，仗着权势欺凌别人，别人自然不服；用威严对待别人，别人不会厌恶。还要求他声色嬉游，不要过分，适可而止；赌博饮酒、打渔围猎，这些事情全都不要做。供应使用的养身之物，都要节制；奇服异器，不要提倡。

信的最后，特别告诫刘义恭，你还应多引见府里的办事人员，就是要关心爱护你的属下。你同属下相见的次数不多，彼此就不亲近，建立不起感情。不亲近，你就无法了解他们的所思所想。你不了解他们的思想，整日居于深宅大院，高高在上地发号施令，怎么能了解民间的各种事情呢？

这封信给人以启发的地方很多，诸如树立执政艰难的忧患意识，努力改掉坏的个性毛病，实心实意为国家干事，不要有狂妄自大的非分之想，要节俭而不要追求奢华，要谦虚待人，多听取各方面的意见，要以德服人而不要以势压人，等等。作为一个封建帝王，能有如此胸怀来管教自己的亲属是很难得的。更为可贵的是，从帝王口里能讲出不要专断、不要独裁、不要自傲，这与封建帝王作为天之骄子、天下贵胄，一言九鼎、乾纲独断的文化传统也是不同的，确实是值得称道的。至于刘义隆的治国理政水平、驾驭局面能力，我们不能从这一封信中就给他下结论。而实际上，刘宋政权也是短命的，外患一个接一个，内斗一场接一场，谁都没有治理得好。这与大的历史背景有关。自魏晋以来，一直到唐初这一段，中华民族四分五裂，各种割据势力蜂拥而起，哪个政权都是血腥地征战屠杀，是中国历史上很混乱很悲惨的一个时期，也是我们这个民族多灾多难的时期。在这样的大环境下，企求任何一个割据小政权政治清明、人民安康是不可能的。值得我们注意的是，宋文帝能有这样的见识不容易。

读这段历史，我感兴趣的有三条：一是对亲属要严加管教，不可居官自傲，仗势欺人，而要正正派派做人，老老实实干事。发现他们有毛病，该敲打就要敲打，不能惯着护着，由着他们的性子来。二是对下级，对身边的人，对同自己一块工作的人，要亲近爱护。用现在的话说，就是要尊重人、关心人、爱护人，增进感情，加强沟通。增进感情的目的，不是去施行小恩小惠，拉票贿选，为自己争个什么好名声，而是通过他们来了解民意，掌握世情，更好地把政事干好。三是由此引申出来的一点想法，就是我们的领导干部怎样对待下属的问题。我们一些同志，平常善搞交际，会拉关系，也很关心人、爱护人，经常同一些人吃吃喝喝，拉拉扯扯，也挺讲感情，你给我办事，我给你办事，关系都很紧密，甚至成了哥儿们。感情和交情都是有的，但就是心术不正，刮起的风也不正。在有权的时候，互相利用；有利的时候，大家均沾。对下属的问题，明明看着有毛病，甚至有大毛病，正在一步步走向深渊，既不提醒，更不制止，连句规劝批评的话语都没有，甚至还照样拍肩膀、相吹捧。我们有许多干部就是在这样的风气下一步步腐败下去的。

这种现象值得我们深思。

音乐质在人和

公元628年，唐太宗贞观二年，太常寺少卿，也就是掌管礼乐郊庙社稷事宜的长官祖孝孙，感到南朝梁、陈的音乐大都带有吴地和楚地的方音，而北朝周、齐的音乐又多带有胡地和夷地的方音，就斟酌南北的方音，用古声韵加以考定，创作出了《唐雅乐》，有八十四调、三十一曲、十二和（古声律七音，十二律，即用十二个标准音。七音与十二律轮番配成八十四调，共三十一个曲子调式。十二和，即十二个乐名：豫和、顺和、永和、肃和、雍和、寿和、太和、舒和、昭和、休和、正和、承和）。唐太宗诏命协律郎，就是专门负责校正音乐律吕、使之协和的官员张文收与祖孝孙来共同修订。这年的六月十一日，祖孝孙等专门向唐太宗汇报演奏新乐曲。围绕音乐问题，唐太宗与群臣有一段对话，各自提出了对音乐的看法，摘录于此，以供品味。

"上曰：'礼乐者，盖圣人缘情以设教耳，治之隆替，岂由于此？'"唐太宗说，音乐这东西，大概是古代的圣人根据人们的情感创作出来用于教化的，而政治的兴盛或衰败，与音乐是没有关系的。这里提出了两个观点：一是音乐是教化人的，而且是以情来感化人，音乐有教育意义；二是音乐与政治无关，国家昌盛与衰亡，难道是因为音乐吗？把音乐限定在教化和艺术的范围之内，不给它附加政治内容。

"御史大夫杜淹曰：'齐之将亡，作《伴侣曲》；陈之将亡，作《玉树后庭花》，其声哀思，行路闻之皆悲泣。何得言治之隆替不在乐也！'"御史大夫杜淹谈了自己的观点，他说，北齐将要灭亡的时候，产生了《伴侣曲》；南朝陈将要灭亡的时候，产生了《玉树后庭花》，其声调哀伤凄切，路人听到都悲伤落泪，怎么能够说音乐与政治的隆盛和衰替无关呢？

据史书记载，北齐后主和陈后主皆能谱曲作词，精通音律词曲。齐后主创作了《伴侣曲》，陈后主创作了《玉树后庭花》。这两个人都是亡国之君，而且这两首词曲都是在将要亡国的时候创作并流行起来的。据此，杜淹认为，音乐关乎国家的隆盛和衰替，同政治是密切相关的，音乐是政治的反映，是为政治服务的。

唐太宗不赞同杜淹的观点。

"上曰：'不然。夫乐能感人，故乐者闻之则喜，忧者闻之则悲。悲喜在人心，非由乐也。将亡之政，民必愁苦，故闻乐而悲耳！今二曲具存，朕为公奏之，公岂悲乎？'"唐太宗说，"你杜淹说得不对。音乐能够感染人，所以快乐的人听到就喜悦，忧愁的人听到就悲伤。悲伤与喜悦在于人的心境，不是由音乐产生的。将要灭亡之政，民众一定愁苦，故听到音乐就悲伤罢了。如今这两个乐曲都存在，我现在替你们演奏，你听了以后会悲伤吗？"

唐太宗指出音乐能够感染人，但不能影响政治。人的欢乐忧愁在于人的心境，而不在于音乐。政治腐败，人民愁苦，听到音乐就容易悲伤，而不是音乐造成了人的悲喜哀乐。音乐可以感染情绪，但不是引发情绪、产生情绪的根本原因。

魏徵在音乐问题上也说话了。

"右丞魏徵曰：'古人称，礼云礼云，玉帛云乎哉！乐云乐云，钟鼓云乎哉！乐诚在人和，不在声音也。'"魏徵认为，古人曾经说："礼呀礼呀，难道是指玉帛礼品吗！乐呀乐呀，难道是指钟鼓乐器声音吗！"不是，音乐的实质在人和，不在声音。

魏徵在这里好像提出了一个与音乐关系不是很紧密的问题，没有直接谈论音乐与政治的关系，而是谈了礼和乐的本质问题。他用古人对礼乐的解释来说明，礼不能认为就是玉帛等贵重礼品，不能认为是"礼尚往来"，而是一种精神，是礼仪、道德；乐不能简单地理解为钟鼓琴瑟等种种乐器弹奏出来的声音。他认为这些都是形，是音，也是表，而不是根本，不是实质。音乐的实质在人和，而不在声音。魏徵在这里谈的是哲学概念的音乐，提出了音乐的形和质的问题，指出了音乐不但和政治有关，而且政治是音乐的根本，音乐之声是政治制度的反映。

宋代司马光也参与了这场关于音乐与政治关系的讨论，他在记述这一历史事件后，发表了一大通议论。

司马光说，古代的能工巧匠垂能够用眼睛来测定方圆，用内心来度量曲直，但是不能把自己的这套本事教给别人，他所用来教人的东西还得是圆规、曲尺。圣人不费力就能认清事物的来龙去脉，不深思就能获得治国的道理，然而也无法传授给别人，能够传授的，也只能是礼和乐罢了。礼，是圣人所实践过的；乐，是圣人所乐意的。圣人实践中正之道，喜爱和平之乐，又想与四海民众共有，百代相传，于是就制作了礼乐。因此，工匠手执垂传授的圆规、曲尺制作器物，这也算是垂的功劳。君王拿五帝、三王的礼乐在世上推行，这也算是五帝三王的政治了。这应该都是礼乐的功劳啊。

司马光是宋代大儒，强调以礼治国，反对依法治国，对礼乐的教化作用看得是很重的。

司马光认为，礼乐有本、有文，中正和平是礼乐之本，仪容声音是礼乐之末，二者不可偏废。他认为，好的君王，贤明的政治，是谨守礼乐之本的，而且在心上一刻都不曾离去，同时也注重礼乐之文，在身上也不曾远离，也就是既重质，又重形。他提出，好的政治重视礼乐，要在闺阁居室之门兴起，即从一家一户做起；在朝廷显扬，即政府表彰倡行，要被及乡里，在社会上蔚成风气；要影响到邻国，传播到海外。大事小事，衣食住行，祭祀军旅等，都要讲究礼，年复一年坚持不断，教化普遍深入了，就会出现凤凰来朝的盛世局面。

司马光认为，如果舍本求末，只重形，不重质，只重音，不重实，空有礼乐之末而没有礼乐之实，就是一天推行而百天舍弃，想用礼乐来移风易俗，也就实在太困难了。

司马光还列举了历史上的经验教训，说汉武帝曾设置专管音乐的协律都尉，歌颂天降祥瑞，不能说词曲不美，但仍免不了痛下哀悼戾太子的诏书；王莽专门建立了掌管声律的羲和官，考定乐律不能说不精确，但仍不能拯救自己在渐台被杀的灾祸；西晋武帝制造了笛尺，专门用来调和金石乐器声律，不能说不细致详尽，但仍不能避免在平阳被杀的灾难；南朝梁武帝设立了四器，能很好地调和人音，不能说不明察，但仍然免不了在台城遭受耻辱。而《韶》、《夏》、《濩》、《武》，这舜、禹、汤、周武王的乐曲，至今仍在世上流行，这都是他们政治仁德、国泰民丰的结果。司马光认为唐太宗说音乐与政治无关，说得太轻率了，是在武断地否定圣人的音乐礼治观念。

司马光还进一步论说了音乐质与形的关系。他认为礼并不是对威容仪式而言的，然而没有威容仪式，礼就不可能得到体现从而施行了。乐并不是对声音而言的，然而没有声音，就没有了表现形式，也就无法显现出来。这就好比一座大山，取它一块土一块石，不能称这块土这块石就是山，然而一块一块地把土石全部搬走了，那这座山也就不存在了。一块土一块石不是山，但堆到了一起就是山。这个比喻很形象地说明，音乐的质是靠形来表现的，没有了形，也就没有了质，质和形是一体的，既要重质，也要重形。用于礼乐教化，就是既要注重根本，又要注重形式。

一千多年前的这场关于音乐的讨论，给我们的启发是很多的。音乐与政治的关系，古人一千多年前就在争论了，而且大政治家、大文学家、大史学家都参与了进来。孰是孰非，我在这里不作结论，还是留给历史和实践来回答吧。